Stefan Schulz-Dornburg | Das Ohr der Väter

**Allitera** Verlag

# INHALT

DAS URTEIL
9

PROLOG
13

FAMILIE
15

ELTERN
17

MICHAEL
45

HEIM INS REICH
51

ENDE EINER FAMILIE
53

AUSFLUG INS PARADIES
61

DIE MUTTER
71

NEUBEUERN
79

ABSCHIED VOM VATER
87

EIN JUNGER DEUTSCHER
93

NEIGUNGEN
99

BESUCH IN DER SCHWEIZ
107

STUDENTENLEBEN
111

FAMILIEN
123

ENTHÜLLUNG
129

DIE LIEBEN VERWANDTEN
137

BEGEGNUNG
143

RÄTSEL
159

BERUFE
165

ABSCHIED
171

VÄTER
179

DAS ERBE
211

AMERIKA
215

MÜNCHEN
225

ABSCHLUSS
233

NACHKLANG
237

QUELLEN – LITERATURVERZEICHNIS
241

Stefan Schulz-Dornburg

# DAS OHR DER VÄTER

**Allitera** Verlag

2. aktualisierte Auflage Februar 2020

Originalausgabe Oktober 2019
Allitera Verlag – Ein Verlag der Buch&media GmbH
© 2019 Buch&media GmbH
Umschlaggestaltung: Johanna Conrad
Layout und Satz: Franziska Gumpp
Gesetzt aus der Garamond Pro und der Ottomat
ISBN print 978-3-96233-197-9
ISBN epub 978-3-96233-198-6
ISBN PDF 978-3-96233-204-4
Printed in Europe

Allitera Verlag
Merianstraße 24 · 80637 München
Telefon 089 19 92 90 46 · Fax 089 13 92 90 65

Weitere Publikationen aus unserem Programm finden Sie auf www.allitera.de
Kontakt und Bestellungen unter info@allitera.de

*Ich widme dieses Buch meiner Mutter.*

# DAS URTEIL

Im Jahre 2002, ich hatte bereits das Pensionsalter erreicht, erschien ein aufsehenerregendes Buch von Carl Zuckmayer, dem bedeutenden Dramatiker, der durch die Machtergreifung Hitlers in die Emigration getrieben wurde. In diesem »Geheimreport« titulierten Buch befindet Zuckmayer 1943 im Auftrag des CIA über die in Deutschland gebliebenen künstlerischen Eliten von Furtwängler bis Gründgens. Der Dramatiker war eng mit der Welt des Theaters, der Literatur und Musik verwoben und hatte seine Erkenntnisse gewiss noch durch die Kontakte mit anderen Emigranten erweitert. Sein Verdikt über die Kulturschaffenden im »Dritten Reich« zeichnet sich durch ein überraschendes Maß an Toleranz und Verständnis aus. Ganz anders sein Urteil über meinen Vater, Rudolf Schulz-Dornburg: Es ist so harsch, ja hämisch, und ich empfand es als so unsachlich und ungerecht, dass ich ein halbes Jahrhundert nach dem Tod meines Vaters beschloss, der Sache noch einmal auf den Grund zu gehen.

Der Dramatiker klassifizierte die in Deutschland gebliebenen »Kulturträger« in mehrere Gruppen entsprechend ihres Verhaltens in der NS-Zeit. Unter der Rubrik »Indifferente, Undurchsichtige, Verschwommene, Fragliche« findet sich auch Rudolf Schulz-Dornburg, versehentlich unter dem Vornamen Friedrich[1]. Mein Vater wird hier von Zuckmayer aus der Ferne charakterisiert, und zwar in ziemlich schonungsloser, scharfer Weise, die eigentlich eher untypisch für den alten Dramatiker ist. Rudolf Schulz-Dornburg und sein Bruder Hanns befinden sich hier in der nicht sonderlich ehrenwerten Gesellschaft der Dichter Paul Alverdes, Ina Seidl, des Intendanten Heinz Tietjen und des

---

[1] Zuckmayer, Carl: *Geheimreport*. S. 16.

Dirigenten Clemens Krauss.² Zuckmayer geht recht detailliert auf die Brüder ein, auch wenn es bei den Fakten ein wenig holprig zugeht: »Friedrich [das ist Rudolf Schulz-Dornburg] ist ein sehr begabter Dirigent, machte sich seinen Namen in der Zeit der Republik als Vorkämpfer moderner radikaler Kunstgesinnung, hatte sektiererhafte Züge, trat fanatisch für die Erneuerung der Oper im Sinne chorischen Gemeinschaftserlebnisses und strenger Stilisierung ein. [...] Er dirigierte Arbeiterchöre im Ruhrgebiet trank und rauchte nicht, trug eine hochgeschlossene Joppe oder Art ›Russenbluse‹ statt des Fracks und neigte zum Kommunismus.«

Bevor Zuckmayer meinen Vater zu einem SS-Uniform-tragenden Wendehals ernennt, charakterisiert er ihn: »[...] dessen Haltung hat etwas Engstirniges, fanatisch Vernageltes, verbunden mit einem starken Macht- und Geltungsgelüst.« Dann geht es weiter: »Eine Gestalt wie Rudolf Schulz-Dornburg ist schon bedenklicher [als sein Bruder] und recht unangenehm. Grazie und Eleganz eines Rastaquouères à la Gründgens fehlt hier vollständig. Gott bewahre uns vor den Humorlosen!!!«³ Carl Zuckmayer muss offensichtlich eine starke Abneigung gegen den Musiker gehabt haben, deren Ursache noch gefunden werden muss. Gewiss überkritisch, ja geradezu parodierend dann seine Schilderung von der Nazikarriere des Vaters: »[...] sofort nach der Machtergreifung durch die Nazis tauchte er als Dirigent des ersten von Göring subventionierten Luftfahrtorchesters auf, die Russenbluse mit militärischen Orden geschmückt, und in sehr kurzer Zeit verwandelte sich die Arbeiterjoppe völlig in eine schöne schwarze SS-Uniform mit allerlei Führerabzeichen und hübschen Hakenkreuzchen. [...] Er hatte eine große Stellung in der Reichsmusikkammer usw.«

---

[2] Zuckmayer, Carl: *Geheimreport*. S. 170, 171.
[3] Zuckmayer, Carl: *Geheimreport*. S. 170f.

Dieses Porträt verstörte mich tief und ich versuchte den Fakten und Behauptungen auf den Grund zu gehen. Dass es auch ein ganz anderes Bild von meinem Vater gibt, weiß ich von Zeitzeugen und Freunden, die nicht in Verdacht standen, mit dem Regime zu sympathisieren.

# PROLOG

Warum warte ich ein halbes Leben, um herauszufinden wessen Geistes Kind mein Vater gewesen, ein Mann, der starb, als ich zwölf Jahre alt war? Er hatte meine Mutter und mich bereits kurz nach dem Ende des Krieges verlassen, um mit einer anderen Frau zu leben. Ich teilte das Schicksal mit Millionen anderer Kinder, deren Väter nicht aus dem Kriege heimgekehrt waren, und lebte fortan viele Jahre allein mit meiner Mutter.

Soll ich über mein Leben ein ganzes Buch schreiben, über das Leben eines Mannes, der in die Nazizeit hineingeboren war, nach dem Krieg aber am wundersamen Aufstieg eines Teils von Deutschland teilnahm und eben das Glück hatte, über lange Jahre in einer guten und prosperierenden Periode zu leben.

Allerdings gab es einige völlig überraschende Szenenwechsel in meinem Leben, die mir gleichsam über Nacht den Boden unter den Füßen wegzogen. Es war wie in einem Theaterstück, in dem der Protagonist zu Beginn des zweiten Aktes feststellen muss, dass der erste Akt plötzlich völlig umgeschrieben war und der verdutzte Schauspieler nun seine Rolle ganz anders spielen muss.

Auch ich musste mich in dieser Weise ganz neu verorten. Meinem Naturell entsprechend, habe ich größere Herausforderungen und Probleme erst einmal verdrängt wie eine unliebsame Störung, die man zur späteren Wiedervorlage erst einmal speichert. Nur langsam befasste ich mich damit und versuchte, meine Schlüsse zu ziehen und herauszufinden, wer ich nun eigentlich war und warum ich wurde, der ich bin. Was war meine Familie und wohin gehörte ich? Schon früh gab es keine Familie mehr, die mir als Kompass hätte dienen können, keinen Vater, dessen Ohr ich gehabt hätte, keinen Bruder, nur die enge und liebevolle Zweisamkeit mit der Mutter. Deshalb entwickelte ich das Bedürfnis, mich durch eine Zugehörigkeit zu definieren. Zugehörigkeit aber zu wem? Hier begleiteten meinen Werdegang mancherlei Rätsel und Überraschungen. Nutzt man noch einmal die Metapher vom Theater, gilt es in diesem Buch von Geschehnissen, Verwicklungen, ja Abgründen und Abenteuern zu erzählen, die der geeignete Stoff für einen Kolportageroman, eine dramatische Soap oder ein knalliges Theaterstück liefern könnten.

Wie verlässlich meine hier geschilderten Beobachtungen und Erfahrungen sind, will ich gewiss nicht infrage stellen. Allerdings gilt wohl auch hier der hellsichtige Satz von Vladimir Nabokov: »Ich war mir nicht sicher, ob mir eine Erinnerung selbst gehört, oder ob ich sie aus zweiter Hand habe.« Julian Barnes sagt: »History is that certainty produced at the point where the imperfections of memory meet the inadequacies of documentation.«

# FAMILIE

Als ich im Frühjahr 1937 in Berlin geboren wurde, erlebte das sogenannte Dritte Reich seine Hochphase. Die Olympiade in Berlin hatte dem Naziregime Prestige und Weihen verliehen, die Reichstagswahl von 1936 hatte, ungeachtet der massiven Wahlmanipulation, gezeigt, dass Hitler bei der Bevölkerung auf breite Zustimmung stieß. In diesen Jahren scheinbarer Blüte waren die Einführung der Zwangsmitgliedschaft in der Hitlerjugend oder die Ausstellung »Entartete Kunst« in München Zeichen, die nur für eine Minderheit Böses verhießen.

Ich wurde in eine Künstlerfamilie geboren. Der Vater, in der Weimarer Zeit ein bedeutender Avantgardedirigent und Pionier des modernen Musiktheaters, hatte es, anders als seine alten Mitstreiter, vorgezogen, nach der Machtergreifung in Deutschland zu bleiben. Er glaubte wohl, für seine Visionen im Bereich Musik hier mehr Raum zu finden. Vielleicht schienen ihm auch die Karrierechancen größer als in der Fremde. Rudolf Schulz-Dornburg, Jahrgang 1889, stammte aus einer Kölner Musikerfamilie: der Vater erst Opernsänger, dann Direktor der Musikhochschule, die Schwestern Else und Marie, genannt Mieze, waren Opernsängerinnen, der Bruder Hanns Regisseur.

Rudolf Schulz-Dornburg war durch und durch deutsch. Die Zeit als Kampfflieger im Ersten Weltkrieg und der Niedergang Deutschlands in den darauffolgenden Jahren hatten ihn geprägt: ein hochgewachsener blonder Mann mit edlen Zügen, die seinen charismatischen Zauber spüren ließen. Die ein wenig engen, tief liegenden, dunkelblauen Augen mochten auf eine borniert Härte, ja Fanatismus, hinweisen. Nicht untypisch für einen faszinierenden Musiker und Theaterzampano war der Reigen nicht enden wollender Liebschaften und Affären von »Schudo«, die meine Mutter jedoch mit Gelassenheit zu ertragen schien.

*Rudolf Schulz-Dornburg, um 1923*

# ELTERN

Meine Mutter wurde als Ellen Maria Hamacher am 21. Januar 1898 in Berlin geboren. Der Vater: ein angesehener Landschaftsmaler mit dem Schwerpunkt Seestücke, kein Avantgardekünstler, aber mit hohem Ansehen beim konservativen Publikum und sehr gut vertreten in den Museen. Mein Großvater hatte das Privileg, den unruhigen Kaiser auf seinen Schiffsreisen begleiten zu dürfen.

Willy Hamacher, Schlesier und Alt-Katholik, muss den Schilderungen meiner Mutter zufolge ein hinreißender, fröhlicher und warmherziger Vater gewesen sein, den mit der munteren Tochter Ellen wohl mehr verband als mit dem älteren, düsteren Sohn Helmut, der mehr der eher melancholisch unfrohen Mutter Johanna, meiner Großmutter, glich. Das Unglück wollte es, dass der viel geliebte Vater meiner Mutter »lungenleidend« war, wie man es damals nannte. In den letzten Jahren vor seinem frühen Tod 1909 war die Familie gezwungen, mit dem Vater den Sommer über in Schweden und den Frühling in Rapallo zu leben. Ich kann mich keiner Schilderung meiner Mutter über diese schwere Zeit entsinnen. Für die elfjährige Ellen muss der frühe Tod des Vaters, der nur 44 Jahre alt wurde, eine traumatische Erfahrung gewesen sein.

Meine Großmutter Johanna, geboren im Jahr der Reichsgründung, eine sehr wilhelminische Dame, war mit 38 Jahren Witwe geworden. Sie würde meine Mutter über alle Stationen ihres Lebens noch 40 Jahre lang begleiten.

Nach dem frühen Tod ihres Mannes zog meine Großmutter mit den Kindern Helmut und Ellen in das eine neue Blütezeit erlebende Weimar. Damals herrschte hier der kunstsinnige Großherzog Wilhelm Ernst, der Harry Graf Kessler und den großen belgi-

*Johanna und Ellen Hamacher*

schen Architekten Henry van der Velde nach Weimar brachte. Doch der Tod des Sohnes Helmut 1916 auf den französischen Schlachtfeldern war wie ein grausiges Menetekel von den Schrecken des Zweiten Weltkriegs. Tochter Ellen versagte sich dem Wunsch der Mutter, die Lehrerlaufbahn einzuschlagen, und wurde Schülerin des großen Mimen Eduard von Winterstein.

Gewisse Parallelen zu meinem Leben könnte man erkennen. Aus

einer vierköpfigen Familie war ein Duo von Mutter und Tochter geworden. Ähnliches widerfuhr mir, der ich nach Kriegsende 20 Jahre allein mit meiner Mutter lebte. Es fällt mir schwer, die junge Ellen Hamacher zu charakterisieren. Der Humor, die Heiterkeit und wohl auch eine gewisse Abenteuerlust haben die auffallend schöne junge Frau wohl ausgezeichnet.

Meine Mutter hatte sich emanzipiert. Sie wollte nicht Lehrerin werden. Sie wollte auf die Bühne. Das gelang ihr – so mühsam und kärglich das Leben einer jungen Schauspielerin auch gewesen sein muss. Dass Sie sie es schaffte, Eduard von Winterstein, den großen Mimen, als Lehrer zu gewinnen, war wohl ein Glücksfall. Winterstein war einer der prägenden Schauspieler bei Otto Brahm und Max Reinhardt am Deutschen Theater in Berlin gewesen.

*Besetzung: »Ein idealer Gatte«*

Meine Mutter tingelte dann durch die, an Theatern reiche, Sächsisch-Thüringische Provinz. 1920 spielte sie neben dem ebenfalls blutjungen Gustav Gründgens in Halberstadt: wohl für beide der eigentliche Beginn einer Schauspielkarriere. Meine Mutter, die viel Spaß mit dem frechen Düsseldorfer hatte, spielte unter dem Namen Ellen Maria Hamacher die Lucille in »Dantons Tod« von Büchner und die Lady Chiltern in Oscar Wildes »Ein Idealer Gatte«. Weiter ging es durch die Theaterprovinz: Gera 1923, Weimar 1924, schließlich Münster, wo sie den feurigen Musiker Rudolf Schulz-Dornburg kennenlernte. Sie spielte das jugendliche Fach, wie man das damals nannte, von der Jungfrau von Orleans bis zu Lady Milford, von Maria Stuart, von der Thekla bis zur Solveig in Peer Gynt. Um eine, meist für ein Jahr befristete, Anstellung zu bekommen, gastierten die Schauspieler mit einer Rolle »auf Engagement«. Im heutigen deutschen Stadttheater wäre das undenkbar. Das ähnelte ein wenig den Usancen im Opernbetrieb, wo das Einspringen für einen Sänger heute noch üblich ist. Bis in das frühe 20. Jahrhundert war es auch noch Sitte, dass Starschauspieler, wie Alexander Moissi, Josef Kainz oder eben auch Eduard von Winterstein, als Gast mit eigenem Kostüm für ein oder zwei Abende, den Hamlet, den König Lear oder Richard III. »gaben«. Winterstein hat darüber ein sehr amüsantes Buch (»Mein Leben und meine Zeit«) geschrieben. Das heute noch herrschende deutsche »Regietheater« in all seiner Pracht und Schrecklichkeit gab es noch nicht. Die letzten zwei Jahre ihrer Theaterkarriere spielte meine Mutter an dem damals avantgardistischen Düsseldorfer Schauspielhaus, das Louise Dumont und Gustav Lindemann 1906 geschaffen hatten.

In diesen Jahren hatte die junge Schauspielerin eine Reihe von Beziehungen zu Männern, über die sie ungern sprach, sodass es detektivischer Kleinarbeit bedurft hätte, um diese als Liebhaber zu identifizieren.

Beim Forschen nach dem Leben meiner Mutter, die vor über 40 Jahren starb, geht es auch um etwas anderes. Ich möchte er-

*Ellen Hamacher als Gretchen in »Faust«*

fahren, wie glücklich sie sein konnte, wie die vielleicht leichteren Jahre ihres Lebens aussahen. Außerdem will man als Vater gerne Wesen und Charakterzüge in den eigenen Kindern und Enkelkindern wiederfinden.

Soweit heute noch erkennbar, waren die Männer damals in ihren jungen Jahren, also den Zwanzigern, alle starke und interessante, keineswegs einfache Männerpersönlichkeiten verschiedenster Couleur. Ein Jugendfreund, der meine Mutter bis ins hohe Alter begleiten sollte, war der bayerische Adelige Karlfried Graf Dürckheim, der in seinem wechselvollen Leben vom Diplomaten im »Dritten Reich« nach dem Krieg zu einem bedeutenden Zen-Gelehrten wurde.

Den jungen Diplomaten Albrecht Graf Bernstorff hatte meine Mutter 1921 auf dem »Weißen Hirsch« in Dresden kennengelernt.

Der preußische Adelige machte Karriere, war bis 1933 in der deutschen Botschaft in London tätig bis man den überzeugten Antinazi aus dem Amt jagte. Die enge Freundschaft mit meiner Mutter überdauerte alle Gefährdungen und Brüche in den Jahren des »Dritten Reichs«, obwohl er, anders als meine Eltern, das Regime zutiefst verabscheute. Albrecht Bernstorff besaß unweit von Berlin im Mecklenburgischen ein idyllisches auf einer Insel liegendes Landgut, wo ich mit der Mutter oft zu Besuch war. Für mich firmierte dieser Mann fortan als »Onkel Albrecht«. Er war ein großer schwergewichtiger Mann: Das schwindende Haar gab einer hohen Stirn Raum, blaue Augen, ein eher weiches Kinn und zwei etwas untypisch geformte große Ohren. Stets britisch-leger gewandet, ein preußischer Adeliger der kosmopolitischen Art, aber kein gemütlicher Landonkel, auf dessen Schoß sich kleine Jungs wohlfühlten.

Ihren Tagebüchern entnahm ich, dass sie mit Albrecht Bernstorff regelmäßig korrespondierte, auch in Zeiten als sie sich in einen neuen Mann verliebte, wie den Dirigenten Rudolf Schulz-Dornburg in der Mitte der 1920er-Jahre. Meine Mutter war immer eine eifrige Briefschreiberin geblieben – ein Erbe, das ich leider über die Jahre vernachlässigen sollte.

Eine wohl sehr faszinierende und leidenschaftliche Beziehung hatte Ellen Hamacher in den frühen 1920er-Jahren mit Walter Feilchenfeldt, der in jenen Jahren die sagenumwobene Kunst- und Verlagsbuchhandlung von Paul Cassirer übernahm. Viele Jahre später besuchte ich im Zuge meiner »archäologischen« Erkundungen der Familie die Witwe des Kunsthändlers in Zürich: Marianne Feilchenfeldt, eine imponierende alte Dame, einst die bedeutende Fotografin Marianne Breslauer. Nach den freundlichen Präliminarien und ein wenig Small Talk griff sie nach einem alten Fotoalbum, zog ein paar Seiten heraus und überreichte sie mir lächelnd mit der Bemerkung: »Schaun Sie mal, mein Lieber. Das hier ist Ihre Mutter. Sie war eine große Liebe meines Mannes in den 1920er-Jahren. Ich habe Walter erst später in der Emigration kennengelernt.« Ja, das war sie, meine Mutter: sehr hübsch und jung und heiter in St. Moritz und anderen schönen Plätzen. »Gut, dass Sie noch zu mir gekommen sind, Stefan«, verabschiedete mich die alte Dame, »bevor es zu spät ist!«

Feilchenfeldt – auch er damals noch ein junger Mann – musste als Jude Deutschland 1933 verlassen. Wen wundert es, dass auch er ein Freund oder guter Bekannter von Albrecht Bernstorff war. Nicht überraschend also, dass meine Eltern durch Vermittlung von Bernstorff schließlich Feilchenfeldts »Belle-Époque«-Wohnung am Kurfürstendamm 102 übernahmen – der Platz, an dem ich dann meine ersten Lebensjahre verbrachte.

In den trüben Nachkriegszeiten zauberte meine Mutter immer wieder neue Onkels und Patenonkels aus dem Hut: alles beeindruckende Figuren, ob sie nun Schauspieler, Fabrikanten, jüdische Kunsthändler oder verarmte bayerische Adelige waren.

Ein tragendes Element in unserem Haushalt am Kurfürstendamm war die Großmutter mütterlicherseits: Johanna Hamacher, eine sehr wilhelminische Dame. Geboren im Jahr der Reichsgründung wurde sie mit 38 Jahren Witwe. Ihr kleines Vermögen war im großen Topf der Kriegsanleihen verkocht. Den Rest hatte dann die Inflation besorgt. Einen Beruf hatte die höhere Tochter aus Berlin nie erlernt. Ihre Strickkünste konzentrierten sich auf allseits gefürchtete Pullover, welche die Struktur von Panzerhemden aufwiesen. Die Beziehungen zu ihrem Schwiegersohn, dem Dirigenten, waren ebenso heikel, wie zu den diversen Kinderfrauen. Mit mir, dem jüngeren Enkel, verstand sich die Großmutter allerdings vorzüglich.

Mein erster richtiger Freund in Berlin hieß »Karlhinze«, der Sohn des Hausmeisters, den ich wegen seiner pfiffigen Geschicklichkeit zutiefst bewunderte. Die standesbewusste Omi allerdings hielt den Umgang mit so schlichten Menschen aus anderem »Stande« für wenig nützlich, wenn nicht gar schädlich. Mit dem »Stand« war es allerdings bei meiner Familie nicht soweit her. Die Schulz-Dornburgs waren seit Generationen eine Musikerfamilie, meine Mutter, die Schauspielerin, wie schon ihr malender Vater den Musen und schönen Künsten verpflichtet. Die Omi war also, bei Lichte besehen, das einzig wirklich bürgerliche Element, denn sie stammte aus einer deutsch-russischen Kaufmannsfamilie.

In den frühen 1940er-Jahren, als sich der Krieg Berlin näherte, schreckten die sich ständig verstärkenden Luftangriffe die Bevölkerung. Ein nächtlicher Bombenangriff war aber für uns Kinder zunächst einmal ein Abenteuer. Fliegeralarm und Bombenkrater, dumpfe Detonationen, die Feuerwehr erschreckten uns nicht. Der Krieg war noch zu abstrakt. Der Tod hatte sein Gesicht noch nicht gezeigt. So penetrant bösartig auch die Sirenen beim Fliegeralarm heulten, so hektisch und panisch die Erwachsenen auch agierten, für mich war der Gang in den Keller an der Hand der eher stoischen Großmutter auch ein Abenteuer. Dort unten, wo sich vor allem Frauen und Kinder versammelten, öffnete die alte Dame den dicken, grünen Band mit Grimms Märchen und las ruhig mit heiserer Stimme das Märchen von einem, der auszog das Fürchten zu lernen. Die Bombeneinschläge gaben die richtige Klangkulisse. Wenn es das Glück wollte, zogen wir beide dann am Tag nach dem Bombenangriff in den Grunewald auf Schatzsuche. Brandgeruch umwaberte die kokelnden Villen: ein bedrohliches Parfum, das ich nie vergessen werde. Mit etwas Glück fand man die verheißungsvoll glänzenden Mäntel der Bomben, aus denen sich der brennende Phosphor über die Stadt ergossen hatte: Kupferhülsen in der Form eines Hexagons, die in der Mangelwirtschaft der Kriegsjahre gesuchte Wertobjekte geworden waren.

Ich war sechs Jahre alt, als die Familie im Sommer 1943 von Berlin nach Bad Ischl im Salzkammergut zog. Man nannte es Evakuierung. Wir Buben haben nie erfahren, warum man ausgerechnet ins Österreichische zog. Wir waren eine typische Evakuiertenfamilie, denn sie bestand nur aus Frauen und Kindern. Die Mutter, der acht Jahre ältere Bruder Michael, ich und das geliebte Hausfaktotum, die Hedel aus Breslau. Man fand Platz im ersten Stock eines holzverkleideten Hauses in der Eglmoosgasse 14. Das Haus hatte bis zur Einquartierung der Berliner Familie vornehmlich der Unterkunft von Kurgästen gedient, was die Hausbesitzerin, Frau Stadler, gerne mit leichtem Groll in der Stimme erwähnte. Frau Stadler war zwar eine glühende Anhängerin des Führers, empfand jedoch den Einzug der Familie aus dem Piefkeland keineswegs als vaterländische Pflicht, sondern als Zumutung. Ihre Zuneigung gehörte einem zerrupften, weißen Spitz, mit dessen Hilfe sie Haus und Hof unter Kontrolle hielt, während der Gatte, der schon vor dem Anschluss Österreichs 1938 seine Hingabe für das Großdeutsche Reich unter Beweis gestellt hatte, weitgehend unsichtbar blieb.

Es stellte sich bald ein latenter Kriegszustand zwischen Frau Stadler und den neuen Mietern ein: für die Mutter eine ungemein nervende Beziehung, die durch die Präsenz des Faktotums Hedel noch verschärft wurde. Allerdings entwickelte die oberösterreichische Megäre eine Schwäche für mich, denn ich fand über die Küche Zugang zu ihrem mit Ressentiments geladenen Herzen. Dort lamentierte sie ständig über die beiden Frauen, die angeblich nicht einmal ihren Haushalt in Ordnung halten konnten, geschweige denn den armen Stefan gescheit ernähren würden. »Eine Schand ist´s wie des arme Zwergerl beinand ist. Der Hunger schaut ihm direkt aus die Augen!« Davon konnte zwar nicht die Rede sein, aber fortan hatte ich freien Zutritt zur paradiesischen Küche, wo Frau Stadler alle Köstlichkeiten der kakanischen Mehlspeiswelt vom Marillenknödel bis zum Erdäpfelwutzerl schuf.

Meine Mutter war Berlinerin: eine musische, gebildete Frau, ohne intellektuell zu sein. Ein flottes, zur Ungeduld neigendes

Temperament, ein Hands-on-Talent ohne hervorstechende Hausfrauentugenden. So erleichtert sie wohl gewesen sein mag, mit ihrer Familie der Bombenhölle in Berlin entronnen zu sein, so wenig konnte sie sich für das Leben in dem spießigen Kurort begeistern. Ihr fehlten die Freunde, das Umfeld, die Musik und das Theater – alles was eine Großstadt ausmachte. Während sie mit ihrem Tross nach Bad Ischl zog, verschwand ihr alter Freund Albrecht am 30. Juli 1943 in den Verliesen der Gestapo. Ich hatte diesen »Onkel« nach einem letzten Besuch in Stintenburg 1942 nicht mehr gesehen. Die Sorgen und Ängste der Mutter waren mir nicht verborgen geblieben. Ständig kommunizierte sie auf leicht verschlüsselte Weise mit seiner Schwester Luisette von Bernstorff in Berlin, argwöhnte doch damals jeder, das Telefon werde abgehört, die Briefe zensiert. Meine Mutter sprach oft über ihren alten Freund. Ich erhielt aber damals keine überzeugende Erklärung dafür, warum dieser Mann gefangen war und so leiden musste.

Der Mutter zur Seite stand Hedwig, eben jene »Hedel« aus Oberschlesien. Dienstmädchen, Kinderfrau, Köchin und Vertraute in Personalunion war sie in diesen unruhigen Zeiten eine unentbehrliche Gefährtin. Das Verhältnis der beiden so ungleichen Frauen war solide, aber keineswegs immer harmonisch. Die bäuerliche, rundgesichtige Hedel ging mit Ordnungsfragen eher chaotisch lässig um. Ein bei meiner Mutter gelegentlich durchschimmerndes Klassenbewusstsein entlud sich dann explosiv in einem heftigen Lamento über die »polnische Wirtschaft« im Hause. In den Krisen und Katastrophen, die sich in den späten Kriegsjahren mehrten, bildeten die beiden Frauen eine eherne Achse. Ellen und Hedel waren eine nicht untypische Variante des klassischen »Herr und Diener«-Gespanns. Trotz gelegentlicher Kräche, Kränkungen und Enttäuschungen wussten die beiden, was sie aneinander hatten. Die Liebe zu Michael und mir verband die beiden Frauen. In einer männerlosen Zeit hatten sie zahllose kritische Situationen zu meistern, dem Chaos die Stirn bieten. Reisen in das zerbombte Berlin, um die Restbestände des

Mobiliars aus der Ruine am Kurfürstendamm zu bergen und in das ferne Salzkammergut zu bringen, waren in den späten Kriegsjahren tollkühne Abenteuer, die die beiden Frauen ohne männliche Hilfe zu bestreiten hatten. Auch die sich häufenden Hamsterfahrten nach »Oberösterreich, der Heimat des Führers«, wie es in meinem Schulbuch hieß, verlangten Mut und Selbstverleugnung, wenn es darum ging, wucherischen Bauern mithilfe von Perserbrücken und Meißner Porzellan die lebensnotwendigen Naturalien abzutrotzen. In meiner Erinnerung traten die Mutter und Hedel ständig im landesüblichen Dirndl auf. Beide vereinte ein nie versiegendes Talent zum Lachen. Sie konnten schnell unendlich albern werden, um dann auf dem Höhepunkt einer Krise, wenn etwa die Mutter den dunkelblauen Ford Eifel in den Straßengraben manövriert hatte, in ein sinnloses aber befreiendes Lachen auszubrechen. Meinem Vater, sofern er bei derartigen prekären Situationen einmal präsent war, fehlte jeder Sinn für diese leicht hysterischen Lacheruptionen. Gelegentlich brachte die gute Hedel etwas Unruhe ins Haus, da sie – nunmehr in ihren frühen 40ern –, ständig auf der Suche nach einem Mann war. Dies erwies sich als schwierig, da es in jenen Kriegsjahren in der Heimat nur noch Kinder und alte Männer gab. Hatte sich schließlich doch ein Objekt der sanften Begierde für Hedwig Heisig gefunden, dann sorgte meine Mutter mit ihrem überaus kritischen Urteil dafür, dass alles beim Alten blieb.

Meine Mutter redete gerne und viel. Manchmal war sie eine richtige Berliner Quasseltante, was mich nervte, da ich den Text schon so gut kannte. Sie sprach auch sehr gerne mit wildfremden Menschen, ständig quatschte sie mit Taxifahrern, Gemüsefrauen, den Reisenden im Zugabteil, dem freundlichen Herrn im Restaurant. Sie hatte ein Faible und ein Talent im Umgang mit den sogenannten »Kleinen Leuten«. Sie war neugierig auf Menschen und redete dann gerne auch über sich. Sie brillierte ein wenig, freute sich, wenn man ihr zuhörte, man sie akzeptierte oder gar bewunderte. Mit prätentiösen Menschen, Leuten mit aufgesetzten Meinungen, wenn es um Kultur ging, langweilte sie sich leicht. Meine Mutter hatte eine Art Klassenbewusstsein, das sie aber kaschierte. Mit Stand und Namen hatte es nichts zu tun.

Ich glaube, sie hatte eine Reihe von nie genannten Kriterien, die sie als Messlatte nahm im Umgang mit Menschen. Selbstverständlich hatte meine Mutter auch recht genaue Vorstellungen davon, wo sie mich gerne sehen würde und wo lieber nicht. Allerdings sprach sie eigentlich nie mit mir über dieses Thema.

Der Vater Rudolf Schulz-Dornburg, Jahrgang 1889, hatte bereits in den 1920er-Jahren eine schnelle Karriere als Dirigent gemacht, die ihn von Bochum über Münster schließlich als Generalmusikdirektor und Operndirektor nach Essen geführt hatte. Ein bedeutender Pionier moderner Musik, hatte er es nach der Machtergreifung geschafft, die Seiten zu wechseln und die nunmehr geächtete Musik von Alban Berg, Strawinsky, Hindemith aus seinem Repertoire zu streichen. Nach einer Station in Köln wurde er Chef des Berliner Rundfunksinfonieorchesters, bei Kriegsausbruch meldete sich der alte Kampfflieger aus dem Ersten Weltkrieg zur Luftwaffe und gründete das Sinfonieorchester der Luftwaffe. Während der Zeit in Bad Ischl, also den letzten Kriegsjahren, pendelte der Vater ständig zwischen der Front, zuletzt in Frankreich, den Auftritten mit seinem Luftwaffenorchester und Berlin. In den kurzen Pausen eilte er dann zu seiner Familie nach Bad Ischl.

Als Siebenjähriger machte ich mir damals kaum Gedanken über den politischen Standpunkt meiner Eltern. Auch noch als Heranwachsender in den Nachkriegsjahren hatte ich es mir damit bequem gemacht, meinen Vater als einen der vielen irregeleiteten Anhänger des Führers zu klassifizieren. Ich sah meine Eltern als patriotische Mitläufer, stark beeinflusst von der Nazi-Propaganda. Menschen, die zwar die Judenverfolgung zumindest zur Kenntnis nahmen, aber von den Grauen des Holocausts nichts wussten. Ob mein halbwüchsiger Bruder Michael je die Chance gehabt hatte, mit dem so vehement patriotischen Vater über dieses Thema zu diskutieren, ist wenig wahrscheinlich.

Michael, geboren 1929, ein hochgewachsener, sehr blonder Bub, war der Star unter uns Kindern. Als Neunjähriger hatte er in einem Melodram der UFA »La Habanera« mitgespielt. Jetzt ins kleine Bad Ischl versetzt, quälte sich der 15-Jährige mit dem Gymnasium in Gmunden, verabscheute Drill und Riten der Hitlerjugend, wo sich doch der Vater einen so positiven Einfluss auf den verträumten Knaben erhoffte. Mutter und Hedel hatten diesen pädagogischen Exerzitien wenig entgegenzusetzen. Allerdings wurden mit Fortschreiten des Kriegs die väterlichen Besuche in Bad Ischl immer seltener. Sobald der Major der Luftwaffe wieder zu den Fahnen und seinem Orchester zurückkehren musste, unternahmen die beiden Frauen alles, um wieder Ruhe in die Familie zu bringen. Der in den Kriegsjahren weitverbreitete Umstand, dass die Väter nur noch sporadisch bei ihren Familien auftauchten, führte auch in Bad Ischl zu einem Weiberhaushalt – eine Gemengelage, die starken Einfluss auf mich hatte.

Mit mir kam der ältere Bruder glänzend zurecht. Er tat alles, um mich zu beschützen, und bei Laune zu halten. Michael war ständig verliebt und nutzte jede Gelegenheit, den üblen Pflichten in Schule und HJ zu entkommen, wobei ihm die beiden Frauen heimlich zur Hand gingen und Entschuldigungen und Atteste ohne Ende fabrizierten. Von mir erwartete mein Vater weit weniger. Das Klavierspiel oder ähnliche künstlerische Betätigungen wurden nicht eingefordert. Ich war nicht eifersüchtig auf den älteren Bruder, dem so viel Aufmerksamkeit galt, realisierte aber, dass ich beim Vater nur die zweite Geige spielte. Ich glaube, ich liebte meinen Vater, hatte aber auch großen Respekt. Gelegentlich wandelte sich dieser auch in Angst. Nur selten waren der Vater und sein jüngerer Sohn alleine miteinander. Probleme galt es mit der Mutter zu lösen. Das war bestimmt schmerzloser, denn nur selten lieh der Vater seinem jüngeren Sohn sein Ohr. Erst später fiel mir auf, wie wenig Chancen Vater und Sohn hatten, miteinander zu reden. Um den passenden englischen Ausdruck zu nutzen: Die Beziehung zum Vater war selten »at ease«, also leicht und ungezwungen.

Im September 1943 wurde ich eingeschult und bereits am ersten Schultag büchste ich aus. Das obligate Schulfoto zeigt einen etwas pummeligen, pausbäckigen, überaus blonden Knaben, dessen weiche freundliche Züge der Mutter ähneln. Die fremden Kinder und die ältliche Klassenlehrerin flößten mir starkes Unbehagen ein. Nicht ungewöhnlich, aber doch typisch für mich, der in kritischen Situationen sein Heil gern unter den Röcken der Frauen suchte. Gewalt und Prügeleien machte mir Angst. Der damals noch gerne praktizierten Prügelstrafe galt es unter allen Umständen zu entgehen. Ein komödiantisches Talent, Kasperei und Clownerien halfen mir aber, die Zuneigung der anderen Kinder zu gewinnen, die Lacher oft auf meiner Seite zu haben und mich damit stets nur am Rande der Kampfarena zu bewegen.

Ängste und Gruselanfälle hatten andere Kinder auch, mich bewegten vor allem Bilder nachhaltig. Die nazarenerhaft-naturalistische Darstellung des Judas in Gethsemane auf dem Kalvarienberg verfolgte mich bis in den Schlaf. Dann harrte die getreue Hedel an meinem Bett aus, um die Erscheinung des gleisnerisch-tückisch blickenden Judas fernzuhalten.

Der sich dem friedlichen Badeort langsam nähernde Krieg bescherte eine Vielfalt von Abenteuern. An klaren Abenden sah man am Himmel die amerikanischen Luftverbände in streng geordneter Formation gegen Westen ziehen, um über München ihre tödliche Last abzuwerfen. Ein bedrohliches Brummen begleitete die Kriegsvögel, der Feuerschein der brennenden Stadt erhellte den nächtlichen Horizont. Der pittoreske Lamettaregen, mit dem die Air Force den löchrigen Radarschirm der Deutschen zerriss, war wie ein Geschenk des Himmels in diesen kargen Zeiten, wo Weihnachtsschmuck, wie so vieles andere, Mangelware war. Als es der vaterländischen Flak ausnahmsweise einmal geglückt war, ein amerikanisches Jagdflugzeug abzuschießen, inspizierten wir Kinder mit schaudernder Neugier das Wrack mit dem unheimlichen Stern auf dem zerborstenen Flügel. Wie ein silbern glänzendes Raubtier aus einer anderen Welt, ein gestrandeter Meteorit, lag das zerborstene Ungetüm in dem reißenden Traunfluss. Aber wo war der tote Pilot, der tote Amerikaner? Gottlob hatte dieser sich rechtzeitig mit dem Fallschirm aus der Affäre gezogen, deshalb gab es auch keine echte Leiche zu entdecken. Ich war ein wenig enttäuscht, war doch die Neugier einen wahrhaftigen Toten zu sehen, fast so groß wie die Angst vor einem leblosen Körper zu stehen.

Mein bester Freund in Bad Ischl war der Bubi Pammesberger, mit dem ich all diese abenteuerlichen Erkundungen unternahm. Wie schon der unvergessene Freund Karlhinze in Berlin, hatte auch der Bubi ein ganz natürliches, fast lockeres Verhältnis zu Toten. Seinem Ansinnen, mich doch einmal ins Leichenhaus mitzunehmen, um Tote anzuschauen, verweigerte ich mich beharrlich. Die Notwirtschaft der letzten Kriegsjahre bot Kindern aber noch andere harmlosere Attraktionen. Mit dem Bubi verbrachte ich köstliche Stunden in einem stillgelegten Automobil, einem blau glänzenden »Adler Trumpf«, Baujahr 1935, das seinen Winterschlaf in der väterlichen Garage hielt.

In den letzten Zuckungen des Abwehrkampfs entledigte sich die fliehende deutsche Armee ihres Kriegsgeräts. Panzer, Flakgeschütze, Maschinengewehre und anderes schweres Kriegsgerät säumten wie totes Getier die Bergpässe im Salzkammergut – faszinierende und tödliche Spielplätze. Ansonsten erfreuten sich große Bergwanderungen von Alm zu Alm bei uns Kindern keiner großen Beliebtheit, zumal sie meist mit Pilz- und Beerensammeln verbunden waren: endlose Nachmittage bei brütender Hitze im Himbeerschlag. Die sich nie füllenden Blechkannen prägten die Sommermonate.

Es waren diese unheilvollen, schwergewichtigen Aufrufe, Tiraden und Schlagworte wie Schicksal, Kampf, Überleben und Sieg, mit denen die Menschen in jenen Tagen überschüttet wurden.

1944 beginnt meine Mutter ein Kriegstagebuch, das sie Ostern 1945 abrupt abbricht. Es zeichnet das sehr typische Bild einer deutschen Mutter, die neben den unzähligen Widrigkeiten des Alltags natürlich auch an diesen großen Schicksalsfragen der Deutschen Anteil nimmt. Es bedarf keiner großen Deutung, um zu verstehen, dass sie einen Sieg Deutschlands unter Adolf Hitler erhoffte. Der sich im Tagebuch immer wieder findende Hinweis auf die Abschüsse durch die deutsche Flugabwehr lassen daran keinen Zweifel. Nicht minder offenkundig aber ist die ungebrochene Liebe der Mutter zu ihrem Mann.

Berlin erlebt in der Nacht zum 16. Februar 1944 den bisher schwersten Luftangriff des Zweiten Weltkriegs. 800 britische Bomber sind beteiligt.

*Tagebuch:*

*Mittwoch 16. Februar 1944:* »*Stefan bei Reicherts abgeholt, daheim Telegramm, dass in Berlin unser Haus völlig ausgebrannt. Englische Bomberverbände, 48 Abschüsse. Gestrickt und Wein getrunken. 12h zu Bett.*«

*Donnerstag 24. Februar 1944:* »*Fliegeralarm, viele Flieger zu sehen, über St. Gilgen, 3 abgeschossen.*«

*Freitag 7. April 1944:* »*Karfreitag Stefan mit Hedel auf dem Kalvarienberg. Michel erste Klavierstunde. Lese Carossa: «Geheimnisse des reifen Lebens.» «Teils sehr schön, aber ohne die große Selbstverständlichkeit von Hamsun oder Keller.*«

*Donnerstag 20. April 1944:* »*Führer Geburtstag. Michel mittags deprimiert und missmutig (wieder geschwänzt?) wirkt lähmend auf mich.*«

*Freitag 21. April 1944:* »*Zahnweh (Wurzelhaut) Früh Brief wegen Flak. Sehr beunruhigt. Michel beim Amtsarzt, wieder bis auf weiteres untauglich. Mittags im Lazarett sehr befriedigend Zimmer 40 (Heller, Müller, Bohnert). Fingernägel gemacht.*«

*Samstag 6. Mai 1944:* »*Brief an Schule wegen Michels Versetzung. Der arme Bohnert, Gehirnhautentzündung, ohne Besinnung gestorben aus Zimmer 40 raus. Rasende Migräne Cibalgin genommen.*«

Als ich viele Jahre später die Tagebuchnotizen der Mutter las, konnte ich nur schwer nachvollziehen, wie sie diese ständigen Katastrophen wegsteckte und verarbeitete. Mittags kommt die Nachricht, dass die prächtige Berliner Wohnung mit allem drum und dran verbrannt ist, und abends sitzt die Mutter ganz alleine beim Stricken und trinkt ein Glas Wein. Ein Gehirnverwundeter, den sie mit großer Intensität pflegte, stirbt. Sie nimmt eine Migränetablette. Sie ist keine deutsche Heldin des Alltags, sie ist eine Frau voller Ängste und Ahnungen, die ständig um die beiden Buben kreisen. Ein Segen, dass ihr Temperament, ihr optimistisches Naturell, ihre Vitalität dieser Frau von 46 Jahren helfen, dass sich der Himmel immer wieder ein wenig lichtet und Freude wieder die Oberhand gewinnt.

Ohne ihre Männer an der Seite hatten die Mütter täglich Fliegeralarme, Katastrophenmeldungen von der Front zu ertragen, mussten die Schikanen der bis zum letzten Kriegstag funktionierenden Bürokratie überwinden. Woher sollte da eigentlich immer zusätzliches Geld kommen in dieser notorisch unterfinanzierten Familie? Kopf hoch und gute Miene machen. Das Personal, sprich die unabdingbare Hedel, würde ohnehin bald in einem Rüstungsbetrieb verschwinden. Das, was man heute »social life« nennt, war reine Frauensache geworden. Das Essen, genauer gesagt das Organisieren von Nahrungsmitteln, wurde zu einem zentralen Thema. Der soziale Status einer Familie spiegelte sich im Talent, ein Netzwerk von verlässlichen Bezugsquellen zu unterhalten, wider. Noch in den späten Kriegsjahren schickte der Vater, den das Kriegsglück nach Frankreich verschlagen hatte, wie jeder anständige Offizier Pakete mit Gänseleber und Rotwein oder gar Champagner ins weihnachtliche Bad Ischl.

Gab es für unsere Mütter noch irgendetwas anderes, jenseits

von Familienversorgung und Überlebensorganisation? Fand da noch irgendetwas statt mit dem stets blitzartig erscheinenden, nur kurz verweilenden Fronturlauber Rudi? Der Blick ins Tagebuch lässt auf ein liebevolles und enges Verhältnis der Eltern schließen. Zumindest lässt es keinen Zweifel aufkommen, dass Ellen ihren Mann von ganzem Herzen liebte. Männer hingegen neigen bekanntlich dazu, sich bei längeren Trennungen auch größere Freiheiten zu erlauben. Der janusköpfige hochgewachsene Mann: »der Schudo« – mal ein von Ideen sprühendes vorwärtstreibendes Theatertier, dann wieder der dämonisch priesterliche Asket, hatte ohne Zweifel großen Erfolg bei Frauen, den er wohl, auch während seiner Ehe stets neu erprobte. Nach dem Krieg tauchten in meinem Leben diverse Damen auf: Sängerinnen, Tänzerinnen, Sekretärinnen, die die Leporelloliste des Künstlervaters geziert hatten. Ob diese Frauen ihn anbeteten, für ihn arbeiteten oder einfach eine schöne Zeit mit ihm hatten, sie alle erinnerten sich später an »Schudo« mit verklärten Augen.

Mir siebenjährigem Buben blieben diese letzten Kriegsjahre, als sich die Position der Achsenmächte ständig verschlechterte, keineswegs als eine Schreckenszeit in Erinnerung. Den Erwachsenen dagegen dämmerte es endlich, dass dieser Krieg ein übles Ende nehmen würde. Die Sondermeldungen, die ständig aus dem Volksempfänger dröhnten, hatten jede Glaubwürdigkeit verloren. Die Lufthoheit lag fest in der Hand der Alliierten. Immer häufiger schlug der »Heldentod« der fernen Söhne und Väter in den Familien zu. Selbstverständlich hörte man den Feindsender BBC. War dies nun Wahrheit oder doch nur gezielte Propaganda? Gesprochen wurde darüber nur hinter verschlossenen Türen, hatte doch Frau Stadler, die rabiate Hauswirtin, die auch als Blockwart fungierte, allen Defaitisten und Miesmachern den Kampf angesagt.

Reisen gab es in der Endphase des Kriegs keine mehr, allenfalls in den entlegenen Marktflecken Hermagor in Kärnten, wo die etwas misanthropische Großmutter Unterschlupf gefunden hatte. Johanna Hamacher, die einzige großelterliche Verwandte, führte – das wurde mir erst später bewusst – ein langes, eher trauriges Leben am Rande unserer Familie. Im Übrigen war Verwandtschaft rar.

Allerdings gab es da Maria Schulz-Dornburg, Tante Mieze, eine Schwester des Vaters, die es in den späten Kriegsjahren an den Grundlsee nicht weit von Bad Ischl verschlagen hatte. Eine imponierende, ein wenig maskulin wirkende Dame, die eine beachtliche Karriere als Opernsängerin hinter sich hatte. Glanzrollen der Altistin mit den leicht mongolischen Gesichtszügen waren die Megären wie Klytämnestra oder die Herodias. Unvergessen eine Aufführung von »Hänsel und Gretel« in Berlin 1942, wo Tante Mieze unter der Stabführung ihres Bruders die Knusperhexe so furchterregend realistisch gab, dass ich ihr noch Jahre danach nur mit ängstlichem Respekt vor die Augen trat.

Ihr Verhältnis zu meiner Mutter war nicht ohne Spannungen, denn Tante Mieze hielt alle aus dem Stamme der »Schudos« für genial, auch wusste sie immer, wo es lang ging. Anders als ihr idealistisch verrannter Bruder Rudolf hatte sie ein gutes Gespür dafür, wie man Gefahren meiden und Fährnissen elegant aus dem Wege gehen muss. Auf diese Weise outete sich Tante Mieze nach Kriegsende plötzlich als Österreicherin, die wie all ihre neuen Landsleute, natürlich schon immer dagegen gewesen war. Ihr lebenskluger Opportunismus sollte sich noch als Segen herausstellen, denn in den Hungerjahren 1945/46 brachte es Tante Mieze irgendwie fertig, die Familie ihres Bruders mit Carepaketen zu versorgen. Als Gesangspädagogin wurde sie schließlich eine weithin respektierte Professorin am Mozarteum in Salzburg. Dort besuchte ich in den Nachkriegsjahren die Tante regelmäßig. Sie hatte eine Stimme wie ein Kerl und begrüßte mich stets mit dem Satz: »Nein, diese Ähnlichkeit mit Rudi, wirklich faszinierend. Findest Du nicht auch, Ellen?« Bei aller Bärbeißigkeit hatte sie ein großes Herz und verfolgte den tragischen Niedergang ihres Bruders Rudi mit großem Schmerz.

Mit der größten Seeinvasion der Geschichte landeten am 6. Juni

1945 155000 Alliierte Soldaten in der Normandie. Meine Mutter notiert auch das in ihr Kriegstagebuch. Wieder strauchele ich beim Lesen:
*»Viel am Radio. Voll inneren Glaubens und Wissen um das Nahen der Entscheidung.«* Das klingt pathetisch und erinnert fatal an die Politlyrik, wie Hitler oder Goebbels sie in ihren Durchhalteparolen verkündeten. Dann bei der Nachricht vom Attentat auf Hitler fühlt sich die Mutter »trotz allem friedlich und fern«.

Am 25. September 1944 rief die Reichsregierung alle waffenfähigen Männer von 16 bis 60 zu den Waffen. Mit dem »Volkssturm« soll der Triumph über die Mächte des Bösen doch noch erzwungen werden. Jetzt erreichte die Katastrophe des untergehenden Reichs auch meine Familie. Michael, gerade 16 Jahre alt geworden, wurde im November eingezogen und zur Ausbildung im Volkssturm in die Steiermark geschickt. Die Mutter bedrückte das sehr, aber da mein Bruder diese Exerzitien wohl eher sportlich nahm und immer wieder nach Bad Ischl zurückkehrte, unterdrückte sie ihre Ängste. Mein Vater, mit dem sie fast täglich korrespondierte, konnte oder wollte nicht eingreifen. Ich wurde über die Einberufung zum Kriegsdienst mit allerlei zweckoptimistischen Erklärungen vertröstet: »Michael ist Weihnachten wieder da!« Tatsächlich war der Bub am letzten Kriegsweihnachten wieder zu Hause, musste aber immer wieder in einem nahe liegenden Trainingslager der Hitlerjugend Dienst schieben.

Im Herbst 1944 verließen Millionen von Deutschen aus Ostpreußen, Schlesien und dem Sudetenland ihre Heimat. Der Exodus, die neue Völkerwanderung nach Westen, war das Fanal für Hitlers Reich. Die Götterdämmerung hatte begonnen.

Die Tagebuchnotizen meiner Mutter über *»die schlimme Situation in Berlin Moabit«* sind nicht schwer zu entschlüsseln. Am 8. Februar 1945 sollte der Prozess gegen Onkel Albrecht wegen Hochverrats vor dem Volksgerichtshof unter dem Vorsitz von Roland Freisler stattfinden.

Am 5. März 1945 wird die männliche Bevölkerung des Jahrgangs 1929 zur Wehrmacht einberufen und nach kurzer Ausbildung an die Front geschickt. Damit hatte es auch Michael getroffen. Der sich nun auch dem idyllischen Salzkammergut nahende Krieg fraß sich von Tag zu Tag mehr in das Leben der Familien. Auch mir Schulbuben blieb die um sich greifende Endzeitstimmung nicht verborgen. Im Radio, in der Schule predigte man, Deutschland, eingekreist von angloamerikanischen Kapitalisten und bestialischen Russen, solle der Platz an der Sonne geraubt werden. Nackte Angst, ein trotziger Defensivpatriotismus, die irrwitzige Spekulation, die Wunderwaffe VI werde das Kriegsglück wenden, aber auch die Hoffnung, dass die Alliierten dem Schrecken bald ein Ende bereiten würden, beherrschen die Gefühle der Erwachsenen.

Heute weiß man, die »charismatische Herrschaft« des Führers hatte sich nach dem fehlgeschlagenen Attentat vom 20. Juli noch einmal verstärkt, um dann zur Jahreswende 1944/45 abzustürzen. »Dass das System so lange stabil blieb wurde nicht mehr getragen vom blinden Glauben der Bevölkerung an Hitler, sondern von den eingefleischten Nazis, die überzeugt waren, dass sie ohne Hitler keine Chance hätten«, schreibt Ian Kershaw in seinem faszinierenden Buch »Das Ende«.[4]

Es verwirrte mich, dass Kritik am Regime und Defaitismus tonangebend wurden, gelegentlich auch zu Hause. Es waren Freundinnen und Bekannte meiner Mutter oder Verwundete im Lazarett, die aus ihrem Herzen keine Mördergrube machten und vom Leder zogen. Was daheim zwischen den Eltern besprochen wurde, wenn das heikle Thema denn überhaupt berührt wurde, blieb ein Geheimnis. In Bad Ischl wurde in diesen Tagen über alles unter vorgehaltener Hand geredet, nur über die Juden wurde kein Wort verloren.

Die triumphalen Rückzugsmeldungen der deutschen Wehrmacht schlugen sich in einer Völkerwanderung nieder, die nun auch den beschaulichen Kurort erreichte. Elende, schwer verwun-

---

[4] Kershaw, Ian: *Das Ende. Kampf bis in den Untergang – NS-Deutschland 1944/45*. München 2011. S. 33.

dete Soldaten, abgerissen und verhungert, zogen über das Land, gefolgt von Flüchtlingstrecks aus dem Osten. Auf dem Balkon in der Eglmoosgasse bemühten sich meine Mutter mit der Hedel um diese geschundenen Menschen. Kartoffelkuchen und Blümchenkaffee gab es, die Soldaten wurden gewaschen und bekamen ein paar Kleidungsstücke verpasst. Ein Bild, das ich nie mehr vergessen konnte. Ich kapierte, dass diese armen Kerle mit dem versprochenen Endsieg nichts mehr am Hut hatten. Die Mutter arbeitete in einem zum Notlazarett umfunktionierten Hotel auf der Station für Hirnverletzte, einem Platz für Todgeweihte. Als man diese armen Kerle zu Grabe trug, begleitet von den verstörten Verwandten, überwältigte auch mich das ganze Elend von Krieg und Tod. Im Kurhaus von Bad Ischl besann sich die einstige Schauspielerin ihrer Talente, las Goethe, Rilke und Eichendorff für die Geschlagenen der sich auflösenden Armee. Mir war immer etwas blümerant zumute, wenn meine Mutter einen Auftritt hatte. Doch machte es mich auch stolz, dass die abgerissenen Männer sich so dankbar und bewegt zeigten. In ihrem Tagebuch notierte sie am 1. April 1945: »*Abends sehr lange im Lazarett auf Transport gewartet. Trostloser Anblick der armen stinkenden Männer im Treppenhaus. Selbstmordpläne mit Irmchen.*«

Auch in der letzten Phase des Zusammenbruchs funktionierte die Militärbürokratie noch mit deutscher Gründlichkeit. Jedes in der Heimat verbliebene männliche Wesen zwischen 16 und 60 war erfasst, niemand fiel durch die Ritze.

Ostern 1945 – die Amerikaner standen bereits im nördlichen Bayern, Heidelberg war eingenommen, die Russen hatten die Wiener Neustadt besetzt – war es dann soweit: Der 16-jährige Michael wurde zur Ausbildung an der Panzerwaffe nach Sachsen für den Einsatz in der Reichshauptstadt einberufen. Gab es keinen Ausweg? Konnte Michael nicht einfach verschwinden oder krank werden? Es blieb ein Geheimnis der Eltern. Warum, fragte ich mich später immer wieder, warum hatten die Eltern ihren Sohn in die Hölle der letzten Schlacht ziehen lassen? Hatte es für die gut vernetzten Eltern wirklich keine Chance gegeben,

Michael diesem Himmelfahrtskommando abzutrotzen? Gab es nicht irgendeinen befreundeten Chirurgen, der eine Blinddarmoperation hätte inszenieren können? War mein Vater überzeugt gewesen, der eigene Sohn müsse an dieser letzten Schlacht teilnehmen? War der halbwüchsige Michael selbst entschlossen gewesen, in den Krieg zu ziehen? Hatte die Mutter nicht die Kraft gehabt, sich zu wehren?

Am Karfreitag den 29. März 1945 notierte die Mutter in ihrem Tagebuch: *»Michel früh bei strömendem Regen weg. Er sehr aufrecht und sicher, aber wissend, dass die Jugend aus.«*

Heißt das, der 16-jährige Michael verließ die Mutter, weil er tapfer war und die Pflicht verspürte, in den Krieg zu ziehen für sein Vaterland? Michael und meine Mutter, beide wussten, es war ein Abschied von der Jugend, von der Familie. Immer wieder muss ich diese lapidaren und schrecklichen Worte lesen.

Einen Tag später stoppt Eisenhower, der Oberkommandierende der Alliierten, den Angriff auf Berlin und überlässt der Roten Armee die Eroberung der Stadt. Meine Mutter hat ihren Sohn Michael nicht mehr wiedergesehen. Die letzte Eintragung im Tagebuch meiner Mutter lautet: *»Ostermontag 2. April 1945: Nur Überlegungen wegen Flucht. […] Russen vor Wiener Neustadt. […] Sehr apathisch – Primeln und Veilchen auf den Wiesen.«*

Generalmusikdirektor Rudolf Schulz-Dornburg, Major der Luftwaffe, war in jenen apokalyptischen Tagen vom Kriegsdienst freigestellt worden, um im oberösterreichischen Stift Sankt Florian einen Brucknersender aufzubauen. Der Reichsintendant des Großdeutschen Rundfunks verfolgte bis in die letzten Kriegstage das irrwitzige Projekt, im Prachtbau von Jacob Prandtauer einen Rundfunksender zu schaffen, der sich ausschließlich der Musik der Klassiker, vor allem den Werken Anton Bruckners, widmen sollte. Mein Vater sollte nun, nachdem kein Furtwängler, Böhm oder Karajan mehr verfügbar war, diese Vision mit Leben erfüllen. In jener Endzeit wurde auch noch Leni Riefenstahls Epos »Tiefland« unter gewaltigem Aufwand in Szene gesetzt. Absurde

Tänze auf einem Vulkan, der bereits ausgebrochen war. Was hatte den besessenen Musiker bewogen, dieser Fata Morgana zu folgen? War es die Flucht vor der schrecklichen Wirklichkeit, der Traum von einer fernen Insel der Kunst?

Die Götterdämmerung in Berlin hatte begonnen, der pathetisch verkündete Tod des Führers am 30. April 1945 hatte auch in Bad Ischl seine Wirkung getan. Erleichterung machte sich breit, man wusste, das Ende war nahe. Das Kriegsende, von der Nazipropaganda zur Entscheidungsschlacht gegen die Barbaren hochgejubelt, fand am 8. Mai im Salzkammergut eher undramatisch statt. Die kämpfenden Verbände hatten sich in die »Alpenfestung« zurückgezogen oder dem Überlebenstrieb folgend einfach verkrümelt. Die schon zur Fata Morgana gewordene »Alpenfestung« hatte jedoch einen durchaus realen Hintergrund. Das am Traunsee gelegene KZ Ebensee war jedermann bekannt, auch wenn man ungern darüber sprach. Michael war dort täglich auf dem Schulweg zum Gymnasium von Gmunden vorbeigefahren. Tatsächlich war Ebensee ein Nebenlager des KZ Mauthausen, 3000 Häftlinge starben in dieser Zweigstelle des Todes. Ebensee sollte ein wichtiger Baustein der Alpenfestung werden. Die gepeinigten Lagerinsassen schlugen einen riesigen Bunker in den Berg, um dort die aus dem fernen Peenemünde abgezogenen Raketen zu lagern. Als das KZ am 6. Mai 1945 von den Amerikanern befreit wurde, bemächtigte sich Angst und Schrecken der Bevölkerung. Die befreiten Häftlinge, die man im Fachjargon der Besatzungsbehörden mit dem sinnigen Terminus DP (displaced person) belegt hatte, würden jetzt, wie man sich schreckensbleich zuflüsterte, marodierend und mordend durch die Lande ziehen. Die Nazipropaganda zeigte ihre späten Früchte.

Die Piefkes, die Deutschen aus dem Reich, waren über Nacht zu ungebetenen Gästen im gemütlichen Österreich geworden. Niemand wusste, was mit ihnen geschehen sollte. Die famose Frau Stadler hatte noch in der Nacht der Besetzung die Hakenkreuzfahne eingeholt und behänd ein allerdings wesentlich kleineres Rot-Weiß-Rot-Fähnchen daraus gefertigt. Ein wunderbares, sehr österreichisches Rezept: Man eliminierte einfach die schwarzen Elemente aus der Vergangenheit, und schon flatterte das muntere Fähnchen der kakanischen Widerständler.

Die kleine Familie »Schudo« bestand nur noch aus Mutter Ellen, der getreuen Hedel und dem gerade acht Jahre alt gewordenen Schulbuben Stefan. Die Bruckneridylle im Stift Sankt Florian hatte sich in Luft aufgelöst. Der Vater machte eine kurze Visite in Bad Ischl, um sich dann ins benachbarte Bayern durchzuschlagen.

Michael schien von der Hölle in Berlin verschlungen. Man wusste nur, dass er mit seiner Einheit Mitte April 1945 nach Berlin geschickt worden war, wo die Schlacht um die Reichshauptstadt bereits begonnen hatte. Am 21. April 1945 hatten die Russen die Stadtgrenze überschritten. Verzweifelt versuchte man zu erfahren, ob der Junge noch am Leben war, klammerte sich an jede Hoffnung, jedes Gerücht, hing am Volksempfänger, der täglich Suchmeldungen über die Vermissten sendete. Niemand konnte sich ein Bild machen, wie total das Ende des Krieges war, niemand wusste, wie es jetzt, im Frühling 1945, in Berlin, Dresden oder Köln aussah. Die Eltern müssen durch eine Hölle gegangen sein. Lebte der so fahrlässig in den Krieg geschickte Sohn noch, war er verwundet oder tot, hatte er sich vor der russischen Soldateska retten können, oder war er in Gefangenschaft geraten?

Nach dem 8. Mai 1945 ging das Leben im friedlichen Bad Ischl irgendwie weiter. Routine nahm wieder ihren Platz im Leben der anpassungsfähigen Menschen ein. Die Schulen wurden wieder geöffnet, dieselben Lehrer verzapften denselben Kindern den gleichen nur unwesentlich modifizierten Lehrstoff. Der tägliche Kampf um das Essen, das immer wertloser werdende Geld, das Organisieren von Kohle und Brennholz hielt die Menschen auf Trab. Ich hatte meine Erstkommunion in der Pfarrkirche von Bad Ischl. Tatsächlich gab es in der altehrwürdigen K.-u.-k.-Konditorei Zauner auch eine Festtagstorte, die allerdings stark nach Salmiak schmeckte. Anstelle einer Uhr bekam ich einen silbernen Serviettenring, in den das festliche Datum »10. Juni 1945« eingraviert war.

Die amerikanischen Besatzer erwiesen sich als ein beruhigendes Element, das Herz der Kinder hatten sie ohnehin gewonnen. »Ei wont Tschuinggam, plies!« hieß die Devise der Kinder. Wie meine Familie ihren Lebensunterhalt bestritt, davon wusste ich damals wenig. Das seit Jahren unstete Berufsleben des Vaters, die ständigen Umzüge und Wohnungswechsel, die unterstützungsbedürftige Großmutter im fernen Kärnten müssen die finanziellen Mittel der Familie überstrapaziert haben. Man hatte schon immer über die Verhältnisse gelebt, man war erheblich verschuldet, auch in den besseren Zeiten war es nie gelungen auch nur das kleinste Sommerhäuschen sein eigen zu nennen. Trotzdem wurde stets ein, wenn auch immer bescheidener werdender Lebensstil gepflegt, den man vielleicht als bürgerlich-verarmt bezeichnen könnte.

Im Frühsommer 1945 gab es endlich eine Art Lebenszeichen von Michael. Der Brief eines Friseurs aus Berlin fand seinen Weg nach Bad Ischl. Am 20. April 1945, so berichtete der wackere Friseur, sei Michael, der sich mit zwei anderen Jungen in seinem Friseurladen in Neukölln versteckt hatte, von russischen Soldaten gefangen genommen und abtransportiert worden. Die Nachricht war kein Anlass zur Freude. Immerhin aber hatte der 16-Jährige die Eroberung der ehemaligen Reichshauptstadt überlebt. Es blieb ein Albtraum: Was hatten die Russen mit diesen Kindern gemacht, waren sie in einem Lager im besetzten Deutschland oder waren sie nach Russland verschleppt worden? Die Qualen der Ungewissheit und Angst, der aufkommenden Hoffnung und der ernüchternden Fakten, die aus dem fernen Berlin herübergeweht kamen, ließen auch mich nicht ungerührt. Ich vermisste den Bruder und spürte, wie sich die Mutter mit der schrecklichen Ungewissheit quälte.

Das Schicksal des vermissten Sohnes wurde nie aufgeklärt, aber die Hoffnung auf ein Lebenszeichen erlosch nicht bis in die ersten Nachkriegsjahre. Heute weiß man, dass viele der Kriegsgefangenen aus den letzten Kampftagen in Lager in Mitteldeutschland gebracht wurden, wo die geschwächten, ausgehungerten Jungen oft den Tod fanden.

Albrecht Bernstorff blieb ebenfalls unauffindbar, eine von der englischen Regierung veranlasste Suche nach ihm und seinen Leidensgenossen von Guttenberg und Schneppenhorst blieb zunächst ergebnislos. In diesen letzten Kriegstagen gab es keine verlässliche Kommunikation mehr mit Berlin. Ich weiß nicht mehr, ob meine Mutter mit Bernstorffs Schwester Luisette damals noch Kontakt hatte. Diese meldete sich nach Kriegsschluss aus Hamburg, wo sie Unterschlupf gefunden hatte. Die Frage, was mit meinem Bruder Michael in diesen chaotischen Tagen in Berlin geschehen war, trieb auch mich um. Die Erinnerung an Onkel Albrecht war ein wenig verblasst. Erst nach dem Krieg erfuhr ich, warum dieser tapfere Mann die letzten Kriegsjahre im KZ und im Gefängnis in Berlin verbracht hatte.

*Michael und Stefan Schulz-Dornburg mit Mutter Ellen, um 1940*

Nabokov, Nicolas: *Zwei rechte Schuhe im Gepäck*. München 1975

Nicolson, Nigel (Hg.): *Harold Nicolson. Diaries and Letters. 1930–1939*. London 1996

Panofsky, Walter: *Protest in der Oper. Das provokative Musiktheater der zwanziger Jahre*. München 1966

Prieberg, Fred K.: *Musik im NS-Staat*. Frankfurt 1982

Schloemann, Johan: Die Legende vom unpolitischen Künstler. Die Bayerische Staatsoper in München hat ihre Rolle im Nationalsozialismus untersucht. Dramatische Verfehlungen gab es kaum, mitgemacht haben dennoch alle. In: *Süddeutsche Zeitung*. Nr. 15. (2016)

Stutterheim, Kurt v.: *Die Majestät des Gewissens*. Hamburg 1962

Vollmer, Antje / Keil, Lars-Broder: *Stauffenbergs Gefährten. Das Schicksal unbekannter Verschwörer*. Berlin 2013

Vollmer, Antje: *Doppelleben. Heinrich und Gottliebe von Lehndorff im Widerstand gegen Hitler und von Ribbentrob*. Frankfurt 2010

Zuckmayer, Carl: *Geheimreport*. Göttingen 2002

Wikipedia: *Karlfried Graf Dürckheim*

# QUELLEN – LITERATURVERZEICHNIS

Baum, Vicky: *Es war alles ganz anders*. Köln 1987
*Händel und wir*. (= Festschrift Händelgesellschaft). Münster 1926
Gräfin Dönhoff, Marion: *Menschen, die wissen, um was es geht. Politische Schicksale 1916–1976*. Hamburg 1976
Gudian, Janus: *Ernst Kantorowicz*. Frankfurt 2014.
Karlauf, Thomas: *Stauffenberg. Porträt eines Attentäters*. München 2019
Kantorowicz, Ernst: *Kaiser Friedrich der Zweite*. Düsseldorf 1964
Keyserling, Graf Hermann: *Das Spektrum Europas*. Heidelberg 1928.
Knausgård, Karl Ove: *Lieben*. München 2012
Kershaw, Ian: *Das Ende: Kampf bis in den Untergang – NS-Deutschland 1944/45*. München 2011
Lang, Jochen v.: *Der Adjutant. Karl Wolff: Der Mann zwischen Hitler und Himmler*. Berlin / München 1983
Hahn, Ulla: *Hans von Dohnanyi. Verschwörer gegen Hitler*. Hrsg. von Winfried Meyer. München 2015
Hansen, Knut: *Albrecht Graf von Bernstorff. Diplomat und Bankier zwischen Kaiserreich und Nationalsozialismus*. Frankfurt 1996
Helmich, Bernhard: *Händelfest und das ›Fest der 10 000‹*. Frankfurt / Bern / New York / Paris 1989
Hofmann, Gunter: *Marion Dönhoff*. München 2019
Burkart, Lucas u. a. (Hgg.): *Mythen, Körper, Bilder. Ernst Kantorowicz zwischen Historismus, Emigration und Erneuerung der Geisteswissenschaften*. Hamburg 2015

*Stefan Schulz-Dornburg mit einem Teil der Familie vor dem Haus in Sag Harbor, 2002*

nehmungen entzündete sich bei den Kindern auch deren Witz und Fantasie und vor allem die Lust am Spiel. So sind auch kleine Filmmeisterwerke wie »Der Nutellamörder« entstanden, in denen ich, der Impresario, natürlich auch mitgespielt habe. Meistens als obligate Leiche.

Dieser, nennen wir es Kinderkult, hat seine Früchte getragen für mich und vor allem meine Kinder. Heute blicke ich als glücklicher Vater und Großvater auf meine drei Kinder und die zwei entzückenden Enkelinnen und erfahre so viel Liebe und Nähe, weil sie alle vernetzt, befreundet sind und liebevoll miteinander umgehen.

Deshalb widme ich dieses Buch meiner Mutter.

# NACHKLANG

In die Jahre gekommen feierte ich meinen 70. Geburtstag in Weimar, der Stadt, in der meine Mutter ihre Jugend verbrachte und wo sie den Weg zum Theater gefunden hatte. Ich widmete dieses Fest meiner Mutter. Als ich nach dem großen Geburtstagsdiner im geschichtsträchtigen Hotel »Elefant« dieser Frau und all der Mütter dieser Generation gedachte, brach ich in Tränen aus.

Vor dem Hintergrund meiner wechselvollen, an Überraschungen reichen Vita mit ihren vielfältigen Bezügen, habe ich schon früh, einem inneren Bedürfnis folgend, eine eigene Familienkultur zu entwickeln versucht. Es ging natürlich um meine Kinder aus zwei Ehen: Julia, Anna und Nikolaus. Diesen Wunsch habe ich, zunächst ganz unbewusst, von meiner Mutter abgeleitet. Nähe und Zärtlichkeit, viel Fantasie, viel Lachen und eine kleine Portion Infantilismus. Viel liebevoll Absurdes, Zärtliches und Kluges, wie es sich eben in der wunderbaren Welt von »Pu der Bär« abspielt. War meine Mutter die eigentliche Urheberin dieses Kinderkultes, so wurde A. A. Milne unser Hausautor für drei Generationen. Ja warum lieben wir diesen »Bären mit kleinem Verstand« so, diesen Entdecker und Poeten, der doch so große existenzielle Fragen stellt wie: »Gibt es eigentlich auch einen West- und Ostpol?« Worauf ihm Christopher Robin antwortet, er glaube schon, aber man spreche nicht gerne darüber.

Für meine beiden Mädchen habe ich kleine Romane über ihre Heldentaten als Detektivin oder Wild-West-Girl geschrieben. Mit den benachbarten Bauernkindern wurden Ski-, Berg- und Segeltouren ohne Ende unternommen. 20 Jahre später habe ich dann für den halbwüchsigen Nikolaus und seine Freunde kleine Filme inszeniert, Sketche, Interviews und Werbesendungen fabriziert. Bei diesen, auch mich selbst überaus begeisternden, Unter-

famosen SS-Generals Wolff, das ihn neben dem jovial grinsenden Heinrich Himmler zeigt, noch einmal nach meinen Gefühlen gegenüber diesen Menschen, die im Leben meines Vaters eine so fatale Rolle gespielt hatten, befragt.

Hier, direkt neben der berüchtigten Prinz-Albrecht-Straße, wo sich die zentralen Institutionen von Gestapo, SS und des Reichssicherheitshauptamtes befunden hatten, war ich nicht fähig, Urteile über Menschen und ihre Leiden und ihre Taten, die 70 Jahre zurücklagen, zu fällen. Auch die Worte über den Vater, seine Verdienste, sein Martyrium wollten mir nicht recht gelingen. Es war nicht der Mangel an Bewunderung oder Respekt, der es dem Sohn des Grafen Bernstorff so schwer machte, die passenden Worte zu finden. Es war die schier unendlich scheinende Ferne dieser Zeit, ihrer Menschen, ihrer Taten und Untaten.

Überfordert und erschöpft, bewegte ich mich zurück in mein kleines Hotel am Kurfürstendamm. Ein Abendessen mit meinem Sohn Nikolaus brachte mich wieder zurück in mein eigenes Leben. Die Geister waren gebannt, die Suche nach dem Vater war abgeschlossen. Mein eigenes Leben vor Augen bleibt es mir auch nicht erspart, mich ein wenig zu messen an diesen beiden Gestalten. Ob es nun das große künstlerische Talent des Musikers war oder die Majestät des Gewissens, die das Leben von Albrecht Bernstorff bestimmt hatte, dem hatte ich wenig entgegenzusetzen.

Kein Wunder, dass dieser Blick in die Gespensterwelt des vergangenen Jahrhunderts mir so lange zu schaffen gemacht hatte. Ich hatte genug davon, war ein wenig traurig, dass von meinen beiden Vätern keiner jemals wirklich Vater gewesen war. Was hatte ich mit diesen beiden Männern eigentlich zu tun – zwei Väter, die immer nur zu Besuch waren? Ich wusste, wie unfair dieses Urteil war. Schließlich hatte ich mich so lange im Lichte eines freundlichen Schicksals gewärmt, während die Väter den Dämonen des 20. Jahrhunderts zum Opfer gefallen waren.

einebnete und sie dem Selbstverständnis einer alten preußischen Adelsfamilie unterworfen hatte, war vielleicht auch das einzige Mittel, um die nachwachsende Generation vom Fluch der Vergangenheit zu erlösen. Was damals wirklich geschehen war, das bleibt ein Geheimnis, das der General Wolff und Frau Ingeborg mit ins Grab genommen haben. Der schlichte Gedenkstein zur Erinnerung an Albrecht Bernstorff, der im romantisch verwilderten Garten stand, war der geeignete Kontrapunkt des Geschehens. Bewegt las ich in dem, in der Bibliothek aufliegenden, Gästebuch, das mich als Kind schon beeindruckt hatte, als ich im Mai 1942 zum letzten Mal mit meiner Mutter in dem von meinem Vater so geliebten Gutshaus zu Gast gewesen war. Jetzt, fast 70 Jahre später, trug ich nun selbst meinen Namen in das dicke Buch ein und setzte damit auch ein Zeichen: Es war das Ende einer lebenslangen Suche nach dem Vater, auch eine Erlösung von einer Vergangenheit, die keinen Einfluss mehr auf mein Leben hat.

Nur wenige Monate später jedoch holte mich noch einmal die Vergangenheit ein. Der Norddeutsche Rundfunk plante 2010 ein Porträt des Grafen Albrecht Bernstorff. In dem kleinen Film sollte nun auch der leibliche Sohn neben der Familie und einem Historiker zu Worte kommen. Ich war mir dieser heiklen Aufgabe durchaus bewusst, ahnte, dass die Familie nur in einem sehr geschönten Porträt auftreten wollte. Erstaunlich, wie hartnäckig die Redaktion des NDR sich bemühte, den Nebel um das Schicksal meines Vaters noch einmal zu lichten. Ich fuhr nach Berlin, wo ich an einem eisigen Wintertag, begleitet von einem kleinen Filmteam zu meinem Vater befragt wurde. Die Gespräche fanden auf dem Gelände des ehemaligen Zellengefängnisses Moabit statt, wo mein Vater seine letzten Tage verbracht hatte, wo er in der Nacht vom 23. zum 24. April 1945 zusammen mit Ernst Schneppenhorst und Carl Ludwig zu Guttenberg abgeführt und erschossen wurde. Da das noch im 19. Jahrhundert erbaute Gefängnis nach dem Kriege abgerissen worden war, stellte man für den Film die Zelle im neuen Zuchthaus Moabit nach. Schließlich wurde ich in der Gedächtnisstätte »Topografie des Terrors« vor einem Bild des

# ABSCHLUSS

In diesen Jahren unternahm ich noch einmal einen kurzen Ausflug in die Vergangenheit, auf den Spuren meines Vaters. Nachdem ich mich in Hamburg beim alten Freund Klaus von Dohnanyi seelisch aufgetankt hatte, besuchte ich, kurz angekündigt, die Nachkommen der väterlichen Familie, die nach der Wiedervereinigung auf das kleine Gut an der Grenze von Holstein und Mecklenburg-Vorpommern gezogen waren. Stintenburg, idyllisch gelegen an dem schon von Klopstock besungenen, verträumten Schaalsee, von viel bescheidenerem Zuschnitt als ich mich erinnerte. Erst zum Ende des 20. Jahrhunderts war es der Familie Bernstorff gelungen, das Gut nach jahrelanger Verwahrlosung aus den Händen einer LPG zu lösen. Das Objekt der Begierde, das so fatale Zwietracht in die Familie gebracht hatte, strahlt heute Bescheidenheit und preußische Kargheit aus. Hier lebt nun die sehr standesbewusste Anneliese von Bernstorff, Witwe meines inzwischen verstorbenen Cousins Andreas, mit ihren Kindern. Mein etwas abrupter Besuch wurde freundlich aufgenommen. Sie hatte in den Jahren nach dem Wolff-Prozess stets sehr freundschaftlich den Kontakt aufrecht erhalten, was ihrem Gatten – wohl verständlich – schwerer fiel.

Die durchaus zupackende Anneliese Bernstorff, von mir ein wenig provoziert, setzte zu einem längeren Vortrag an, in dem es um allerlei Missverständnisse, um die Schwiegermutter Ingeborg Wolff ging. Auch der SS-General sei ganz zu Unrecht so ins Zwielicht geraten. Na ja, dachte ich mir und enthielt mich eines Kommentars. Mir war während dieser Visite klar geworden: Ingeborg Wolff, verwitwete Bernstorff, war längst in die traditionsreiche Familie eingemeindet worden. Diese Art der Vergangenheitsbewältigung, die all die Verwerfungen der Familiengeschichte

Friedrich von Weizsäcker die Chemie nicht mehr stimme, dass Alfred aus der Kölner Zeitungssippe ein neues Mausi habe und diese ziemlich sexy sei, aber gewiss zu jung. Schließlich kündete Wolfgang mit strengem Blick auf Tankred an, dass Peter Zadek todkrank sei, dessen ungeachtet aber heute Abend aus Lucca eintreffen werde und erwarte, dass er wieder das schöne Zimmer zum See im Hause Dorst okkupieren könne. Im Übrigen wäre es nett, wenn man doch noch ein bisschen was essen könne beim Bierbichler, man möge doch bitte auch an die grüne Kaschmirdecke denken, falls es kühl am See werde. Der Zufall wollte es, dass ich an dem Abend in diesem paradiesischen Ort weilte, dass ich es war, der den großen Theatermacher in die grüne Kaschmirdecke wickeln durfte, ja, dass ich es war, der all die bewegenden Fragen des Theaters mit diesem hamburgisch nölenden Großmeister erörtern wollte. Mit einem »Fahren Sie auch Jaguar?« nahm der Zadek mir den Wind aus den Segeln. Wir führten dann ein sehr anregendes Gespräch darüber, wie man seine KFZ-Versicherung bei Autoschäden bescheißen kann.

Eine wirkliche Freundschaft entwickelte ich mit dem, in den 80er-Jahren im vollen Ruhm stehenden, Tankred Dorst und seiner Frau Ursula. Tankred war ein milder, unendlich freundlicher und liebenswerter Zeitgenosse, der auch zuhören konnte. Er mochte Sabine und mich und wir haben in München, Bamberg und schließlich Berlin Vieles gemeinsam unternommen. Unvergesslich die Autoreise von Bamberg nach Thüringen in seine Heimatstadt Sonneberg. Tankred war gewiss auch ein Tyrann, aber ein milder, freundlicher und sehr beharrlicher Egomane, wovon die stets in Unruhe agierende Ursula viel erzählen könnte. Beide schrieben auch, als die »Goldenen Jahre« vorüber waren, rastlos neue Theaterstücke bis zum Tode des Meisters, gefüttert aus dem schier unerschöpflichen Fundus des Zettelkastens.

türlich interessiert, diese Künstler kennenzulernen, aber nicht als schweigender Partner einer monologisierenden Größe, ich wollte auch selbst gehört werden.

Sternstunden dieser Gesellschaft waren damals in den 80er-Jahren die Partys von Wolfgang Ebert, dem lebensklugen Antihelden und Hofnarren des Münchner Kulturklüngels. Wolfgang, ein kleines Genie der Kommunikation, des Assemblierens sogenannter bedeutender Geister, schrieb in der ZEIT eine wöchentliche Kolumne. Nie versäumte er es, auf seine jüdische Mutter hinzuweisen. Seine Partys, bescheiden in Aufwand und Beköstigung, fanden jedoch ungeachtet der räumlichen Bedrängnis unglaublichen Widerhall. Jeder wollte dabei sein, wollte Wim Wenders ein Glas Bier reichen, Hannelore Elsner ganz nahe sein, mit Peter Liliental über Uruguay schwatzen, sich mit Schlöndorff und Alexander Kluge in der Küche drängen oder sich Peter Hamm gegenüber als Banause offenbaren, weil man Jean-Marie Straubs »Chronik der Anna Magdalena Bach« noch viel langweiliger fand als Renais' »Letztes Jahr in Marienbad«. Freien Zugang gab es für sehr hübsche Mädchen und die Kultur-Promis, alle anderen buhlten um eine Einladung. Wolfgang war ein kluger Mensch, ein guter Satiriker, aber er war eben auch ein ziemlich verquatschter Geselle, sein »Adabei«-Selbstverständnis forderte seinen Preis. Und doch mochte ihn jeder und viele halfen ihm, als später Geldnöte, Frauenquerelen und Krankheit sein Leben verdüsterten.

Im sagenumwobenen Bierbichler Retreat im schönen Ambach lebten unser Freund Tankred Dorst mit seiner Ursula. Sie stammte unüberhörbar aus Bamberg und diente dem großen, ungeheuer liebenswerten Dichter als Eckermann, Mitautorin, Beschützerin und natürlich auch Sklavin. Im gleichen Haus hauste auch der Verleger Michael Krüger, hier war Wolfgang Ebert der nahezu tägliche »Expected Guest« und Frontberichterstatter. Dieser kolportierte dann am klitzekleinen Strand des Starnberger Sees aus erster Hand, dass Marianne K., die bayerische Oberärztin, noch immer sehr viel Geduld mit Peter H., dem Dichter, aufwenden müsse, dass zwischen den beiden Giganten Habermas und Carl

ständig einen gnadenlosen Spiegel vorhalten. Bei meinen »Krimimärchen«, wie ich sie nannte, nahm ich starken Einfluss auf die Drehbücher und schrieb selbst zwei Geschichten.

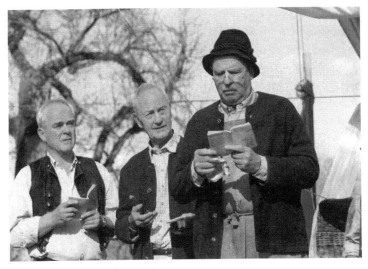

*Stefan Schulz-Dornburg als Schauspieler mit Friedrich von Thun*

Friedrich von Thun hatte ich mir als den geeigneten Protagonisten ausgedacht. Dieser sprang auf die Rolle und sollte damit eine zweite Karriere im deutschen Fernsehen machen. Mit Sissi Höfferer, dem unvergleichlichen alten Schampi Schönböck als Papa, und Irm Hermann als Haushälterin hatten wir eine hinreißende Kernbesetzung. Wir haben immer hochbesetzt und stellten fest, dass jeder Schauspieler gerne in diesen Krimimärchen posierte. Die Qualität der Regisseure schwankte gelegentlich ein wenig, aber das ist nicht untypisch für langlaufende Reihen.

Ich selbst war schon früh gesellschaftlich interessiert, wobei sich die Zielrichtung auf das linksliberale Milieu, mit Schwerpunkt Künstler, Theaterleute, Dichter und sonstige Denker, konzentrierte.

Das klingt anspruchsvoller, als es tatsächlich war. Ich, dem schon damals ein gewisser Snobismus nachgesagt wurde, war na-

witzig-ironischen Werbespots war, erwies sich für uns beide als eine sehr lukrative Beziehung. Beim Umgang mit derartig sensiblen Künstlern, der starke Nerven und eine Synthese von totaler Unterwerfung, Standhaftigkeit und warmherzigem Verstehen erforderte, zeigte ich eine sichere Hand. Die Autorität dieses Regisseurs, die meisterliche Beherrschung des Handwerks, aber auch sein, die dunklen Wolken des Unmuts gelegentlich durchbrechender Charme und Humor versöhnte mich mit all den psychischen Strapazen.

Bei diversen Dreharbeiten, die uns nach Frankreich, Italien, nach Bratislava, wo sein Großvater Schauspieler war, oder nach Amsterdam führten, haben wir viel miteinander geredet. Wir sprachen über das Leben, die Kunst, auch über Geld, Gesundheit und Frauen, alles Themen, die mit dem Dreh wenig zu tun hatten. Dietl behauptete, das Lesen von Büchern behindere seine Fantasie, wenn es um Filmstoffe gehe. Alles Humbug, denn schon bei unserer nächsten Reise, die uns ausgerechnet nach Weimar führte, wo Dietl widerwilligst einen Preis entgegennahm, verfiel er im Goethehaus dem Titanen und der deutschen Sagenwelt, die er dann selbstverständlich im »Rossini« bespielte.

Ich spielte gewiss keine bedeutende Rolle im Leben von Helmut Dietl, aber unsere freundschaftliche Beziehung bestand bis zu seinem Tode. Vielleicht war ich genau der Typus Mensch, den er in seiner üblichen Entourage nicht traf.

Die letzten Jahre meiner Produzentenlaufbahn wurden gekrönt von einer sehr erfolgreichen Krimireihe: »Die Verbrechen des Prof. Capellari«. Held der Reihe war ein etwas faul gewordener Professor für Kriminologie und Rechtsphilosophie namens Victor Capellari, der in seinen Mußestunden als Privatdetektiv agierte. Wir hatten das Konzept selbst erdacht, wollten komödiantische »Who Dunnits« nach englischem Modell schaffen als Kontrastprogramm zu den realistischen Sozialkrimis, wie dem »Tatort«, die in ihrer sentimentalen Ergriffenheitsattitüde der Gesellschaft

begabte, hochsensible, ja neurotische Frau, deren so unglücklich endendes Leben eine einzige Flucht vor dem Wiener Hof, dem trocken-bürokratischen Ehemann, vor den familiären Tragödien wie dem Tod des Thronfolgers Rudolf zu sein schien. Mit dieser Vision ging nun Fischerauer, begleitet von einem sehr amüsanten, leider etwas verkoksten Coautor ans Werk, das beginnend mit der Hochzeit der 17-jährigen Sissi, rund 50 Jahre im Leben der Kaiserin bebildern sollte. Schließlich bekamen wir grünes Licht. Der Etat des Projekts war gewaltig: 23 Mio. DM.

Wir hatten bereits über 2 Million DM ausgegeben und standen unmittelbar vor Drehbeginn. Dann kam das »Aus«, der »Fluch der Sissi« hatte uns ereilt. Der ORF, die Österreicher, waren ausgestiegen. Das Projekt habe das Kaiserpaar Franz Josef und Elisabeth verunglimpft. Oh du mein Österreich!

Nach dem Debakel um Sissi saß ich nun im Olymp von Ismaning, um mit Leo Kirch meine missliche Lage zu besprechen. Ich kannte den großen Alten schon ein wenig. Zweimal hatte ich den großen Unbekannten schon besuchen dürfen, der mich durch seinen bescheidenen Auftritt, sein Interesse, seine einfühlsamen Fragen fasziniert hatte. Wieder erschien der große Zauberkönig in dunklem Pullover, wieder begrüßte er mich liebenswürdig. Wir hatten bereits von Bernd Eichinger gehört, dass der »Master of the Universe« die Lust an der unsteten Kaiserin verloren habe, da er durch die anstehende Verfilmung der Bibel finanziell wieder einmal ein wenig bedrängt sei. Diese Botschaft machte mir dann der so bescheiden auftretende Patriarch plausibel, im Übrigen solle ich mir mal keine Sorgen machen, er werde dafür sorgen, dass mir kein Schaden entstehe, und empfahl mir, mich an seinen engen Vertrauten Herrn Gerlach zu wenden, der gewiss ein paar gute Ideen hätte, wie man Schaden von meiner kleinen ehrenwerten Firma abwenden könne. So geschah es dann auch.

Alte Kontakte nutzend, fand ich mit der Produktion von Werbefilmen eine neue, dringend erforderliche Geldquelle. Die freundschaftliche Allianz mit Helmut Dietl, dem meisterlichen Porträtisten des Münchner Lebens, der auch ein Virtuose des

neu für mich war, wurde ich ein ganz ordentlicher Produzent. Unser wichtigstes Kapital war unser guter Ruf bei den Kreativen und dem Fachpersonal. Meine alte Liebe zum Spielen, zum Auftritt, hatte mich keineswegs verlassen. Ich übernahm deshalb diverse kleinere Rollen in meinen Filmen.

Die Metamorphose vom verwöhnten Konzernmenschen zum mittelständischen Unternehmer gelang nicht ohne Schmerzen, da es in regelmäßigen Abständen zu Krisen in dem kleinen Unternehmen kam. Der ständige Kleinkampf mit den Erbsenzählern der Banken, der Verrat meiner Partner, die plötzlich, kaum hatte ich die Karre aus dem Dreck gezogen und die Firma saniert, damit begannen, auf eigene Rechnung zu arbeiten und zu kungeln.

Auch einige Katastrophen säumten den langen Marsch durch den Fernsehdschungel. Anfang der 90er-Jahre besuchte mich ein alter Freund, Bernd Fischerauer, und verkündete triumphierend, er werde einen großen Mehrteiler über »SISSI« schreiben und inszenieren. Dann kam die große Überraschung: »Modern Media«, meine kleine, aber anständige Firma, werde der Produzent des gewaltigen Projekts sein, das im Auftrag des ORF (Österreichisches Fernsehen), des BAYERISCHEN RUNDFUNKS und der KIRCHGRUPPE erstellt würde.

Fürwahr kein leichtes Unterfangen, denn nach der sagenumwobenen Marischkaverfilmung aus den 50er-Jahren schien ein Fluch über SISSI zu hängen. Alle Versuche, nach der populären Filmtrilogie, die Kaiserin in einer Fernsehserie wieder zum Leben zu erwecken, waren fehlgeschlagen. Der Fluch der unglücklichen Kaiserin aus Possenhofen sollte auch uns ereilen.

Fischerauer, ein Österreicher mit einem respektablen Oeuvre im Rücken und einem gewaltigen Ego, war ein Meister seines Faches. Er hatte es sich in den Kopf gesetzt, eine ganz neue Sissi zu zeigen. Weg mit all dem süßlich, niedlichen Tand, kein melodramatisches Schaumgebäck, das wie Salzburger Nockerln vor allem süß und fettig ist. 1981 war das Buch »Kaiserin wider Willen« von Brigitte Hamann erschienen, das ein ganz neues Bild des kaiserlichen Ehepaares zeichnete. Elisabeth, eine künstlerisch

leider bankrotte Filmproduktionsfirma ein, sanierte sie und schuf ein lebensfähiges Unternehmen, das mich dann 20 Jahre auf Trab halten sollte.

Die Produktion von Kino- und Fernsehfilmen ist gewiss kein Herzstück der schönen Künste, aber doch ein großes Spielfeld für »Entertainment« im angelsächsischen Sinne, wo gutes Handwerk und Talent gefragt sind, wo Kunst und Kommerz sich gelegentlich aufs Trefflichste verbinden können. Ungeachtet meiner beruflichen Herkunft faszinierte mich die kreative Seite der Produktion – das Aufspüren und Entwickeln von Stoffen, die Arbeit am Drehbuch, die Auswahl der Schauspieler und Regisseure – mehr als Kalkulation und die technische Realisierung. Was mir an Erfahrung fehlte, lernte ich schnell. Den Umgang mit den in dieser Branche keineswegs immer als Künstler zu bezeichnenden kreativen Kräften meisterte ich ohne Probleme, geriet allerdings schnell in den Ruf eines bildungsbürgerlichen Schöngeistes, was keineswegs schmeichelhaft gemeint war. Schon in den 80er-Jahren, als die Fernsehwelt noch in Ordnung schien, galt es, den bürokratischen, eher zögerlichen Fernsehanstalten und Privatsendern Projekte, also Aufträge, abzutrotzen. Hierzu bedurfte es in dieser überschaubaren Fernsehwelt angestrengter Kontaktpflege, ständigen Strippenziehens und Antichambrierens bei den Fernsehchefs und ihren Redaktionsknechten. Ich war ein Novize in diesem von Seilschaften, alten Beziehungen, Spezitum, mitunter auch von Korruption überschatteten Kosmos. Die von mir schon immer bewunderten Talente des Verkaufens, des Türöffnens, des Kungelns in Verbänden und Gremien waren meine Sache nicht. Ein wenig naiv huldigte ich dem soliden Grundsatz, ein gutes Projekt müsse für sich selbst sprechen.

In den fast 20 Jahren als mittelständischer Produzent gewann ich manch guten Freund – Mitarbeiter, Autoren, Schauspieler, Regisseure – und nicht zuletzt meinen fast 30 Jahre jüngeren Partner Uwe Schott, der später in Berlin Karriere machte. Obwohl ich hier wieder einmal in eine Welt eintauchte, die ganz

# MÜNCHEN

**1985** kehrte ich nach München zurück. Allerdings spielten sich in diesem Dezennium weit bedeutendere Ereignisse ab, als der Neubeginn in der Stadt meiner Jugend. Das Ende der Sowjetunion, ihres Trabanten der DDR, ja ein Ende des Kalten Krieges erschien am Horizont. Als die Wiedervereinigung dann tatsächlich Gestalt annahm, als unsere Ängste über ein mögliches Misslingen sich verflüchtigten, übermannten auch mich Glück und Dankbarkeit für diese eigentlich unverdiente Korrektur der deutschen Geschichte.

In der späten Mitte meines Lebens stellte sich nun also die Frage, was ich mit meiner beneidenswerten Freiheit anstellen würde. Ein kurzes Gastspiel bei einer damals florierenden Investmentbank und Vermögensverwaltung, deren eigentliches Ziel es war, die smarten Gründer im Geschwindverfahren reich zu machen, erwies sich schnell als Sackgasse für mich.

Um eine weitere Erfahrung aus dem Wirtschaftsleben reicher gelang es mir endlich, doch noch einen kleinen Schritt in Richtung Kunst und Künstler zu tun. Als ich in den 60er-Jahren meine ersten Schritte als Anwalt tat, haben sich bereits die ersten Kontakte zu Film und Fernsehen ergeben, da der Chef der Kanzlei Wolf Schwarz eine kleine, aber prosperierende Fernsehproduktion betrieb. Schwarz wollte mich unbedingt dazu überreden, die Führung der Firma zu übernehmen. Nachdem mich nun das Schicksal wieder nach München gespült hatte, besuchte ich Freund Schwarz und musste leider erfahren, dass die inzwischen sehr erfolgreich operierende Firma an einen Mann im Hintergrund verkauft worden war. Jeder ahnte, wer dieser unsichtbare Dritte war, den ich später auch kennenlernen sollte. Auf Rat des klugen Schwarz kaufte ich mich in eine kleine, vielversprechende,

unserer Freundschaft hat Yves nicht nur mehrmals seine Arbeitgeber gewechselt, er hielt uns auch in Atem durch mehrfachen Wechsel, der Ehe- oder Lebensgefährtin. Sabine, Nikolaus und ich haben sie alle überstanden und werden von den Istels heute als Teil der Familie gesehen.

*Yves Istel*

von meinem Vater und seinem Schicksal erzählte, war dann das Eis erst wirklich gebrochen.

Yves Istel führte und begleitete uns über Jahre, wenn es um den Erwerb von amerikanischen Unternehmen ging. Immer ging es darum, das Unternehmen möglichst günstig und ohne Fußangeln zu erwerben. Es ging also darum, den Verkaufsstrategen und Investmentbankern der Gegenseite die Illusion zu rauben, in uns »clumsy Germans« den idealen Käufer an Land gezogen zu haben. Unabdingbar auf beiden Seiten auch eine ganz Truppe von Rechtsanwälten. Aus der deutschen Zentrale waren Finanzchef und Vorstandsvorsitzender dabei. Mit der ruhigen Konzentration eines Yogameisters führte Yves Istel uns in die Geheimnisse der Merger & Acquisition Philosophie ein, unterwies uns, wie wir das erste Abenteuer bestehen können. Der Generalstabschef und Chefkanonier der Operation machte uns klar, wie die passende Schlachtordnung auszusehen hatte. Er würde den »Bad Guy« geben, während die deutschen Emissäre sich vornehm zurückhalten sollten. Diese Orchestrierung ersparte es uns, auf fremdem Terrain selbst Kopf und Kragen zu verlieren, nur Yves Istel und seine Kanoniere würden auf dem Schlachtfeld agieren. Wir dagegen verweilten auf dem Feldherrnhügel und observierten die Schlacht aus der Ferne. Die Bewertung eines Geschäfts ist das Schlachtfeld, auf dem am heftigsten gefochten wird. Leise, aber unerbittlich, stach Yves in die blumigen Gesprächsballons der Gegenseite, zerriss die Girlanden, mit der man die Braut geschmückt hatte, scheuchte die stets nervende Herde von Anwälten aus dem Raum und bat uns um freundliches Schweigen. Nachdem wir durch die Sümpfe des amerikanischen »Corporate Law« gewatet waren, kamen wir schließlich zum Zuge: Endlose Verträge mit noch viel dickeren Anhängen wurden unterschrieben.

Dies liegt nun alles lange zurück, aber die Freundschaft mit Yves, der ein prachtvolles Haus in den Hamptons besitzt, wo wir die Sommerferien stets im benachbarten Sag Harbor verbringen, hat sich erhalten und intensiviert. In diesen nun tatsächlich 50 Jahren

Singing Contest um die Welt. Ich durfte James auf diesen Stationen immer wieder begleiten und hatte große Freude daran, auch wenn es mich gelegentlich ein wenig traurig stimmte. Schließlich bog der Freund in die Zielgerade ein, heiratete einen puerto-ricanischen Theaterwissenschaftler, Professor an einer angesehenen Universität in Upstate New York. Der liebevolle Kontakt zu meinem Freund ist nie abgerissen, bis heute besucht er uns im kleinen Ferienhaus in Sag Harbor auf Long Island.

In den 70er-Jahren war ich für meine Firma in den USA tätig, auf der Suche nach einer substanziellen Erweiterung des amerikanischen Geschäfts. Yves Istel, Junior Partner der ehrwürdigen Wallstreet Firma Kuhn&Loeb, sollte unser Cicerone und Expeditionsleiter auf den gefährlichen Reisen durch den Dschungel von Corporate America werden.

Ein großer Kopf mit dunklem Haar auf einem untersetzten, aber athletischen Körper, ausdrucksvolle dunkle Augen, in denen ich jüdische Melancholie las. Branchentypisch »softspoken«, mit bewusst leiser Stimme sprechend, die nur gelegentlich in ein knarzendes Gelächter explodierte. Der fünfjährige Yves Istel war 1940 auf verschlungenen Wegen mit seiner Familie in die Vereinigten Staaten gekommen. Sein Vater war der Finanzberater von Charles de Gaulle, der in diesen Jahren darum kämpfte, die Deutschen aus seinem Vaterland zu vertreiben. Der wohl sehr begabte Yves absolvierte dann trotz aller Hindernisse die klassische Eliteausbildung in Yale und machte schnell Karriere in der New Yorker Finanzwelt.

Ein großes Talent, mehr Diplomat und Vordenker als Wallstreetbroker. Als französischer Flüchtling nach Amerika gekommen, war dieser kluge Mensch nach Herkunft und Biografie gewiss kein Freund der Deutschen. Viele Jahre dauerte es, bis aus unserer freundlichen Beziehung eine wirkliche Freundschaft wurde. 40 Jahre später, als ich Yves, der immer einen Bogen um die alte Reichshauptstadt gemacht hatte, durch das Prinz-Albrecht-Gelände und die Topografie des Terrors führte und ihm

*James Dickson*

langte er an das Ziel seiner Träume: Er wurde Manager der Santa Fe Opera, damals das Mekka für zeitgenössische Opern in Amerika. Dreimal habe ich ihn mit Sabine und Freund Dr. Heinz im damals noch intakten Städtchen mit der wundervollen Naturbühne besucht. Die Karriere verlief später ein wenig unstet, mein Freund wurde als Managing Direktor der Oper in Newark, dem Ort, an dem nicht mehr ganz jugendliche Stars der Metropolitan Opera mit wechselndem Glück ein Come Back versuchten. Kein Zweifel, das Theater war auch das Eldorado der Mafia, ohne die in New Jersey nichts lief. Das Publikum, eine wunderbare Reminiszenz der alt gewordenen Italoamerikaner.

Später reiste er dann als »Voice Scout« für den Placido Domingo

mit Freunden, dem Harry Kessler glaub ich und dem Burckhardt. Zu mir war er ganz reizend, sehr charmant und witzig, ich war ja noch ganz jung. Ich glaube, er hat für den Rilke eine Sammlung organisiert, als es dem so schlecht ging. Viel später hat er uns dann in der Emigration in Oxford besucht. Er war sehr groß und mächtig geworden.«

Vieles, was sich heute, 50 Jahre später, in den Vereinigten Staaten abspielt, hat seine Wurzeln in jener Zeit, als ich dieses Land erlebte. Der Umgang mit der andersfarbigen Bevölkerung, die rassistischen Exzesse in Staaten wie Alabama unter dem berüchtigten Governor George Wallace, in einer Zeit als die Demokraten noch die Südstaaten kontrollierten. Mir scheint es heute, als seien die weißhäutigen Angelsachsen zu ihrer letzten Schlacht um die Vorherrschaft angetreten.

Es war, wie sich im Sommer 1967 zeigte, ein Schicksalsjahr für die Vereinigten Staaten. Der schöne Traum vom »American Way of Life« zerbrach. In Harlem, in Newark, in Detroit und Watts explodierten die Rassenunruhen. Lyndon Johnson, der Architekt der »Great Society«, der wie kaum ein anderer Präsident für Sozialreformen und die Bürgerrechte gekämpft hatte, ließ sein Land in den verhängnisvollen Vietnamkrieg gleiten.

Zwei Freunde sind es, die meine Haltung gegenüber diesem Lande mitgeprägt haben. Beide Männer sind Juden, beide haben starke Bezüge zum alten Europa.

James Lothar Dickson, geboren 1949 in Chicago, Freund und Schlachtgefährte, mit dem ich zahllose Opernabenteuer von Newark bis München, von Santa Fe bis New York erlebt habe. Jim's Vater, ein emigrierter Engländer, der sich früh aus dem Staub machte, die Mutter stammte aus einer Familie deutscher Juden, der Einsteins, Schaffners und Lipmans. Der bildhübsche, junge Jim Dickson wuchs dann in der Familie von Richard Avedon, dem berühmten Modefotografen auf, studierte in Harvard. Dann begannen wohl recht wilde Wanderjahre, die ihn auch in den Dunstkreis um Lenny Bernstein geraten ließen. Schließlich ge-

von Hugo von Hofmannsthal, die damals einen berühmt gewordenen kleinen Salon führte, bei dem sich literarische Größen deutscher Zunge von Uwe Johnson bis Ingeborg Bachmann, von Peter Handke bis zu Hans Magnus Enzensberger die Klinke in die Hand gaben. Christiane war eine energische, sehr praktisch denkende Frau, die weniger einer österreichischen Aristokratin als der herben Golda Meir glich. Sie war erst kurz vor Kriegsbeginn emigriert und hatte eine lange und schwere Zeit in New York, wo sie als Social Worker ihre kleine Familie durchbrachte, bis endlich nach dem Krieg die Rosenkavalier-Tantiemen wieder zu tröpfeln begannen. Ich erlebte in den folgenden Jahren allerlei Rencontres mit ihrem Sohn Michael, einer sehr charmanten Mischung aus Nichtsnutz, bösem Buben und Abenteurer. Den Kontakt zu Christiane Zimmer verdanken wir der ältesten Freundin meiner Frau, Vera Graaf, einer Journalistin, Schriftstellerin, die lange an der Seite von Michael ein recht abenteuerlustiges Leben führte. An den grauen Sonntagen wanderte Christiane gerne mit mir durch das winterliche Village, wo sie eine fantastische und billige Trattoria kannte. Christiane Zimmer war nicht nur die Tochter eines hochempfindsamen Dichters aus dem dekadenten Wien, sie war auch eine zupackende »German Hausfrau« von leidenschaftlicher Sparsamkeit, weshalb sie auch stets die »Subway« dem Taxi vorzog. Hatten wir nach langer Wanderschaft dann ihre Traumkneipe gefunden, so waren wir garantiert in dem lausigsten Restaurant im Village gelandet, was ihrem Enthusiasmus keinerlei Abbruch tat. Sie mochte mich, vielleicht weil ich in ihren Augen all das verkörperte, was sie an ihrem Sohn vermisste, den sie als koksenden Edelhippie beschrieb, der seine besten Jahre in der Karibik verplemperte anstatt seinem erlernten Beruf als Architekt nachzugehen.

Als ich meine etwas dubiose Familiengeschichte erwähnte, schaute sie mich prüfend an und bemerkte trocken: »Ja, die Ähnlichkeit ist frappant, aber Du bist hübscher!« Dann erzählte Christiane Zimmer sehr bilderreich und witzig über ihre Begegnungen mit meinem Vater. »Dein Vater war oft in Rodaun bei uns

wilhelminischem Dekor Kellnerinnen in Fantasiedirndln 300 verschiedene, ungenießbare Kraut- und Fleischvarianten anboten, die man mit dem berüchtigt süßen Rheinwein der Marke »Blue Nun« begoss. In den Drugstores bedienten freundliche ältere Herren mit weißer Haube den Gast, der an einem roten Kunstledertresen Platz nahm und English Muffins, Coffee oder gar die so herrlich-kitschigen Sodas genoss.

Durch meinen Diplomatenfreund Alexander Böker lernte ich einen Typ des Amerikaners kennen, der heute ausgestorben ist. George Devenshore, damals in seinen 50ern, stammte aus einer dieser feinen Südstaatenfamilien, deren Söhne es noch nicht nötig hatten zu arbeiten. Selbstverständlich in Harvard oder Princeton studiert, aber eben auch in Heidelberg oder München. Noch immer ein hübscher Mann, wie aus einem Noel Coward Stück, gay ohne tuntig zu sein, pflegte dieser perfekte Gentleman im Mai am Ende der »Season«, wie man es nannte, mit seiner betagten Mutter – vom Vater war nie die Rede –, selbstverständlich on Boat, nach Europa zu reisen, um mit Mama die klassische Route London-Paris-Salzburg und natürlich Venedig zu absolvieren. Erst wenn die »Season« wieder begann, also zur Eröffnung der Metropolitan Opera, kreuzte man wieder den Atlantik. Zu jenen Zeiten war der Hafen noch nicht zu einem Niemandsland verkommen, hier ankerten noch die gewaltigen Passagierschiffe wie die Queen Mary, deren Silhouette majestätisch durch den Gebäudewald der Westside schimmerte. George war ein sehr gebildeter Kosmopolit und noch wichtiger, ein Opernfreak, was mich sehr beglückte. Gelegentlich besuchte ich ihn in seinem sparsam, aber edel möblierten Apartment in den Upper 40ties. In seinem Schlafzimmer waren die Wände voll mit Porträts von Schuhen und Füßen. »You know Andy Warhol? I used to know Andy very well, he loved my feet and he really needed the money.«

Auch in späteren Jahren, als mich der Beruf nach New York führte, wo ich dann eine Wohnung hatte, begegnete ich ganz besonderen Menschen, nicht selten Juden mit europäischem Hintergrund. Unvergesslich Christiane Zimmer, die Tochter

Glanz und Glamour, Dreck und Elend – alles eng nebeneinander in dieser Riesenstadt. Das Wesen der Amerikaner, ihre direkte, freundliche Neugier, aber auch die fast orientalische Höflichkeit, deren Mangel an Substanz und Aufrichtigkeit. Dieses ständige »… he is a great friend of mine …, we have to see you …, why don't you join us for dinner …« kann und soll nie für bare Münze genommen werden. Der blendende Oberflächenglanz, die opulenten Autos, in denen man wie auf einem Sofa sitzt und alles irgendwie automatisch geht. Alles ist »great and beautiful«, ganz gleich, ob es um Automobile, Countryhouses oder »Charlie's Angels« geht. Wie es unter der Motorhaube, unter dem Bett oder im Basement aussieht, ist nicht relevant, da schaut man nicht hin. – Das alles, so schien es mir, passte irgendwie in das Bild, das Max Weber vom Puritanismus und Kapitalismus gezeichnet hatte.

Kaum jemand hat diese Welt so akribisch, ja gnadenlos und präzise porträtiert, wie Matthew Weiner in seiner Fernsehserie »Madmen«.

Die opulenten Museumspaläste, die freche Welt der Pop Art, Lenny Bernstein, der einen süchtig machte, das aufregend-quälende Living Theatre der Becks: die gerade eröffnete Metropolitan Opera, ein gigantisches Monument des Rockefeller-Klassizismus, in das es mich ständig zog. Der erste Blick auf das mit einem riesigen Chagall geschmückte Gesicht dieser sagenumwobenen Institution, deren Plakate von den Auftritten von Birgit Nilsson, Leontyne Price, Renata Tebaldi, von Corelli, Bergonzi und Richard Tucker kündeten. Da musste ich hin und das tat ich dann auch mit nie ermüdender Leidenschaft. Die Nachbarschaft von Moderne und Altertümlichem in dieser Stadt verblüffte mich, war doch unsere Generation es gewohnt, dass in den heimatlichen Städten ganze Epochen weggebombt oder nach dem Krieg abgerissen wurden. In jenen Jahren gab es in New York noch die gemütlichen Reservate aus einer Zeit, als fleißige deutsche Emigranten ihr Glück in der großen Stadt gefunden hatten. Die Metzgereien und Gasthäuser in den hohen 80ern der Eastside: »Luchow's«, das wahrscheinlich größte Bierhaus der Welt, wo in

# AMERIKA

Am 9. Mai 1945 sah ich in Bad Ischl den ersten Amerikaner in meinem Leben. Seitdem war ich, wie meine ganze Generation, konfrontiert mit diesem Land der unbegrenzten Möglichkeiten und seinen Bewohnern. Keiner meiner beiden Väter hat wohl je dieses Land betreten. Aber ein Onkel meines Vaters, Johann-Heinrich Graf von Bernstorff, war seit 1908 Botschafter des Deutschen Reichs in Washington und führte nach Ausbruch des Ersten Weltkriegs einen zähen, aber erfolglosen Kampf, um den Kriegseintritt der Vereinigten Staaten zu verhindern. Der Einfluss, den der wohl bedeutendste Bernstorff der jüngeren Geschichte auf die politischen Vorstellungen meines Vaters hatte, ist erheblich gewesen. Nach der Machtergreifung musste er 1933 Deutschland verlassen.

Kein Land hatte meine Generation so fasziniert, gepackt, unterhalten, neugierig gemacht, kein Kontinent war so bebildert in unseren Köpfen. Hollywood natürlich, die keusche Komödiantin Doris Day mit den makellosen Frisuren, die »Melos« mit der Wyman oder Lana Turner in den betörend künstlichen Cinemascope-Bildern des Douglas Sirk. Das Eisenhower-Amerika der »Fifties« hatte unsere Sicht geprägt. Amerika, so glaubten wir, war einfach genau so, wie es im LIFE Magazine aussah. Kurzum: Wir wussten alles, aber keiner war schon mal da gewesen. Als aufgeklärte junge Europäer glaubten wir an den Genius dieses Landes, dessen dunkle Abgründe sich uns erstmals mit der Ermordung Kennedys im reaktionären Dallas aufgetan hatten.

Ich hatte das Glück, in den 60er-Jahren ein Praktikum in einer Werbeagentur und einer Unternehmensberatung in New York zu machen und so eigene Erfahrungen mit diesem Land und seinen Menschen zu sammeln.

pisch, dass mein Vater »Theater, Oper und Ballett« frequentierte, allerdings soll ihn das rezeptive Zuschauen in Theater und Oper nicht wirklich interessiert haben.[69]

Mich hingegen faszinierte das Theater und natürlich die Oper, dazu auch die Schauspieler, Sänger, Musiker und Regisseure.

Das Showbusiness, das Virtuose, das Überwältigende, das Lächerliche. Das gilt für Schauspieler, Sänger, Dirigenten und Musiker. Auch meine nie ermüdende Leidenschaft, selbst zu spielen, irgendwie mitzumachen im Theater. Die großen Idole meiner jetzt 70 Jahre alten Musikwelt von Knappertsbusch, Carlos Kleiber und heute Kyrill Petrenko habe ich nur aus sicherer Distanz am Pult erlebt. Sänger und Solisten, schon von Berufs wegen, sind in der Regel sehr auf sich zentriert, deshalb auch eher unergiebig. Natürlich hätte ich gerne Elisabeth Schwarzkopf, Claudio Arrau, Menuhin oder Birgit Nilsson kennengelernt.

Kein Zweifel: Das vermeintliche Erbe von Rudolf Schulz-Dornburg und das der Mutter haben meine Talente und Neigungen stark beeinflusst.

Geschichtliches war mir, wie auch meinem Vater und der Mutter, immer ein großes Anliegen gewesen – Schwerpunkt Neuere und Zeitgeschichte. Noch heute halte ich es für unabdingbar, dass junge Leute in ihrem inneren Kompass auch die Geschicke Deutschlands und Europas gespeichert haben. Man vermag die zwei Weltkriege, aber auch die Gegenwart, nicht zu begreifen und zu erklären, ohne die Vorgeschichte von Napoleon, vom Wiener Kongress bis zu Otto von Bismarck zu kennen.

---

[69] Hansen, Knut: *Albrecht Graf von Bernstorff*. S. 66.

mein Vater in den Kindheitsjahren und übte trotz seiner rastlosen Umtriebigkeit einen starken Einfluss auf mich aus. Es ist die Musik- und Theaterwelt, die wie eine Fata Morgana immer wieder in mein Leben hineinspielt. Ein Milieu, das ich nicht mehr verlassen würde. Niemals wirklich erreichbar, aber doch Ton und Charakter, meinem Leben eine eigene Note gebend.

Fragte mich jemand nach meinem Traumberuf, dann würde die prompte Antwort lauten: Dirigent. Selbstverständlich müsste ich ein außergewöhnlicher Künstler sein, Karrieren im Dritten Glied sind in der Kunst noch schlimmer als im bürgerlichen Leben.

Vor dem familiären Hintergrund ist es aber einleuchtend, dass es mich schon früh zu Künstlern zog, vornehmlich vor allem zu Theater und Musikmenschen.

In ganz anderer Gewichtung war dies auch bei meinem leiblichen Vater so. Allerdings darf man dabei nicht vergessen: Albrecht Bernstorff war von Herkunft und Tradition, seinem Pedigree oder Asiette, wie es die Franzosen nennen, schon in seiner Jugend von ganz anderem Zuschnitt als ich.

»Dass er sich gerne über seine literarischen Erfahrungen verbreitete, ist kein Zufall, er liebte es zu lesen, über das Gelesene oder über fast alles andere in interessanter Runde zu sprechen.«[68]

Mich haben erzählende Schriftsteller mehr gepackt als die Lyrik. Ähnlich erging es mir mit der Musik. Die Oper, die große Sinfonie, lag mir näher als die Kammermusik. Mit Albrecht Bernstorff teilte ich das nur temperierte Interesse an der bildenden Kunst, ein wenig überraschend, denn mein Großvater war ein angesehener Maler gewesen.

Was das Kernstück meiner Leidenschaft, die Musik, das Musiktheater und Schauspiel angeht, so gab es da wohl keine Gemeinsamkeiten.

Für einen preußischen jungen Adligen war es gewiss nicht ty-

---

[68] Hansen, Knut: *Albrecht Graf von Bernstorff*. S. 66.

alles daran gesetzt hätte, die höchsten Stufen der Karriereleiter zu erklimmen«, behauptet der Biograf[65]. Auch Kurt von Stutterheim, der posthume Schwager meines Vaters, beschreibt meinen Vater so: »Albrecht war von Natur zu Kompromissen geneigt und alles andere als ein Kämpfer.«[66]

Das fragile Selbstbewusstsein, das Fehlen einer bedingungslosen Bereitschaft zum Erfolg, die fehlende Disposition, ein bestimmtes Ziel unter allen Umständen erreichen zu wollen, der dafür wohl auch unabdingbare Killerinstinkt – das sind Defizite, will man sie so nennen, die auch mir nicht fremd sind. Das Engagement, der Mut dagegen, das Bemühen, um höherwertige Ziele, das zeichnet meinen Vater und seine verzweifelten Anstrengungen um die Erhaltung des Friedens aus. »Entscheidend doch, dass er passiv und aktiv gegen die Nationalsozialisten arbeitete und dafür sein Leben aufs Spiel setzte.«[67]

Rudolf Schulz-Dornburg war aus ganz anderem Holz geschnitzt, ein Künstler der seinen Weg gehen wollte, ein Mann, der keinem Konflikt aus dem Weg ging, ein Musiker, den man faszinierend und hochbegabt fand, der jedoch auch viele Menschen verletzte und abstieß, was letztlich auch seiner Karriere schadete. Ein begnadeter Macher und Visionär, aber kein selbstkritisch reflektierender Denker. Dass der linke Musikrevolutionär dann im Nationalsozialismus seine Visionen erfüllt sah, darf man nicht als reinen Opportunismus abwerten. Ihm fehlte, wie unzähligen anderen Deutschen, auch eine feste Verankerung im demokratischen Denken. Er hatte nicht erkannt, dass Deutschlands Katastrophe ihre Wurzeln im Zweiten Reich der Hohenzollern hatte.

Nun war der Musiker Rudolf Schulz-Dornburg, wie ich recht spät erkennen musste, nicht mein leiblicher Vater, sodass genetische Einflüsse nicht wirksam sein konnten. Trotzdem war es wohl so, dass Vieles, was diesen Mann auszeichnete, auch bei mir Spuren hinterließ, die mein ganzes Leben säumten. Er war

---

[65] Hansen, Knut: *Albrecht Graf von Bernstorff*. S. 270.
[66] Stutterheim, Kurt v.: *Die Majestät des Gewissens*. S. 50.
[67] Hansen, Knut: *Albrecht Graf von Bernstorff*. S. 276.

# DAS ERBE

I don't know why I am the way I am.«, stellte die feministische Intelektuelle Germaine Greer fest. »I dont' think it's interesting.«

Das ist ein kluger, wenn auch provokativer Satz, aber ich habe mich nicht daran gehalten und versucht, mir ein Bild meiner Väter zu machen. Es sind die Erzeuger, die Eltern, die Vorfahren, aus deren Eigenschaften, Charakterzügen, Vorlieben und Abneigungen, ihren Stärken wir hervorgehen. 70 Jahre nachdem die beiden Männer aus meinem Leben verschwanden, versuche ich bei mir, Spuren dieser beiden zu entdecken. Da sich meine Väter schon in meiner Kindheit verabschiedet hatten, fällt es mir schwer, diesen Prozess des Wiedererkennens zu nutzen. Es mag vermessen klingen, gelegentlich ertappe ich mich dabei, nach den Ähnlichkeiten mit dem Vater zu suchen. Wenn schon die äußere Ähnlichkeit so frappierend zu sein scheint, warum sollte es nicht auch Charakterzüge geben, die sich im Sohn widerspiegeln? Knut Hansen hat ein Bild meines Vaters gezeichnet, das überzeugend wirkt. Der Biograf konstatiert das »Auseinanderfallen des kritischen Selbstbildes und dem so positiven Eindruck, den er auf andere machte. So war er bis in sein fünftes Lebensjahrzehnt hinein ein labiler, schwankender, grüblerischer und zweifelnder Mensch, der sich seiner beruflichen Erfolge nicht recht freuen konnte.«[64] Zeitgenossen aber erinnern an den brillanten, angenehmen Gesprächspartner. Mein Vater muss ein sehr witziger, scharfzüngiger Mann gewesen sein, ein sehr gescheiter und amüsanter Gastgeber. »Bei seiner beruflichen Karriere fehlte ihm auf Grund seiner Unsicherheit, seiner Selbstzweifel der Biss. Sein Ehrgeiz war nicht so brennend, dass er

---

[64] Hansen, Knut: *Albrecht Graf von Bernstorff*. S. 275.

the human conscience that we commemorate this evening. May these memorials stand for ever as symbols of dignity and courage.«

Würde und Mut, das sind Eigenschaften, die auch für mich Maßstäbe setzen, dem, anders als meinem Vater, ein sehr viel leichteres, nahezu unbekümmertes Leben vergönnt war und dessen Charakterstärke nicht an den furchtbaren Herausforderungen dieser dunklen, schrecklichen Zeit meiner Väter gemessen wurde.

*Bernstorff, Dönhoff, Kantorowicz in Stintenburg*

men, ist einer der unerträglichsten Gedanken – ein Sinnbild jener Leidenszeit Deutschlands und der Welt.«[63]

Am 27. Juni 1961 wurden in der deutschen Botschaft in London Gedenkplaketten für Albrecht Bernstorff und seine Botschaftskollegen Herbert Mumm und Erich Brücklmeier enthüllt. Auch meine Mutter war eingeladen worden und reiste nach London. Die Gedenkrede hielt Sir Harold Nicolson. Er sprach von meinem Vater als einem großen Freund Englands: »[…] a good German and a man who liked, trusted, and above all understood the British. To an aristocrat such as Albrecht, the Nazisystem was not dangerous and inhumane only, but abominable vulgar. He regarded it as a degradation of German history.« Harold Nicolson schließt seine Gedenkrede mit den Worten: »It is the majesty of

---

[63] Von Bernstorff, Hartwig (Hrsg.) u. a.: *Mythen, Körper, Bilder. S. 160.*

geous and outspoken in his hatred of the Nazis and I fear he is not long for this world.«⁶¹ Auf eine Frage Churchills, wie man einen zweiten deutschen Krieg verhindern könne, antwortet Bernstorff: »Overwhelming encirclement!« Tatsächlich ist das »Dritte Reich« acht Jahre später durch eine »überwältigende Einkreisung« in die Knie gezwungen worden. Das Wort des englischen Freundes »I fear he is not long« erwies sich als prophetisch. Mein Vater war mutig, ja gelegentlich tollkühn, er widersetzte sich leidenschaftlich dem sich nach der Kristallnacht 1938 noch verstärkenden Antisemitismus und tat alles, um Juden zu retten. Es war ein wagemutiges Unterfangen, ein tollkühnes Husarenstück, das ihm mit der Fluchthilfe für den Historiker Ernst Kantorowicz gelang. Der Versuch, die Witwe des großen Malers Max Liebermann in die rettende Schweiz zu bringen, misslang. Die alte Dame suchte den Freitod. Diese Bemühungen hatten meinen Vater noch im Juli 1943 in die Schweiz geführt. Hätte er sich dem Rat seiner Freunde gebeugt und wäre dortgeblieben, dann wäre ihm sein schreckliches Schicksal erspart geblieben. Am ersten Tag nach der Heimkehr nach Berlin wurde Albrecht Bernstorff verhaftet. Er würde die Freiheit nie mehr erleben.

Theodor Heuss, der erste Bundespräsident des neuen Deutschland, sagte über ihn: »Wenn man sich ein Bild Albrecht Bernstorffs wieder ins Bewusstsein ruft, so mischen sich auf seltsame Weise zwei Empfindungen, eine lockere Heiterkeit, die sich mancher frohen Stunden angeregter Geselligkeit dankbar erinnert, und traurige Wehmut über den herben, ja wüsten Ausgang eines hochgemuten Lebens, in dem Größe angelegt war.«⁶²

Ernst Kantorowicz, dem mein Vater 1938 den Weg zur Flucht ebnete, schreibt in sehr zu Herzen gehenden Worten: »Daß es diesem durch und durch gütigen Menschen, der vor allem Freunden Freund sein wollte, beschieden war, in den veruchtesten Baracken eines geistig und leiblich kasernierten Deutschland umzukom-

---

[61] Nicolson, Harold: *Diaries and Letters*, 1930 bis 1939. London 1966. S. 266.
[62] Zit. im Vorwort bei Von Stutterheim, Kurt: *Die Majestät des Gewissens*. S. 5.

putsch unter der Führung von Göring. Der deutsche Gast warnte eindrücklich vor einer Annäherung der britischen Führung an das Deutsche Regime.

*Albrecht Graf von Berntorff in den frühen 20er-Jahren*

Erstaunlich, welche Perspektiven ein deutscher Diplomat im Jahr der Olympiade zu erkennen glaubte.

Im gleichen Jahr berichtet Nicolson sehr bewegend über ein Abendessen mit Winston Churchill, dem konservativen Politiker Duff Cooper und meinem Vater: »Bernstorff is extremely coura-

Vater unterhalten hatte, teilte dessen Zorn über die Gleichgültigkeit des Westens gegenüber der strauchelnden Weimarer Republik. Albrecht Bernstorff war zutiefst antimilitaristisch: »der Krieg ist das Schreckgespenst meines Lebens«[56]

In seinen Jahren an der Botschaft in London baute sich Bernstorff ein Netz zu britischen Diplomaten und Politikern, aber auch in die englische Gesellschaft auf, wo er sich wie ein Fisch im Wasser fühlte. Eine besondere Rolle spielte der Freund Harold Nicolson. Der ehemalige Diplomat und Schriftsteller galt als einer der besten Kenner Deutschlands in Großbritannien. »Seine Rolle in Diplomatie und Politik ähnelte darin der Bernstorffs in Deutschland.«[57] Nicolson, sechs Jahre jünger, verheiratet mit der Schriftstellerin Vita Sackville West, war wahrscheinlich neben Iona Ustinov, dem Presseattaché an der Deutschen Botschaft, der engste Freund in der zweiten Londoner Zeit Bernstorffs (1929–1933). Vor ein paar Jahren besuchte ich Sissinghurst Castle, den ob seiner Gärten berühmt gewordenen Landsitz der Nicolsons, in dem mein Vater so oft zu Gast gewesen war. Der paradiesische Platz hat nichts von seinem Zauber verloren. In den Tagebüchern kommt Nicolson[58] immer wieder auf seinen Freund aus Deutschland zu sprechen. Am 25. Juli 1933 gibt Nicolson ein Abschiedsessen für Bernstorff. Über seine Abberufung von London war das Bedauern groß. Premierminister MacDonald sprach meinem Vater in der Downingstreet den Dank der Regierung für seine Verdienste aus. Im Observer vom 2. Juli 1933 hieß es: »Kein Diplomat unserer Tage hat mehr geleistet als Graf Bernstorff und keiner war so beliebt wie er«[59] Drei Jahre später berichtet Nicolson[60] von einem Treffen mit Bernstorff: »A. B. is very outspoken about the present German Regime.« Bernstorff rechnete damals in Berlin mit einem schnellen Tod Hitlers und einem Militär-

---

[56] Von Bernstorff, Hartwig (Hrsg.) u. a.: *Mythen, Körper, Bilder.* S. 150ff.
[57] Hansen, Knut: *Albrecht Graf von Bernstorff.* S. 86.
[58] Nicolson, Harold: *Diaries and Letters*, 1930 bis 1939. London 1966.
[59] Zit. nach Von Stutterheim, Kurt: *Die Majestät des Gewissens.* S. 66.
[60] Nicolson, Harold: *Diaries and Letters*, 1930 bis 1939. London 1966. S. 238.

Kindheit habe ich selbst meine Rolle als Vater mit großer Begeisterung wahrgenommen.

Welche Bedeutung Albrecht Bernstorff zu seiner Zeit hatte, geht aus den vielen Zeugnissen von Historikern und bedeutenden Zeitgenossen hervor, die doch alle ein recht ähnliches Bild eines aufrechten, aber nicht unbedingt in sich ruhenden Menschen zeichnen. Marion Dönhoff, die langjährige Herausgeberin der »ZEIT«, zeichnet ein sehr liebevolles und gescheites Bild meines Vaters:[52] »Das war also A. B.! Ein großer, schwerer Mensch, der trotz seiner düsteren Prognosen mit einer gewissen Heiterkeit und genießerischer Bedachtsamkeit einen Rotwein schlürfte, offenbar entschlossen, sich in seiner persönlichen Lebensform nicht beirren zu lassen [...] Jemand, der in einer merkwürdigen Mischung von Gelassenheit und Entrüstung, Trauer und Zynismus über den Untergang Deutschlands sprach.«

Die britische Schriftstellerin Enid Bagnold, mit der mein Vater in den späten Londoner Jahren eine sehr enge Freundschaft pflegte, schreibt über ihn: »He was extremely popular at every party, shaking with blond laughter, wit and observation in his flat Durer face.«[53] »Die Versöhnung mit Großbritannien war für ihn der Schlüssel zu einem dauerhaften Frieden in Europa. England galt seit seinem Studium in Oxford seine große Liebe.«[54] Kurt von Stutterheim war als junger Journalist in London ein Freund meines Vaters gewesen. Er beschreibt sehr anschaulich die Schwierigkeiten, mit denen die Deutschen im Jahre 1923 konfrontiert waren: »In England aber vibrierte Jahre nach der letzten Kanonade die Atmosphäre von Deutschenhass. In England vollends hatte man andere Sorgen, als dem Besiegten auf die Beine zu helfen.«[55] Stutt, mit dem ich mich in Vevey so oft über meinen

---

[52] Gräfin Dönhoff, Marion: *Menschen, die wissen, um was es geht*. Politische Schicksale 1916–1976. S. 10.
[53] Zit. nach Hansen, Knut: *Albrecht Graf von Bernstorff*. S. 153.
[54] Hansen, Knut: *Albrecht Graf von Bernstorff*. S. 276.
[55] Stutterheim, Kurt v.: *Die Majestät des Gewissens*. S. 51.

meines Vaters waren den Machthabern nur allzu bekannt und vielleicht auch ein Grund, ihn endlich mundtot zu machen. Es war aber auch ein Charakterzug meines Vaters, der ihn ungeeignet zum Verschwörer machte.

»An aktivem Widerstand im Sinne des Umsturzes nahm Bernstorff nicht teil. Dafür war er als bekannter und offener Nazigegner nicht geeignet. Seine offen zur Schau getragene Gegnerschaft zum Regime, sein respektloses Mundwerk, die engen Beziehungen zum Widerstand, schließlich seine Kontakte zum feindlichen England hatten ihn zum Feind des Systems gemacht. Seit langem im Visier der Gestapo, hätte eine Verbindung mit Albrecht Bernstorff die Verschwörer des 20. Juli in Gefahr gebracht.«[51]

Auch seine Orientierung nach Westen, seine Vorliebe für die angelsächsische, die britische Welt findet sich kurioserweise in meinem kleinen Lebenskompass. Für ihn endete Europa bereits in Wien, dahinter kam dann gleich der Ural. Auch mir, der ich in eine Welt hineinwuchs, die von den Amerikanern als Retter und Heilsbringer gestaltet und geprägt wurde, fehlt der rechte Bezug zu einer nach Russland, dem Osten orientierten Weltsicht. Auch mir blieb allerdings nicht verborgen, welch unheilvollen Einfluss die amerikanische Außenpolitik und ihre Interventionen, gleich welcher Couleur im Nahen und Mittleren Osten genommen hat. Wer weiß, welche Sicht der Dinge ein so kluger und engagierter Diplomat wie Albrecht Bernstorff heute vertreten würde?

Was immer mein Erscheinen in seinem Leben bewirkt haben mag, wie immer der Umgang mit dem kleinen Sohn seiner alten Freundin Ellen sich tatsächlich abgespielt hat, ich wollte, ich hätte diesen Mann gekannt und ich hätte mit ihm sprechen können. Vielleicht hätte ich erfahren können, welche Gefühle er für mich, diesen kleinen Störenfried, hegte.

Nun, es kam alles anders, der Fluch, der über der Generation meiner Väter lag, hat mich nicht erreicht, dafür muss ich dankbar sein. Vielleicht als Reaktion auf die eigenen Erfahrungen in der

---

[51] Hansen, Knut: *Albrecht Graf von Bernstorff*. S. 276.

ein Magnet in der liberalen, aufgeklärten Berliner Gesellschaft. Ungeachtet seines gewiss spürbaren Standesbewusstseins umgab sich dieser Mann am liebsten mit Menschen, die gescheit und ohne Vorurteile waren und – nicht zu vergessen – einen gewissen Glanz ausstrahlten. Sein gesellschaftlicher Anspruch konzentrierte sich schon sehr früh auf Künstler, Wissenschaftler, Literaten, Mitglieder einer Elite, die seinen Ansprüchen genügten, seiner weltanschaulichen Couleur entsprachen. Die nicht ungefährliche Neigung meines Vaters – der scharf zielende, mitunter verletzende Wortwitz, der schlagartig eine Situation erhellt, nicht selten aber auch Wunden schlagen kann, für die man später büßen muss –, findet sich auch in meinem Waffenschrank. Albrecht Bernstorff hütete seine scharfe Zunge nicht, wenn es darum ging, seine Abscheu vor dem Naziregime und dessen Kriegspolitik zu manifestieren. Er verachtete die Nationalsozialisten, insbesondere ihr Führungspersonal. »Warum ist Adolf Hitler wie die Sonne? Er geht im Westen unter!«[50] Ein prophetischer Witz, tatsächlich sind es die Vereinigten Staaten, die das Schicksal des »Dritten Reichs« besiegeln. Allerdings konnte Bernstorff damals nicht antizipieren, welch unfassbares Grauen dieses verhasste Regime noch für ihn und die Welt bereithielt. In den verbleibenden Jahren nach der Entfernung aus dem diplomatischen Dienst, als mein Vater als Bankier und Privatmann tätig war, nutzte er jede Gelegenheit, um mit britischen Diplomaten, Politikern, Meinungsmachern die vom Naziregime ausgehende Gefahr für den Frieden zu signalisieren. Bei den auf ein »Appeasement« fixierten Engländern fand er kein Gehör. Auch die zu skandinavischen und holländischen Diplomaten gemachten Kontakte verliefen im Sande. Es müsste ein Wunder geschehen sein, wenn diese, keineswegs immer sehr vorsichtig vorgenommenen, Gespräche von Albrecht Bernstorff dem Nachrichtenapparat der Nazis gänzlich verborgen geblieben wären, auch wenn der heutige Waffenschrank der Überwachung noch nicht zur Verfügung stand. Die Position und das Verhalten

---

[50] Hansen, Knut: *Albrecht Graf von Bernstorff*. S. 225.

von sowjetischen Truppen besetzt. Drei Tage später brachte sich Adolf Hitler um.

Wie geht man damit um, wenn man selbst ein glückliches, durch keine Katastrophen bedrohtes Leben geführt hat und einen bedeutenden, aber keineswegs zum Helden geborenen, Vater hat, der so furchtbar enden musste.

Das Leben und Sterben meines Vaters hat noch eine andere Dimension. In meiner Generation haben Millionen von Kindern ihre Väter verloren, auf dem Schlachtfeld, auf der Flucht. Die Mütter, die eigentlichen Heldinnen des Zweiten Weltkriegs zogen diese vaterlos gewordenen Kinder, die ihren Vater nie bewusst erlebt hatten, auf und mussten auch für sich selbst einen neuen Platz gewinnen. Ich hatte meinen leiblichen Vater nur in schemenhaften Umrissen wahrgenommen und wuchs in einer ganz anderen Familie auf, die nichts mit Albrecht Bernstorff zu verbinden schien. Was mag in meinem Freund Klaus von Dohnanyi vorgegangen sein, der als 15-Jähriger mit seinen Geschwistern den Vater Hans von Dohnanyi im KZ Sachsenhausen oder im Krankenhaus in Berlin besuchte. »Am 13. April 1945 trägt man den todkranken Dohnanyi auf der Bahre zum Galgen.«[49]

Ich hatte Abschied genommen von meinem »Vater« Rudolf Schulz-Dornburg, als er mich 1948 in Neubeuern besuchte, ein Mann, den ich über ein Vierteljahrhundert als meinen Vater angesehen hatte. Auch er, ein verblendetes Opfer des Nationalsozialismus, der wie unzählige Deutsche dem Höllenzauber Adolf Hitlers verfallen war. Ein Mann, der seinen einzigen Sohn verlor, der nach dem Ende des Höllenspuks nie mehr Tritt fassen konnte und wohl seinem Leben ein Ende gesetzt hat.

Albrecht Bernstorff war, das sollte nicht vergessen werden, nicht nur ein aufrechter, tapferer Mensch, er muss auch ein ungemein witziger, geistvoller Mann mit großem Charme und Zauber gewesen sein. Nicht umsonst war er in seinen glücklicheren Jahren

---

[49] Hahn, Ulla: *Hans von Dohnanyi. Verschwörer gegen Hitler.* S. 13.

besiegte Deutschland wieder mit dem Vereinigten Königreich zu versöhnen, ehren diesen Mann.

Was mich immer wieder fassungslos werden lässt, ungeachtet der zeitlichen und persönlichen Distanz, ist das Leiden, das mein Vater nach seiner Verhaftung am 30. Juli 1943 im Hausgefängnis der Gestapo in der Prinz-Albrechtstrasse, im KZ Ravensbrück und im Zellengefängnis in der Lehrterstraße in Berlin erleben musste. »Die Haftbedingungen waren menschenunwürdig. Die immer heftiger werdenden Bombenangriffe waren eine Quelle der Angst, da die Gefangenen ihnen wehrlos ausgesetzt waren. Nach der Verlegung in das KZ Ravensbrück begannen die Folterungen bei den Verhören, schließlich verlegte man den gequälten Mann wieder nach Berlin in das Zellengefängnis Moabit, da die Verhandlung vor dem Volksgerichtshof, auf den 8. Februar 1945 terminiert worden war. Als Roland Freisler, der Präsident des Volksgerichtshofes, am 3. Februar 1945[47] bei einem Bombenangriff ums Leben kam, wurde die Verhandlung auf den 27. April 1945 in Potsdam verschoben. Die Schwestern von Albrecht Bernstorff, Anna und Luisette, sowie die alte Freundin Elly von Reventlow besuchten meinen Vater in Moabit ein letztes Mal. Detlof von Winterfeldt, dem ich dann 19 Jahre später beim Prozess gegen den SS-General Wolff begegnete, war wohl der letzte Freund, dem mein Vater in Moabit begegnete. Beide Männer glaubten an eine letzte Rettung in diesen Chaostagen in der Stadt. »In den allerletzten Tagen der Lehrter Strasse waren Albrecht und ich ständig zusammen und konnten freisprechen. Am 23 April 1945 trennten wir uns und gingen jeder in seine im Keller gelegene Schlafzelle. Gegen 7 Uhr am nächsten Tag erfuhr ich, dass Albrecht, Baron Guttenberg und der alte Herr Schneppenhorst gegen Mitternacht von einem SS-Kommando zum angeblichen Abtransport abgeholt seien.«[48]

Zu dieser Zeit war Albrecht Bernstorff tot und fast ganz Berlin

---

[47] Hansen, Knut: *Albrecht Graf von Bernstorff*. S. 265-268.
[48] Stutterheim, Kurt v.: *Die Majestät des Gewissens*. S. 89.

kriegs, des Versailler Diktates, den Unruhen in der Nachkriegszeit geprägt waren. Viele haben in ihm den Künder einer »Neuen Zeit« gesehen. Das traf nicht nur bei den jungen Stauffenbergs zu. Das war gewiss auch so bei Rudolf Schulz-Dornburg, aber vermutlich auch bei meiner Mutter.

»Kantorowicz hat sich später in der Tat von einer antimodernen, deutschnationalen und dem Autoritären verhafteten Gesinnung, sowie seinem ›Meister‹ den Dichter distanziert und emanzipiert«[45] Der jüdische Historiker hatte sich vehement von denjenigen Georgianern abgesetzt, die das »Hitlerreich« betrachteten als Weg zum »Geheimen Deutschland«.

Albrecht Bernstorff war eng befreundet mit Ernst Kantorowicz, der nach der Machtergreifung zunehmend unter Druck geriet. Der faszinierende Wissenschaftler, von seinen Freunden, zu denen auch Marion Dönhoff gehörte, liebevoll EKA genannt, war oft in Stintenburg zu Gast gewesen.

Mein Vater war es schließlich, der dem Freund Kantorowicz 1939 zur Flucht aus Deutschland half. In der Pogromnacht im November 1938 versteckte Bernstorff den Freund, dem sein Pass von den Nazis bereits abgenommen war, in seiner Berliner Wohnung. Einem Freund meines Vaters gelang es schließlich, Kantorowicz ein Visum zur Ausreise in die USA zu verschaffen.[46]

Nein, Albrecht Bernstorff war gewiss nicht beeinflusst vom Wirken des raunenden Dichters und Erweckers. Mein Vater war ein überzeugter Anhänger der Weimarer Republik, aber er war auch ein Kind seiner Zeit, der Katastrophe des Ersten Weltkriegs, des Bankrottes der wilhelminischen Militärmonarchie. Er hatte nie an den Idealen eines freien demokratischen idealen Deutschlands gezweifelt. Seine politischen Ziele, seine Verachtung und Abscheu gegen das NS-System, seine Anstrengungen, das 1918

---

[45] Gudian, Janus: *Ernst Kantorowicz*. S. 198.
[46] Hofmann, Gunter: *Marion Dönhoff*. S. 189.; Hansen, Knut: *Albrecht Graf von Bernstorff*. S. 239.

scher ein Historiker sein, der von dem geheimen Deutschland nichts weiß.«[40]

Kantorowicz erwähnt auch in der Vorbemerkung zu seinem Buch einen Kranz auf des Kaisers Sarkophag mit der Widmung »Seinen Kaisern und Helden. Das geheime Deutschland«. Kantorowicz schließt sein großes Werk mit den Worten: »doch der größte Friedrich ist bis heute nicht erlöst, den sein Volk weder faßte noch füllte.«[41]

Ich junger Deutscher wusste wenig über Stefan George, aber das Buch von Kantorowicz, der zu dem engeren Kreis gehörte, las ich fasziniert, angesteckt von meiner Mutter, deren Lieblingsbuch es war.

»Der Meister das war der Dichter Stefan George in dem die Brüder Stauffenberg den größten lebenden Deutschen und den Künder eines neuen Zeitalters verehrten.«[42]

»Aber 1933 gab es unter Georges Freunden viele, die sich für das neue Regime begeisterten. Als im Januar 1933 die Nationalsozialisten an die Macht kamen, hofften die jüdischen Freunde vergebens auf eine klare Stellungnahme Georges.«[43]

Im Mai 1933 teilt der Dichter der neuen Regierung selbst mit, »die Ahnherrschaft der neuen nationalen Bewegung leugne ich durchaus nicht ab und schiebe auch meine geistige Mitwirkung nicht beiseite.«[44]

George hatte zweifellos starken Einfluss auf eine Generation von jungen Deutschen, welche von der Katastrophe des Ersten Welt-

---

[40] »Antrittsvorlesung vom 14.11.1933« in: Gudian, Janus: *Ernst Kantorowicz*. S. 102ff.
[41] Kantorowicz, Ernst: *Kaiser Friedrich der Zweite*. S. 632.
[42] Karlauf, Thomas: *Stauffenberg*. S. 9.
[43] Karlauf, Thomas: *Stauffenberg*. S. 13.
[44] Karlauf, Thomas: *Stauffenberg*. S. 17.

Auch Bernstorff wird zu dem »als mehr oder minder nah zu dem fein gesponnenen Netzwerk um George gehörig« angesehen.[36]

Ob Stefan George, der Dichter und Künder einer Neuen Welt, für uns junge Menschen heute fast vergessen, tatsächlich Einfluss auf das Denken meines Vaters Albrecht Bernstorffs hatte, erscheint mir schwer vorstellbar. »Er las Stefan George, konnte sich aber nicht wirklich für ihn begeistern.«[37] George genoss gerade bei der deutschen Jugend eine sich bis zur Verehrung steigernde Popularität. In seinem ganzen Regen und Trachten lehnte George Deutschland in seiner bestehenden Form ab, galt ihm das Moderne doch als die technische Entseelung der Welt, einhergehend mit einer Verameisung der Gesellschaft. Der Dichter und seine Gefolgschaft bildeten gemeinsam das »Geheime Deutschland« welches als Ausgangspunkt einer Erneuerung Deutschlands dienen sollte«[38] Die Ablehnung der Moderne und die gegen das Moderne verkörpernde USA »war sozusagen das Markenzeichen von Georges Bewegung«. »Die der Vorstellungswelt des Geheimen Deutschlands zugrunde politische Erwartungshaltung war eine aus empfundener Not geborene Sehnsucht und erklärt sich vor dem Hintergrund von Erstem Weltkrieg, deutscher Niederlage, Untergang des Reiches, der Demütigung des Versailler Vertrages und der chaotischen Verhältnisse der Weimarer Republik inclusive der Wirtschaftskrise.«[39]

Das erklärt auch den großen Widerhall, den Ernst Kantorowicz mit seinem 1927 erschienenen Werk »Kaiser Friedrich, der Zweite« fand. Kantorowicz spricht in diesem Buch vom »Geheimen Deutschland«. »Das ist der innerste wesenhafte Kern der Nation selbst geborgen und wer ihn einmal erschaut, ist auf ihn verpflichtet wie der Soldat auf die Fahne. Keiner kann als Deut-

---

[36] Hofmann, Gunter: *Marion Dönhoff*. S. 382.
[37] Von Bernstorff, Hartwig (Hrsg.) u. a.: *Mythen, Körper, Bilder*. S. 150. George (1868–1933)
[38] Gudian, Janus: *Ernst Kantorowicz*. S. 40/41.
[39] Gudian, Janus: *Ernst Kantorowicz*. S. 4.

*Albrecht Graf von Bernstorff, um 1923*

plomat engen Kontakte, ja Freundschaften, zu Arthur Schnitzler, Jacob Wassermann, Carl Jacob Burckhard und nicht zuletzt Hugo von Hofmannsthal.

Die Bekanntschaft Rainer Maria Rilkes war wohl für meinen Vater besonders beglückend. »Ihm zuzuhören, ist einer der höchsten Genüsse, die ich mir denken kann, weil er so wunderbar gestaltet und schildert, dass man ganz in den Bann seiner schönen Stimme gerät.«[35] Als er 1916 von der materiellen Not des Künstlers erfuhr, initiierte Bernstorff eine Sammlung für Rilke.

---

[35] Hansen, Knut: *Albrecht Graf von Bernstorff.* S. 63/64.

land wieder mit dem Vereinigten Königreich zu versöhnen, ehren diesen Mann. Fast wäre es ihm damals in den letzten Apriltagen 1945 gelungen, dem Tod von der Klinge zu springen. »Mit den Befreiern vor den Toren stand sein Leben auf des Messers Schneide. Erst in letzter Minute ließ das Schicksal ihn fallen.«[32] Albrecht Bernstorff wäre ein Mann mit Zukunft gewesen. Ein Mann seines makellosen Rufes, seiner Erfahrung als Diplomat, wäre höchst willkommen gewesen im Auswärtigen Amt oder in einer anderen Funktion innerhalb der neuen Bonner Regierung.

Mein Vater studierte als Rhodes Stipendiat von 1909 bis 1911 »Political Economy and Political Science« am Trinity College in Oxford. Schon seine frühen Erfahrungen im England der Vorkriegsjahre hatten ihn den grundlegenden Unterschied zwischen Briten und Deutschen erkennen lassen. Der Brite lasse sich von seinem Instinkt und nicht von der Vernunft leiten. »Deshalb verstände der Engländer auch nicht, warum der Deutsche ständig den Rest des Universums auf sich und sich auf das All beziehe.«[33] Vermutlich kannte mein Vater auch das köstliche Buch »Das Spektrum Europas« von dem Deutsch-Balten Graf Hermann Keyserling. »Nicht Verstand, sondern Instinkt, im Höchstfall Intuition bestimmt das Handeln des Engländers.«[34] »Die ganze Nation als solche hat gegen Denken und vor allem gegen Insistieren auf geistigen Problemen ein unüberwindliches Vorurteil.« An dieser Erkenntnis ist vieles wahr, angesichts der Brexit-Tragikomödie, wie sie uns heute vorgespielt wird, muss man jedoch heute am gesunden Pragmatismus der Inselbewohner zweifeln.

Mein Vater hat die Jahre in Oxford als die beste Zeit seines Lebens angesehen. Als er seinen ersten Job an der deutschen Botschaft in Wien antrat, war er ein sehr belesener gebildeter junger Mann von 27 Jahren. In diesen schon vom nahenden Ende des K.-u.-k.-Imperiums überschatteten Jahren gewann der junge Di-

---

[32] Stutterheim, Kurt v.: *Die Majestät des Gewissens*. S. 89.
[33] Hansen, Knut: *Albrecht Graf von Bernstorff*. S. 29.
[34] Keyserling, Graf Hermann: *Das Spektrum Weuropas*. S. 23/24.

Albrecht Bernstorff, geboren in Berlin am 6. März 1890, Spross einer mecklenburgischen Ritterschaftsfamilie, die über drei Jahrhunderte eine Reihe von bedeutenden Staatsmännern hervorgebracht hat.[30] Der Vater, Andreas Graf von Bernstorff (1844–1907), ein sehr sittenstrenger Protestant, zu dem mein Vater nie den rechten Zugang fand, der ihm fremd blieb. Ganz anders die Mutter (1860–1923), eine geborene von Hottinger, mit der mein Vater eine ganz enge und liebevolle Beziehung verband. Das erinnert mich an meine Mutter, die eine zentrale Person in meinem Leben blieb.

Der Onkel meines Vaters, Johann Heinrich von Bernstorff (1862–1939), machte Karriere als Diplomat. Als Botschafter in Washington versuchte er einen Krieg zwischen Deutschland und den USA zu verhindern. Er zählte zu den schärfsten Kritikern der deutschen Kriegspolitik im Ersten Weltkrieg. Von 1921 bis 1928 saß Johann Heinrich Bernstorff im Reichstag für die Deutsche Volkspartei, die in der Weimarer Zeit an nahzu allen Regierungen beteiligt war, zu deren Gründern er auch gehört hatte: »sein Einfluss auf die politischen Vorstellungen seines Neffen ist erheblich gewesen.«[31] Sein Weltbild, seine Vision von Europa teilte er mit meinem Vater.

Mein Vater, auch dieser ein Kind seiner Zeit, der Katastrophe des Ersten Weltkriegs, des Bankrottes der wilhelminischen Militärmonarchie, hatte nie an den Idealen eines freien demokratischen Deutschland gezweifelt.

Nach dem Krieg wurde Albrecht Bernstorff ebenfalls Mitglied der DDP.

Mein leiblicher Vater war vom Scheitel bis zur Sohle ein aufrechter Demokrat, nicht unbedingt typisch für seinen Stand. Ich brauchte bloß kurz in die Runde zu blicken, um allein in der Familie meines Vaters eine Reihe braver Nationalsozialisten zu finden. Seine politischen Ziele, seine Verachtung und Abscheu gegen das NS-System, seine Anstrengungen, das 1918 besiegte Deutsch-

---

[30] Hansen, Knut: *Albrecht Graf von Bernstorff*. S. 21.
[31] Hansen, Knut: *Albrecht Graf von Bernstorff*. S. 23.

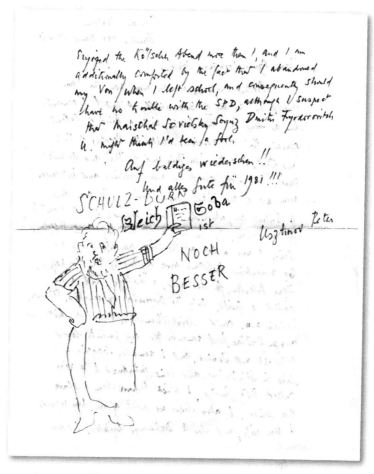

*Brief von Peter Ustinov*

aber sie war auch eine sehr standesbewusste Adelige, die – wie ich argwöhnte – kein besonderes Interesse an einem unehelichen Sohn ihres Freundes aufbringen würde. Mir missfiel auch, dass sie die Legende vom 20. Juli als »Vermächtnis des preussischen Adels interpretierte«. Selbstredend zählte zu diesem erlauchten Kreis auch sie selbst.[29]

---

[29] Karlauf, Thomas: *Stauffenberg*. S. 225.

Ich selbst habe aus eigenem Antrieb wenig unternommen, um von Freunden und Zeitgenossen meines Vaters Auskunft zu erhalten. Nur mit Eric Warburg, dem Hamburger Bankier, habe ich das Gespräch gesucht.

Es war nicht die fehlende Neugier, die mich hier zögern ließ, es ging mir gegen den Strich, nun als unehelicher Sohn, etwa bei der Gräfin Dönhoff und anderen Zelebritäten, aufzutreten. Marion Dönhoff war zweifellos eine langjährige Vertraute meines Vaters,

*Brief von Peter Ustinov*

Über Albrecht Bernstorff gibt es viel Material dank der zahlreichen Schilderungen von Freunden, Menschen, die ihm begegnet sind, von Historikern, schließlich durch die ausführliche Korrespondenz, die mein Vater mit Elly von Reventlow geführt hat. Um ein scharf konturiertes Bild von meinem Vater zu gewinnen, hatte ich mich auf die Aussagen von Freunden und Zeitgenossen gestützt. Neben Kurt von Stutterheim, mit dem ich vor über 40 Jahren oft über Albrecht Bernstorff sprach, gibt es eher anekdotische Erinnerungen.

Christiane Zimmer, die Tochter von Hugo von Hofmannsthal, mit der mich aus New Yorker Tagen eine freundschaftliche Beziehung verband, schickte mir 1984 ein paar Erinnerungen an den jungen Bernstorff aus dem Jahre 1916: »Ich erinnere mich gut an ihn, da für uns ein Norddeutscher eine gewisse Neuheit war. Er war groß und damals noch schlank und sehr blond, fast Albino. Er war etwas unbeholfen in seinen Bewegungen, keineswegs ein sportlicher Typ, meist begleitet von Prinz Heinrich von Reuss, ein mediatisierter Standesherr aus Deutschland. Prinz Reuss war eher uninteressant und schien A. B. sehr zu bewundern. Bernstorff war gescheit, witzig und sehr gebildet und da das unter der österreichischen Aristokratie nicht üblich war, unterhielt sich mein Vater sehr gerne mit ihm. Später, 1936, besuchte uns A. B. in Oxford in der Emigration, er war ausgesprochen gegen die Nazis.«

Auch ein Abendessen mit Peter Ustinov und Klaus von Dohnanyi liegt schon lange zurück. Dohnanyi hatte den unvergleichlichen Komödianten und Tausendsassa über meinen Status aufgeklärt. Der Schauspieler, dessen Vater Jonah von Ustinov ein enger Freund und Mitarbeiter meines Vaters in London war, ist in seiner Kindheit oft zu Gast in Stintenburg gewesen. Ustinov, auch an diesem Abend in Hochform, versuchte, mich dann in einer wunderbaren Synthese von Albernheit und Ernsthaftigkeit in das System Bernstorff einzubauen. Schließlich schrieb er mir noch einen liebevoll witzigen Brief, in dem er einen fiktiven Stammbaum für mich aufmalte, damit ich ja einen passenden Platz finde.

das sich auf fatale Weise mit einem vom Faschismus vergifteten Patriotismus verband. Aber er war auch ein ruhe- und rastloser Neuerer und Kämpfer, der sich auf der Suche verirrte.

Zwei Männer gleichen Alters, die mit dem Ende des Deutschen Reiches zugrunde gingen. Der Musiker nach dem Zusammenbruch nur noch ein gescheiterter Künstler, der seine Familie und wohl jede Hoffnung verloren hatte, und – wie seine Freunde glaubten – seinem Leben selbst ein Ende gesetzt hat. Ein Verirrter in einer Zeit, in der es nicht leicht war, sich zu orientieren, weil alle Maßstäbe für das Richtige verloren schienen. Schwer vorzustellen, dass sich Rudolf Schulz-Dornburg, so wie die meisten seiner Kollegen, wieder erfolgreich im neuen Deutschland hätte etablieren können. Dafür war er wohl zu verzweifelt über seinen Irrweg, über den Verlust seines Sohnes Michael, an dem er sich mitschuldig fühlte. Vom Musiker, den ich über lange Zeit als Vater erlebt hatte, gab es persönliche Erinnerungen und Erfahrungen, die es mir erleichtern, mir ein eigenes Bild zu machen.

**Albrecht Graf Bernstorff**
Ganz anders bei meinem leiblichen Vater Albrecht Bernstorff, dessen Gestalt und Wirkung mir fast ausschließlich durch Dritte – die Mutter, Tante Luisette und andere Zeitzeugen – vermittelt wurde. Persönliche Erfahrungen, deren ich mich nur noch schemenhaft entsinnen kann, machte ich als Fünfjähriger mit diesem Mann. Das restliche Wissen beruht auf dem »Hearsay«, der Wahrnehmung von Zeitzeugen. Dazu kommt, dass Albrecht Bernstorff durch seine Tätigkeit als Diplomat und auch sein tragisches Schicksal als Opfer des Nationalsozialismus von Biografen, Wissenschaftlern und Zeitzeugen immer ein wenig in hagiografischer Manier dargestellt wird. Allerdings erschien 1996 eine sehr genaue und überzeugende Biografie von Albrecht Graf von Bernstorff im Rahmen der Europäischen Hochschulschriften von Knut Hansen. Der junge Historiker hatte mich bereits vor dem Erscheinen des Buches in München aufgestöbert, so konnte ich auch einen kleinen Beitrag zu dem Werk leisten.

selige Musikphilosoph Schulz-Dornburg stellt abschließend auch noch fest: »Doch gerade sein Werk kann dem deutschen Volke Waffen liefern für die gegenwärtige Auseinandersetzung um die höchsten Werte der Menschheit.«

Der Bogen schließt sich, wenn man liest, was der junge Dirigent Rudolf Schulz-Dornburg bereits 1926 in Münster schreibt: »Unser Jahrhundert, gerade die heranwachsende Generation ersehnt das Erlebnis geistiger Einigung, wie sie Bismarck an unserem Volke politisch vollbrachte. Der Künstler, jeder seinem Werke dienend, darf einzig von einer Aufgabe wissen, die Richard Wagner, ein Jahrhundert zu früh genial gewollt hat: Die Kunstform zu finden, schaffend oder nachschaffend, die zu diesem großen gemeinsamen Erlebnis führt.«[27]

Mein Vater befand sich allerdings in guter Gesellschaft: Clemens Krauss, 1936 von Hitler persönlich zum Intendanten der Münchner Oper ernannt, tat seinerzeit der Öffentlichkeit kund: » … und nach dem Wunsch und Willen des Führers wollen wir alle, die wir an künstlerischer Stätte zu wirken haben, mit heiligem Ernst und fanatischer Hingabe an unsere Aufgabe bestrebt sein, immer das Volk der Kunst und die Kunst dem Volk zu erobern.«[28] Es ist nicht nur der furchtbare, übel riechende Schwulst, der aus diesen Deklamationen klingt, es ist auch der Zynismus, mit der viele unserer großen Musiker sich angepasst haben. Wen wundert es, dass es gerade den beiden Österreichern Clemens Krauss und Karl Böhm gelang, schon kurz nach Kriegsende wieder munter internationale Karriere zu machen. Ich fürchte, Rudolf Schulz-Dornburg war mehr Überzeugungstäter als diese beiden brillanten Musiker.

Schulz-Dornburg war ein Zerrissener, getrieben vom Ehrgeiz eines leidenschaftlichen Musikers, einem Sendungsbewusstsein,

---

[27] Festschrift Händelgesellschaft: *Händel und wir*. Münster 1926.
[28] Schloemann, Johan: Die Legende vom unpolitischen Künstler. Die Bayerische Staatsoper in München hat ihre Rolle im Nationalsozialismus untersucht. Dramatische Verfehlungen gab es kaum, mitgemacht haben dennoch alle. In: *Süddeutsche Zeitung*. Nr. 15. (2016).

daran erinnern, dass große Komponisten wie der gewiss unverdächtige Strawinsky sein erstes Pianokonzert für »Klavier und Blasinstrumente« komponiert hat. Auch Paul Hindemith hat sinfonische Blasmusik komponiert. Dass Blechbläser seit Bach stets ein integraler Bestandteil eines Orchesters darstellen, weiß jeder Musikfreund. Schulz-Dornburg ficht, wie schon vor 1933, für die »Gemeinschaft«, er sieht in seinen eigenen Worten den Beruf des Künstlers als Berufung zum Dienst am Ganzen. Mit dem Satz »Das ganze Deutschland muss es sein« betritt der Musiker aber bereits dünnes Eis. Bei einem Gastspiel in Lissabon im Dezember 1938 zitiert er Hitler, der in »Mein Kampf« davon spricht » … dass wir am meisten die künstlerischen Werte schätzen, die aus der Seele des Volkes stammen«. Hier plappert der Musiker einfach »Nonsense« nach. Natürlich kommt auch die Kunst irgendwie aus dem Volke – woher soll sie denn auch sonst kommen, deshalb zeigt sie natürlich auch ihre nationalen Eigenheiten.

Schulz-Dornburg war ein pädagogisch geradezu besessener Musiker, ein selbst ernannter Kulturkritiker und -erklärer. Mit Vorliebe sprach er über Wagner. 1934 anlässlich eines Besuchs von Winifred Wagner, der »Hüterin von Bayreuth«, hält der Generalmusikdirektor vom Reichssender Köln einen Vortrag über den Freiheitsgedanken bei Richard Wagner. Schulz-Dornburg zeichnete, wie es in der Presse heißt, den deutschen Menschen und den Revolutionär Wagner, seinen Abscheu vor seiner Zeit und die »Sehnsucht nach dem großen Deutschtum«. Es kommt noch schlimmer, nicht selten auch unfreiwillig komisch. In einem dieser sendungsbewussten Vorträge von 1943 vor der K. d. F. Kulturgemeinde Hannover geht es wieder um Nietzsche und Wagner. Der Referent konstatiert, Wagners tragisches Künstlerschicksal liege darin begründet, dass er ein Jahrhundert zu früh geboren wurde. »To bad« würde man heute sagen. Wäre er 1913 geboren, hätte Wagner tatsächlich die Chance gehabt, Hofkapellmeister in der Reichskanzlei zu werden, nicht auszuschließen aber auch, dass der ruhmsüchtige Sachse frühzeitig in die USA ausgewandert wäre und in Hollywood reüssiert hätte. Doch der unglück-

von der Anzeige und das bittere Porträt des Dirigenten ist seiner nachvollziehbaren Empörung darüber geschuldet.

Vicky Baum erzählt in ihren Memoiren: »… meinen Freund Niedecken-Gebhard musste ich von der Liste streichen – zu der Zeit als wir von den Judengräuel hörten, arbeitete er ruhig unter dem Hitlerregime weiter. Der Schnitt war für mich sehr schmerzhaft. Und er war tief verletzt, verstand es überhaupt nicht – ein netter, anständiger Ehrenmann, ein seltsames Beispiel für den deutschen Gedächtnisschwund.«[25] Opportunismus war also kein Privileg meines Familienvaters.

Bereits 1934 gründet Schulz-Dornburg mit dem Rückenwind seines alten Kriegskameraden Hermann Göring das Reichsorchester des deutschen Luftsportverbandes. Besonders die Luftwaffe profilierte sich schon frühzeitig mit einem typischen eigenen, wohl am italienischen Vorbild orientierten Stil sinfonischer Blasmusik. Schon 1934 stellte Rudolf Schulz-Dornburg in Barmen und im Reichssender Köln »arteigene Fliegermusik mit Werken von Höffer und Curt Gebhard vor, dazu sein Reichsfliegerorchester, das die Volksmassen für die Nationale Flugidee begeistern sollte.«[26] »Ich bin gebeten worden«, schreibt Schulz-Dornburg selbst, »für den deutschen Luftsport, zu dem sich unsere Jugend immer mehr drängt, eine einheitliche Musik zu schaffen. Ich sehe diese Aufgaben, neben der Durchbildung wirklich guter Kapellmeister und Musiker für die neuen Orchester, in der aktiven Einbeziehung der Komponisten unserer Zeit.« Schulz-Dornburg ging es um »künstlerische Blasmusik als Zentrum für gemeinschaftliches Musizieren im freien Raum und für geschlossene Hallen und Konzertsäle.« Man spielte bei der Eröffnung der deutschen Funkausstellung, bei Tagungen der NS-Gemeinden, bei Totenehrungen und Maifeiern. Aus ganz Deutschland wurde aus über 5000 Musikern dieses Orchester geschaffen. Wenn uns »Schudos« Begeisterung für Blasmusik zunächst fremd erscheint, darf man

---

[25] Baum, Vicky: *Es war alles ganz anders*. Köln 1987. S. 324.
[26] Prieberg, Fred. K.: *Musik im NS-Staat*. S. 259.

Charakter meines Familienvaters wirft und der vielleicht auch die bösartige Beurteilung von Zuckmayer verständlicher macht. Offensichtlich hatte Schulz-Dornburg am 29. Oktober 1935 eine Anzeige eingereicht, in der behauptet wurde, sein alter Mitstreiter im Münster der späten 20er-Jahre, der Regisseur Niedecken-Gebhard, sei »als anormal im Sinne des § 175 stark verdächtig!« Anscheinend ging es dabei um diverse konkurrierende Festveranstaltungen im Rahmen der Olympischen Spiele 1936 in Berlin. Sowohl Schulz-Dornburg als auch Niedecken-Gebhard haben im kulturellen Rahmenprogramm der Olympiade mitgewirkt. Die Behauptungen von Schulz-Dornburg wurden damals vom Organisationskomitee der Olympiade als verleumderisch zurückgewiesen.

Warum hat mein Familienvater seinen Kollegen aus der großen Zeit in Münster damals so hinterhältig denunziert? Warum war Niedecken-Gebhard sein Feind geworden? Wenn der Regisseur tatsächlich schwul gewesen sein sollte, wie es auch Zuckmayer[24] vermutet, warum hatte ihn das nicht schon früher gestört? Im Jahre 1936 konnte es fatale Folgen haben. Am 1. September 1935 hatten die Nationalsozialisten das Gesetz zur Homosexualität verschärft und die möglichen Haftstrafen deutlich erhöht. Der Umgang der Nazis mit Homosexualität blieb jedoch widersprüchlich, ähnlich wie in der Judenfrage nach dem Motto »Wer schwul ist, bestimme ich!« Von Gründgens bis Harald Kreutzberg bevölkerten Homosexuelle die kulturelle Landschaft. Vermutlich wird dies nie zu ergründen sein, aber das Verhalten des Dirigenten tat offensichtlich Wirkung bei Zuckmayer, der zu diesem Zeitpunkt im Exil in Österreich lebte. Er war eng befreundet mit der Schriftstellerin Vicky Baum und deren Gatten, dem Dirigenten Lert, der wiederum in den frühen 20er-Jahren mit Niedecken-Gebhard in Hannover gearbeitet hatte. Meine Vermutung geht dahin, dass Zuckmayer direkt oder mittelbar mit Niedecken-Gebhard bekannt oder sogar befreundet war. Stimmt diese Prämisse, dann wusste Zuckmayer

---

[24] Zuckmayer, Carl: *Geheimreport*. S. 114.

lem in seiner Arbeit in Münster und Essen erworben hatte, entgegen. Dies ließ auch Behörden und die Partei zögern, Gastspiele im Ausland zu genehmigen, weil der Dirigent kein »legitimer« Repräsentant des Regimes sei.

Bereits am 4. April 1933 bemüht sich Schulz-Dornburg – allerdings erfolglos – um ein Gespräch mit dem neuen Staatskommissar im Preußischen Ministerium für Wissenschaft, Kunst und Volksbildung Hinkel. SS-Brigadeführer Hans Hinkel, ein Altnazi, wird von 1935 an im Propagandaministerium von Goebbels zuständig für alle Kulturpersonalien, eine Art »Graue Eminenz« im Kulturleben jener Zeit. Der Name Hinkel geistert noch durch meine Kindheitserinnerungen in Bad Ischl, da er als »Nemesis« in den Gesprächen der Eltern immer wieder auftauchte. Am 6. April 1933 schreibt Schulz-Dornburg an den Reichskommissar im Preußischen Kultusministerium: » … bei dem beglückenden kulturellen Neu-Aufbau unseres Vaterlandes müssen Fachleute herangezogen werden, die bereits in den verflossenen Jahren an leitender Stelle mit dem Mut zum Bekenntnis ihrer nationalen Gesinnung gestanden haben. Ich bin der Ansicht, dass meine Arbeit im Ruhrgebiet seit 1919 (vorher als Fliegeroffizier im Feld) auf dem Weg lag, der von der Hitlerregierung gefordert wird …!« Nachdrücklicher und intensiver konnte man sich wohl kaum an die neuen Herrschenden »ranschmeißen«. Auf eine Anfrage des NSD-Dozentenbundes der NSDAP – kaum noch vorstellbar, welch Unzahl von Behörden und Parteiorganisationen sich in der NS-Zeit mit den Bürgern befassten – stellt ein Professor Rühlmann in einem Schreiben vom 17. Juni 1936 fest: »Die Fähigkeiten von Schulz-Dornburg als Musiker und als Dirigent sind unbestritten, man hat es ihm aber nicht mit Unrecht verübelt, dass er nach der Machtergreifung von seiner eigenen Vergangenheit energisch abrückte und eifrig Anschluss an die Gegenwart suchte.« Der einst so avantgardistische Dirigent stand also im Ruf, ein Opportunist zu sein.

Unter den Dokumenten des Bundesarchivs gab es auch einen Hinweis auf einen Vorgang, der einen dunklen Schatten auf den

ten die Augen verschloss. Das alles klingt nach der »Generalabsolution«, mit der sich die Deutschen vom Fluch Hitlers freikauften.

Vielleicht aber war Rudolf Schulz-Dornburg doch ein bisschen anders: radikaler, fanatischer und auch opportunistischer? Zeigt das böse Porträt dieses Mannes, wie es Zuckmayer zeichnete, die Wahrheit?

»Musik und Musiker lassen sich missbrauchen wie eh und je. Für den Historiker ist diese Feststellung ebenso langweilig wie trostlos, denn sie gibt die Antwort auf die Frage: Lernen Musiker eigentlich nie dazu?« So schließt Prieberg seinen Klassiker »Musik im NS-Staat«.[23]

War Rudolf Schulz-Dornburg nun ein überzeugter Nationalsozialist, ein irregeleiteter Idealist oder war er ein opportunistischer Karrierist? Kann man das trennen? Das Urteil über diesen Mann fällt schwer, denn in seinem Charakter finden sich alle drei Elemente.

Sucht man nach Spuren in seiner Vergangenheit, dann begibt man sich in das weite Land des »Bundesarchivs«, wo sich deutsche Gründlichkeit triumphal niederschlägt. Eine erstaunliche Behörde: freundlich, preiswert, schnell und schließlich auch ergiebig. Resultat der Recherche: Nach Prüfung durch die untersuchenden US-Besatzungsbehörden gehörte Rudolf Schulz-Dornburg weder der NSDAP noch sonstigen Organisationen wie SS oder SA an. Eine Stellung in der Reichsmusikkammer hat er nie eingenommen. Da sind Zuckmayer im fernen Vermont offensichtlich die Pferde durchgegangen.

Dass Schulz-Dornburg kein Gegner des Regimes war, sich in Vielem der Naziideologie verpflichtet fühlte, ist schwer zu bestreiten. Ebenso wenig ist daran zu zweifeln, dass der Dirigent eine größere und schnellere Karriere im »Dritten Reich« machen wollte, als es dann tatsächlich geschah. Dem stand zunächst sein Ruf als leidenschaftlicher Exponent der Moderne, den er vor al-

---

[23] Prieberg, Fred. K.: *Musik im NS-Staat*. Frankfurt 1982. S. 409.

Fremde zu suchen, habe ich nie erfahren. Es liegt nahe, dass er sich vom »Neuen Deutschland« Zuspruch und Unterstützung für seine Visionen erhoffte.

Seine so verheißungsvoll begonnene Karriere nahm nunmehr einen eher erratischen Verlauf. Er übernahm das Kölner Rundfunksinfonieorchester und wurde ein vielgesuchter Dirigent im In- und Ausland. Seine Programme spiegelten seine Vorliebe für moderne Komponisten, soweit sie zu dieser Zeit noch gelitten waren – Namen wie Johann Nepomuk David, Rudi Stephan, Max Reger, Hans Pfitzner, Paul Höffer. Schon damals galt Schulz-Dornburg als ein berufener Brucknerinterpret. Anlässlich der Olympiade 1936 dirigierte er einen Beethovenzyklus der Berliner Philharmoniker. Der umtriebige Musiker glaubte nun tatsächlich, seine Ideale in der neu angebrochenen Zeit verwirklicht zu sehen. Sein pädagogischer Eros trieb ihn dazu, landauf und landab Vorträge über Nietzsche und Wagner zu halten, über den Kampf um die »deutsche Seele«. »Kulturarbeit im Sinne des deutschen Volkes« nannte der »Völkische Beobachter« die Auftritte des Dirigenten. Doch das Orchester als Symbol und Vorbild »kameradschaftlichen Geistes«, verströmte den »Hautgout des Völkisch-Nazihaften«. 1939 übernahm er das Berliner Rundfunkorchester, dessen Chef er bis zum Kriegsende blieb.

Zu Kriegsbeginn meldete sich der ruhelose Musiker zurück zur Luftwaffe. Kurz darauf gründete er, wohl mit dem Segen von Hermann Göring, mit dem ihn Erinnerungen aus der Kampffliegerzeit im Ersten Weltkrieg verbanden, das Sinfonieorchester der Luftwaffe. War Rudolf Schulz-Dornburg nun ein blinder Patriot, ein irregeleiteter Künstler oder einfach ein überzeugter Nazi? Gewiss deutsch-national gesinnt, blieb diesem von der Jugendbewegung geprägten Mann, der später zum Katholizismus konvertierte, die Erkenntnis versagt, mit welchen Teufelsmächten er sich da eingelassen hatte.

Der politisch-naive Musiker war wohl, wie die Mehrheit der Deutschen, bereit, sich die passenden Rosinen aus dem großen Nazikuchen zu picken, während man vor den schrecklichen Sei-

samtkunstwerk Oper eben auch als Gesamtkünstler neu erschaffen, also Regie führen, die Ausstattung formen und am liebsten auch noch auf der Bühne stehen. Konventionelles Operntheater langweilte ihn. Sein Führungsstil überforderte zunehmend auch den Theaterapparat und die dahinterstehende Verwaltungsbürokratie. Das Glück, in Essen einen musik- und theaterbegeisterten Bürgermeister auf seiner Seite zu haben, war nicht von Dauer. Schulz-Dornburgs kompromisslose und undiplomatische Haltung, genährt von einer tiefen Verachtung für banausische Politiker und Kulturbeamte, gefährdeten seine kontinuierliche Arbeit und Karriere.

Der leidenschaftliche Musiker und Theatermensch verließ Essen mit einem Eklat und ging nach Köln. Man schrieb das Jahr 1933, auch ihm stellte sich damals die Schicksalsfrage: Emigration oder eine vielleicht sichere Karriere unter dem neuen Regime. Freunde und Weggefährten wie Jooss, Heckroth oder der Dramaturg und spätere Chef der »Universaledition« Alfred Schlee emigrierten nach dem Machtantritt der Nazis. Mit seinem 1932 in Essen uraufgeführten pazifistischen Ballett »Der grüne Tisch« erntete Jooss Weltruhm und galt fortan als einer der Wegbereiter des »German Dance«. Kurt Jooss kehrte nach dem Kriegsende nach Deutschland zurück, wo man es dem Emigranten sehr schwer machte, wieder Fuß zu fassen. Auch ich lernte diesen hinreißenden Mann kennen, denn er kam regelmäßig, um meine Mutter in München zu besuchen, die er sehr verehrte. Es wurde ständig über Rudi und die gemeinsame große Zeit und wenig über die Zeit der Künstler in der Emigration gesprochen.

Schließlich war ich es, der den schwäbelnden Choreografen fragte: »Warum ist denn Schudo nicht mit euch 1933 emigriert?« Damit brachte ich Jooss in Verlegenheit und meine Mutter in Rage. »Ich glaube, du kannst dir nicht vorstellen, was es heißt, mit der ganzen Familie plötzlich in ein fremdes Land zu ziehen!« 1933 konnte man sich auch nicht vorstellen, was dann später aus Deutschland wurde. Ob der Vater jemals mit dem Gedanken spielte, seinen Essener Freunden zu folgen und sein Glück in der

chester und wird durch Bewegungschöre auf der Bühne ersetzt. Adolphe Appias Idee von einer nur aus Kuben und Treppenpodesten bestehenden Raumbühne werden verwirklicht.[21]

Schulz-Dornburg vertrat auch musikalisch den von Niedecken-Gebhard angestrebten »Monumentalstil«[22]. Es ging damals nicht um eine Wiederherstellung des sogenannten Originalklangs der Barockmusik.

Seine Arbeit in Bochum und Münster, den ersten Karrierestationen, konzentrierte sich auf das Ziel, die Musik an »eine neue, voraussetzungslose Schicht von Menschen heranzuführen«. Hier zeigten sich bereits die ersten Spuren eines Irrwegs, der den idealistischen Musiker in die völkische Ideologie des »Dritten Reiches« führen würde. Der jugendliche Feuerkopf mit dem Spitznamen »Schudo« machte eine Blitzkarriere und wurde 1927 mit 35 Jahren Opernchef in Essen. Zu seinem Team gehörten wieder seine Gefährten Hein Heckroth, Caspar Neher und Kurt Jooss. Mit damals noch keineswegs durchgesetzten Komponisten wie Alban Berg, Paul Hindemith und Igor Strawinsky erregte die Essener Oper Aufsehen. Wie schon in Münster, dirigierte »Schudo« aber auch Operetten, entdeckte den frühen Verdi wieder, machte einen Bogen um Richard Strauss, aber leitete Meistersinger und Holländer. Kontroversen mit konservativen Opernfreunden blieben nicht aus.

Krönung der Tätigkeit in Essen, vielleicht die bedeutendste Lebensleistung von Rudolf Schulz-Dornburg, war die Gründung der »Folkwangschule für Musik, Tanz und Sprechen«, die er gemeinsam mit Kurt Jooss durchsetzte. Ein »Pädagogisches Bayreuth«, das dem Gesamtkunstwerk – der Verbindung von Sprache, Bewegung und Musik – zu dienen hatte, das dem in seinen Konventionen erstarrten Operntheater neues Leben einhauchen sollte. Der Dirigent war, das erzählten Zeugen aus der Essener Zeit, nicht nur Orchestererzieher: Er wollte dieses ominöse Ge-

---

[21] Panofsky, Walter: *Protest in der Oper. Das provokative Musiktheater der zwanziger Jahre.* München 1966. S. 82.
[22] Helmich, Bernhard: *Händelfest und das ›Fest der 10 000.‹.* S. 87.

schufen Mitte der 20er-Jahre in Münster eine Renaissance des Musiktheaters. Kurt Jooss, ein Schüler von Rudolf Laban, war der »Bewegungsregisseur« der »Neuen Tanzbühne«, damals noch blutjung mit 24 Jahren. Später wird er gemeinsamen mit Schulz-Dornburg nach Essen gehen und die »Folkwangschule für Musik, Tanz und Sprechen« gründen. Jooss, der 1933 emigrierte, machte mit seinem Ballett »Der grüne Tisch« Weltkarriere. Der Dritte im Bunde, Hein Heckroth, auch er blutjung, kam von der Malerei. Er war der Bühnenbildner in Münster und später in Essen. Auch er emigrierte 1933 nach England und gewann 1948 einen Oscar für die Ausstattung eines Filmes: »Die roten Schuhe«.

Den Weg zu einem neuen Stil eines vom Geist der Gemeinschaft getragenen Musiklebens wollten diese Künstler finden: »Die Idee vom Theater als den Alltag überwindendes Fest, ihre Aufgabe als Mittler einer in einem neuen Geist vereinten Gemeinschaft, vor allem die konkrete Bühnengestaltung aus den Formen des tänzerischen Ausdrucks.«[18] Das war das Markenzeichen des Regisseurs Niedecken-Gebhard, mit dem Schulz-Dornburg die Wiederbelebung von Georg Friedrich Händel betrieb. »Nicht nur für die Oper, die in der Sackgasse der musikalischen und psychologischen Überladenheit von Richard Wagners Musikdramen festgefahren schien, erhoffte man sich von Händel Reinigung und Erhebung.«[19]

Mit seinem Intendanten in Münster strebt Schulz-Dornburg ein Theater an, »das in allen seinen Bereichen Ausdruck weltanschaulicher Überzeugung zu sein hat«. Es geht um ein neues kultisches Theater, das »ein alle Grenzen sprengendes Gemeinschaftserlebnis prägt.«[20] Ziemlich starker Tobak für unser heutiges Empfinden, dieses leidenschaftliche Sendungsbewusstsein. Der Chor ist nicht, wie sonst üblich, in der Oper lediglich Staffage, sondern Handlungsträger. Der eigentliche Chor sitzt im Or-

---

[18] Helmich, Bernhard: *Händelfest und das ›Fest der 10 000.‹* Frankfurt / Bern / New York / Paris 1989. S. 2.
[19] Helmich, Bernhard: *Händelfest und das ›Fest der 10 000.‹*. S. 3.
[20] Helmich, Bernhard: *Händelfest und das ›Fest der 10 000.‹*. S. 92.

*Dirigent Rudolf Schulz-Dornburg, um 1942*

François Appia postulierte: »Wir wollen auf der Bühne die Dinge nicht mehr so sehen, wie wir wissen, dass sie sind, sondern so, wie wir sie empfinden.« Auch Nietzsches Formel vom Theater als Fest des Lebens würde den Musiker sein ganzes Leben begleiten.

Der Dirigent Rudolf Schulz-Dornburg, der Regisseur Hanns Niedecken-Gebhard (1889–1954), der Choreograf Kurt Jooss (1901–1979) und der Bühnenbildner Hein Heckroth (1901–1970)

# VÄTER

So wenig die beiden Männer verbindet, so teilen sie doch das Schicksal, Opfer der Katastrophe des 20. Jahrhunderts geworden zu sein. War Rudolf Schulz-Dornburg ein Mittäter, ein Mensch wie Millionen andere, mitverantwortlich für diese verheerende Explosion der Unmenschlichkeit, die in Deutschland gezündet wurde?

Wurde Albrecht Bernstorff zum Märtyrer, der sich opferte, um ein verbrecherisches System zu bekämpfen, oder war mein Vater ein liberaler Demokrat, ein Kämpfer um die Versöhnung Europas, der mutig, aber auch tollkühn und leichtsinnig gegen die brutalen Regeln eines autoritären Systems verstieß?

**Rudolf Schulz-Dornburg**
Der zu Beginn dieses Buches zitierte Text von Carl Zuckmayer war es, der mich veranlasste, herauszufinden, ob hier ein kritisches oder gar bösartiges Zerrbild von diesem Mann gezeichnet wurde, oder ob der Bericht ein wahres Porträt des Musikers zeichnet.

Begibt man sich in die Zeit vor 1933, so gewinnt man das Bild eines leidenschaftlichen Pioniers im Kampf um eine Erneuerung des Musiklebens. Rudolf Schulz-Dornburg, ein Kind seiner Zeit, die Lebensreformbewegung von »Monte Verità«, die nach neuen ekstatisch-religiösen Theaterformen suchte, faszinierte ihn. Rudolf Laban und Mary Wigmann kreierten den »neuen Tanz«, den »Ausdruckstanz«, der das klassische Ballett ersetzen sollte. Émile Jacques-Dalcroze, der in seinem »Laboratorium für Humanität« den »Neuen Menschen in einem befreiten Körper« postulierte, war ein prägendes Jugenderlebnis für Rudolf Schulz-Dornburg. Die Beziehung von Musik und Bewegung war es, die ihn faszinierte. Der Schweizer Architekt und Bühnenbildner Adolphe

die politisch-weltanschauliche Zerreißprobe zwischen dem hitlergläubigen Ehemann und dem Freund, einem leidenschaftlichen Regimegegner. Viele meiner eher behutsamen Fragen nach dem »Warum« blieben unbeantwortet. Mir fehlte der inquisitorische Eifer, um all diesen Irrungen und Wirrungen auf den Grund zu gehen. Vielleicht, gestand ich mir später ein, wollte ich auch keine Gewissheit haben. Ich respektierte die Haltung der Mutter und wusste jetzt, dass ich, wie unzählige Zeitgenossen, einen anderen Erzeuger als meinen Namensgeber hatte. Nichts Seltenes in jenen turbulenten Zeiten.

Versuche ich heute das Verhalten meiner Mutter zu werten, so gibt es nur einen Schluss. *Es war richtig, was getan oder unterlassen wurde. Der Erfolg spricht dafür.* Meine Mutter hatte einen zweiten Sohn, der ihrem Leben Sinn gab und sie glücklich machte. Für den Musiker, der mir den Namen gab und mich lieb gewann, war ein zweites Kind für seine Frau gewiss ein Gewinn. Für Albrecht Bernstorff war der Gedanke, einen Sohn zu haben, vielleicht beglückend, auch wenn er sich dagegen entschied, diesen in seine eigene Familie aufzunehmen. Als ich schließlich die Wahrheit erfuhr, war ich fest entschlossen, in Zukunft nicht als Bastard aufzutreten, nicht den Rächer der Enterbten zu spielen. Gerne hätte ich jedoch gewusst, was mein wirklicher Vater sich vorgestellt hatte, welche Gefühle er für seinen Sohn hatte. Wäre ich 1948 von meiner Tante adoptiert worden, so hätte ich eine andere Identität bekommen, ich hätte das Leben eines anderen mit einem anderen Bewusstsein geführt. Ich bin froh, dass es so ist wie es ist.

oft heimgesucht. Das beunruhigte mich schon in ganz frühen Zeiten. Über vieles konnte oder wollte sie nicht sprechen.

Albrecht Bernstorff schreibt in einem Brief an seine lebenslange Vertraute Elly von Reventlow über meine Mutter: »... sie ist sehr ernst, deutsch-durchgeistigt in ihrem Streben, sehr edel und mutig hat aber nicht die Fähigkeit, mich sehr aufzuheitern, was ich immer bei ihr tun muss!«[17] Diese etwas geschraubte Beschreibung meiner Mutter bereitet mir Kopfzerbrechen, wahrscheinlich war sie mit Rücksicht auf die Reventlow ein wenig tendenziös. Die beiden Frauen konnten sich nämlich nicht leiden. »Deutsch-durchgeistigt« ist ja ganz schmeichelhaft, klingt aber aus dem Munde des weltgewandten anglophilen Mannes schon ein wenig angestrengt.

Ich bin in einer bewusst geschönten Welt aufgewachsen, stand deshalb immer wieder vor Rätseln und Unverständlichem, scheute mich jedoch, diesen auf den Grund zu gehen. Verschlüsselt bis heute geblieben ist das Spannungsfeld zwischen der Mutter und den beiden Männern ihres Lebens: Rudolf Schulz-Dornburg und Albrecht Bernstorff. Hatte die Beziehung zu Albrecht Bernstorff jemals wirklich eine Chance auf Verwirklichung? Dagegen spricht sein unklares, unstetes Verhalten gegenüber Frauen, seine stets vernebelte, aber reale Homosexualität. Glaubt man den Biografen, so gab es in seinem Leben nur eine Frauengestalt, auf die er nicht verzichten konnte, auf deren Zuspruch er bis zu seinem Tode angewiesen war. Aber das war eben die 15 Jahre ältere Lebensfreundin Elly von Reventlow.

Es gab nichts, dessen sich meine Mutter zu schämen hatte. Es war keine bürgerliche Moral, die sie zu dieser kalmierenden Lebenslüge bewogen hatte. Es war das Bedürfnis, ihr eigenes Leben, das von so vielen Abstürzen und Verlusten gezeichnet war, im Lot zu halten. Die Ehe mit dem charismatischen, aber verblendeten Musiker, die Beziehung zu dem preußischen Edelmann, die ihren Höhepunkt in den frühen 20er-Jahren gehabt hatte;

---

[17] Zit. nach Hansen, Knut: *Albrecht Graf von Bernstorff*. S. 158.

*Ellen Schulz-Dornburg, um 1963*

Ich glaube, Ellen Schulz-Dornburg war ihren Kindern eine vollkommene Mutter, sie liebte meinen Bruder und mich aus vollem Herzen, tat alles, um uns zu glücklichen Kindern zu machen. Gewiss keine vollkommene Pädagogin, dafür war sie zu nachsichtig und auch zu verliebt in uns, so wie es ihrem Naturell entsprach. Aber es war wohl auch eine Reaktion auf ihre eigene, so wenig spontane, knurrige, ewig unzufriedene Mutter. Meine Mutter hat mich, den späten Nachzügler, besonders verwöhnt, denn ich war nach dem Kriege der Einzige, der ihr von der Familie geblieben war. Meine Mutter war, wie ihr Vater, von heiterer Natur, dem Leben zugewandt, sehr zärtlich, durchaus genussfreudig, auch wenn sie das Leben nicht übermäßig verwöhnt hat. Ihre dunkleren Seiten hielt sie verborgen. Angst und Verzagen haben sie

Das ständige Bangen, der Bub müsse in den Krieg, den sie bei all ihrem missverstandenen Patriotismus fürchten musste, weil er den Tod in so viele Familien brachte. Die Mutter, die nach seinem Verschwinden in der Hölle von Berlin noch die Torturen der Ungewissheit, den steten Wechsel von aufkeimender Hoffnung und bitterer Enttäuschung zu erleiden hatte. Dass sie in dieser elenden Zeit auch noch von ihrem Mann im Stich gelassen und verlassen wurde, kann ihre Ängste nur vergrößert haben. Ein Wunder, dass diese Frau in diesen unguten Zeiten nicht zu einer verhärmten und verbitterten Person wurde, dass ihr noch einmal ein zweites, gewiss bescheideneres, aber glückliches Leben gelang. Es war die enge Bindung zu ihrem zweiten Sohn, der, bis zu seiner Heirat, volle 25 Jahre in engster Verbindung mit ihr lebte. Ihre Vitalität triumphierte, als sie sich noch einmal neu erfand und in einem karitativen Beruf verwirklichte. Was aber blieb, war die tief sitzende Furcht, dass dieses kleine Glück sich erneut wenden, sie wieder verlassen, dass sie wieder alles verlieren könnte.

Meine Mutter war nun sehr viel opportunistischer geworden, bereit Kompromisse zu einzugehen und sich auch ein wenig zu verleugnen, wenn es Vorteil versprach. Meine Heirat, meinen Ausflug in die Welt der Besitzenden konnte sie nur gutheißen, denn er versprach Sicherheit und vielleicht ein wenig Glanz. Im Umgang mit ihren alten Gönnern oder der neuen Verwandtschaft ließ sie, wenn notwendig, Fünfe gerade sein und passte sich für kurze Zeit wie ein Chamäleon an. Das fiel ihr leicht, weil ihr Charme, ihr Witz, ihre Kultur und Weltgewandtheit die Menschen beeindruckten und erfreuten.

Es waren die Frauen, meine Mutter und meine beiden Frauen, und das Erscheinen meiner Kinder Julia, Anna und Nikolaus, die den Lauf meines Lebens bestimmt haben. Die Väter waren kaum in Erscheinung getreten, sie hatten nie die Chance gehabt, lenkend in mein Leben einzugreifen.

Meine Mutter wurde einen Tag vor Weihnachten 1978 auf dem idyllisch gelegenen Bauernfriedhof in Grainbach am Samerberg begraben. Die zwölfjährige Anna bat darum, den Sarg noch einmal zu öffnen, um die Großmutter ein letztes Mal zu sehen. Man hatte sie ein wenig hergerichtet, die Lippen und die Wangen. Ich küsste ihre Augenbrauen. Mir wurde bewusst, ihre Eigenschaften, nicht nur das Leben, waren ausgelöscht.

Ich werfe mir vor, die Mutter in diesen letzten turbulenten Jahren vernachlässigt zu haben, eine Zeit, in der die so lebendige und vitale Frau unter Einsamkeit und Altersverfall litt. Sie war immer die Gebende gewesen. Nach dem Verlust des Mannes und des älteren Sohnes war ich ihr Trost, ihre Freude, gab ich ihrem Leben Sinn. Das hatte ich manchmal aus den Augen verloren. Nun, wo es zu spät war, bereute ich meinen Mangel an Zuwendung und Fürsorge, schämte mich meiner Egozentrik.

Was verband uns? Was ist heute, 40 Jahre nach ihrem Tode, noch davon zu spüren? Wie wichtig ist sie mir hier und jetzt? Wo finde ich mich in ihr wieder? Ich glaube, ich bin meiner Mutter in vielem ähnlich. Vieles, was mir zu schaffen machte, vieles, was ich selbst kritisch an mir erkenne und bedauere, kann ich auch bei meiner Mutter festmachen. Es ist diese »Augen zu und durch«-Haltung, die schnelle Unterdrückung des Schmerzes, der »Painkiller«, der ein schnelles Vergessen möglich macht. Es ist die Angst vor dem Schmerz, dem Leiden, einer Verletzung, die uns drängt, möglichst schnell zur nächsten Station zu springen. Angst isst Seele auf. Es mag vermessen sein, meine Mutter der Ängstlichkeit zu zeihen. Gegen den Willen der Mutter Schauspielerin zu werden, anstatt den gewiss sicheren Weg eines Lehrers vorzuziehen, den unberechenbaren und ziemlich rücksichtslosen Musiker zu heiraten, gewiss hätte sie eine »bessere Partie« machen können – alles zeugt von einem mutigen, leidenschaftlichen, das Ungewisse, das Abenteuer nicht scheuenden Charakter, Züge, die ich bei mir selbst kaum zu finden vermag. Es war das Schicksal ihres Sohnes Michael, das sie verändert hat.

gleitet von der neuen Perle Hedel eilten mein Freund Karlhinze, der Hausmeistersohn und ich auf die Straße, um den Vorfall in Augenschein zu nehmen. Wir rissen uns los und drängelten uns bis zum Führerhaus des Zuges durch, wo sich uns ein grausiges Bild bot: Unter dem Chassis des gelben Tramwagens ragten zwei Beine in Schnürstiefeln mit hellgrauen Gamaschen hervor. Ein Mensch, vermutlich ein alter Mann, war überfahren und von den Rädern durchschnitten worden. Es gab viel Tatütata mit Schupos und Krankenwagen. Jeder Passant und Gaffer wusste natürlich ganz genau, wie es passiert war und wer eigentlich schuld sei. Die total aufgelöste Hedel fand uns schließlich und brachte Karlhinze und mich wieder nach Hause. Inzwischen hatte meine Fantasie das Bild des ganzen Leichnams in mein Hirn projiziert: ein alter Mann mit Bart, gekleidet in einen schwarzen Gehrock und gestreifte Hosen, wie bei einem Stresemann. Während Karlhinze munter über seine Beobachtungen des Unglücksfalls schwadronierte, hatte es mir die Sprache verschlagen. Diese erste Begegnung mit der Physis eines Toten begleitete mich mein ganzes Leben, fortan versuchte ich den Anblick von Toten, wenn nur irgendwie möglich, zu vermeiden.

Als meine Mutter nun ans Sterben kam, von einem Schlaganfall gelähmt vor mir lag, wäre ich gern von ihrem Bett gewichen. Ich dachte an sie, wie ich sie geliebt hatte, wie sie war an den vielen Morgen, wo sie mir das Frühstück gemacht hatte, wie wir uns auf so vielen kleinen Reisen auch mal ein wenig nervten – Konflikte waren nicht unser Ding, es musste wieder schnell in Harmonie enden –, schon wie sie den kleinen Stefan immer aufgefangen, beschützt und beruhigt hatte. Spät in der Nacht zum 21. Dezember begab ich mich in ein benachbartes Zimmer, um ein paar Stunden Schlaf zu haben. Waren es Feigheit, Scheu vor dem Tod, der jetzt nicht mehr abstrakt, sondern quälend, direkt und hässlich ist. Es half wenig, die sterbende Frau nebenan hielt mich wach. Erst am nächsten Morgen war ich eingenickt. Da kam die Nachtschwester, weckte mich und verkündete, meine Mutter sei um 5 Uhr morgens gestorben.

# ABSCHIED

Im Dezember 1978 hielt sich meine Mutter in einem Sanatorium in Kreuth auf, um ihre zunehmenden Altersleiden behandeln zu lassen, sie zu mildern oder wie immer man diese hoffnungsbeladenen Versuche nennt. Die 80-Jährige hatte begonnen, Probleme mit dem Gleichgewicht zu haben, verlor das Vertrauen zu ihrem Körper. Das Alter kommt nicht langsam, es kommt in einem Zug. Innerhalb eines Tages ändert sich nichts, eine Woche später ist alles anders. Im fernen Frankfurt verfangen in den Sorgen der eigenen Familie, bewegt vom anstehenden Karrieresprung in den Vorstand der Firma hatte ich den sich beschleunigenden Verfall meiner Mutter nicht recht wahrgenommen. Als ich sie kurz vor Weihnachten mit meiner Freundin Sabine im Sanatorium in Kreuth besuchte, war es schon geschehen. Ein leichter Schlaganfall hatte sie hingestreckt, aber es gab Hoffnung, zumal sie wieder durchaus redefreudig agierte, als wir sie besuchten. Die Hoffnung trog, eine Woche später kämpfte meine Mutter um ihr Leben. Sie starb nicht ruhig, sie rang um Antworten. Was ihr Leben war, die Menschen, die sie kannte, der tiefe See der Erinnerung, des Wissens war nicht ausgetrocknet oder verschwunden. Ich saß neben ihrem Bett, hielt ihre kalte, dürr gewordene Hand, die mich manchmal mit eisernem Griff umschloss und versuchte, es ihr leicht zu machen, aber ich war von ihrem Todeskampf überfordert. Es fiel mir sehr schwer, im Krankenzimmer das Sterben der Mutter zu ertragen.

In den Berliner Kindertagen hatte ich meine erste Begegnung mit dem Tod gehabt. Auf dem Balkon unserer Wohnung, von wo man einen prächtigen Blick auf den Kurfürstendamm hatte, in dessen Mitte damals noch die »Elektrische« fuhr, wurde meine Neugier durch eine größere Ansammlung von Menschen gefesselt. Die Straßenbahn stand dort unten auf freier Strecke. Be-

wollte neben dem ungeliebten Theaterfürsten nicht auch noch einen zweiten Mann von dessen Couleur im Hause haben.

Es gab noch zwei weitere vermeintliche Chancen, um in die keineswegs heile Welt des Theaters zu gelangen. Diesmal ging es um das Schauspielhaus in Köln. Hier geriet ich in die heiße Kampfzone eines Intendantensturzes und wurde sogar zweimal zum Spielball des gewitzten Theaterkarrieristen Jürgen Flimm. So wie ich kein richtiger Graf werden sollte, war es mir wohl auch nicht vergönnt, zu einem Theaterdirektor zu mutieren.

diesem Milieu geprägt, von dem ich mich nie ganz lösen konnte. Die eher abschreckenden Erfahrungen der Eltern, die ich als Kind ja mit durchlitt, vermochten es nicht, diesen Traum zu zerstören.

Mangels eigener künstlerischer Potenz wollte ich mich – gestählt durch die reichen Erfahrungen in der Wirtschaft – als Verwaltungsmanager in eines der großen Theater- oder Opernapparate einbringen. Tollkühn schrieb ich einen Brief an den bedeutenden August Everding, der sich gerade anschickte, die Münchner Staatsoper zu übernehmen. Nur wenig später saß ich mit dem rastlosen Opernmatador in der Hamburger Oper, bewunderte den jungen Domingo als Othello und wurde in der nachfolgenden langen Nacht mit August Everding handelseinig. Allerdings verwies der gewiefte Schlachtenlenker auf einige Hürden, die noch zu nehmen seien. »Der Sawallisch, unser Generalmusikdirektor muss auch mit dem Kopf nicken, und unsere Beziehung«, schmunzelte Everding, »ja, unsere Beziehung ist momentan ein bisschen eingetrübt. Da muss der Wiesinger ran!«

Regierungsdirektor Wiesinger war der Mann im Bayerischen Kultusministerium, der alle Entscheidungen für seinen Chef, den Theaterreferenten, aufbereitete und – wie man munkelte – auch schließlich selbst traf. Wiesinger, ein jovialer Bayer, der sein Licht ganz bewusst unter den Scheffel stellte, war überaus freundlich, schien angetan von mir, bekundete jedoch fortwährend, er selbst habe ja nichts zu entscheiden. Er versprach, bei den im dichten Nebel liegenden Autoritäten die Sache weiter zu betreiben. Als ich mich anschickte, sein bescheidenes Büro zu verlassen, sprach der wackere Wiesinger: »Das wundert mich schon, Herr Doktor, dass Sie eine gut bezahlte Stellung in der Industrie aufgeben, um hier dem Herren Intendanten zur Hand zu gehen!«

Wen überrascht es, dass der schöne Traum alsbald platzte. Meister Everding, dem dieser Entscheid ordentlich missfiel, beleuchtete mir den Hintergrund dieser bedauerlichen Entwicklung. Der Generalmusikdirektor, der augenscheinlich einen ebenso guten Draht zur herrschenden Staatspartei hatte wie Meister Everding,

es ein Ministerium, eine Behörde oder ein Wirtschaftsunternehmen ist: das Risiko zu meiden. Keine persönliche Verantwortung tragen, falls mal etwas schiefgehen sollte. Eine Vermeidungshaltung typisch für alle Großorganisationen. Aus diesem Grunde bildet man ständig Kommissionen, um die Verantwortung zu atomisieren. Gottlob gab es in unserer Firma genug dynamische, vorwärtsdrängende Manager, die das Unternehmen nicht nur als Versicherungsverein auf Gegenseitigkeit verstehen wollten.

Ich verdanke der Firma auch lehrreiche und wunderbare Erfahrungen, die ich im Ausland machen konnte. Für ein paar Jahre verantwortete ich zusammen mit einem sehr unternehmungslustigen Kollegen das sogenannte Überseegeschäft, eine Welt die sich von Seoul bis Jamaica, von Sidney bis Argentinien erstreckte. Es hatte nicht nur Farbe und Exotik, sondern bedeutete eine echte Pioniertätigkeit, wo es darum ging, neue Standorte und Märkte zu gewinnen, neue Firmen zu gründen, sehr oft mit lokalen Partnern, die uns natürlich immer versuchten, übers Ohr zu hauen, aber auch mit widerständigen und ideologisch verbohrten Regierungen und Politikern. Die enorme Reisetätigkeit war auch eine große Chance, die Welt kennenzulernen und allerlei Spaß zu haben, Farben und Elemente, die man in den allfälligen Reiseberichten naturgemäß überging. In den letzten Jahren war ich dann in erster Linie für den Aufbau eines substanziellen USA-Geschäfts verantwortlich, was nicht einfach war, da man hier ständig mit den Sparten in der Zentrale kollidierte, die den Durchgriff haben wollten. Aber auch das war eine ganz wichtige Station in meiner Vita.

In diesen späten 70er-Jahren unternahm ich dann tatsächlich den Versuch, dem selbst gewählten goldenen Käfig zu entweichen und meiner lange unterdrückten Sehnsucht nach dem Theater nachzugeben. Warum ausgerechnet das Theater? Natürlich standen mein Kindsvater, Musiker und Theatertier, aber auch die Mutter, die ja ebenfalls die Schauspielerei einem bürgerlichen Beruf vorgezogen hatte, Pate dieser Sehnsucht. Meine Kindheit war von

Interessen, also Macht, Einfluss und Status ging. Kein Wunder, dass auch ich bald zum Spielball in dem kleinen hochpolitischen Universum wurde. Um meine Chancen zu nutzen, musste ich Meinungen beeinflussen und erkannte, wie schnell man dabei selbst ins Intrigieren verfiel.

Dem »Juste Milieu« der Führungskräfte konnte ich wenig abgewinnen, aber es gelang mir doch, ein paar Freunde zu gewinnen, die mir noch lange die Treue hielten. Unter all den Betriebswirten, Verkaufsgenies und Chemikern entdeckte ich sehr eigenwillige, gelegentlich skurrile Freunde, die eine Art Doppelleben führten, auch wenn sie keine Franz Kafkas oder Italo Svevos waren. Die Kollegen, Nach- und Vorgesetzte, schienen, von Ausnahmen abgesehen, in einem anderen Kulturkreis zu leben; Menschen, die ihr Leben primär aus der Organisation, dem Innenleben des konservativen Wirtschaftsbetriebs, aus ihrem Status, ihrem Verdienst und ihren Karrieremöglichkeiten definierten. Ich war und blieb eben ein Snob, ein Mensch, dem es schwerfiel, sich in solch einem Ambiente zu sozialisieren. Allerdings dämmerte es mir gelegentlich, wie ungerecht und oberflächlich, ja irreführend meine anmaßenden Urteile gelegentlich waren.

Vermutlich ähneln sich große Organisationen in ihrem Gruppenverhalten. Mich faszinierten diese neuen Erfahrungen, mit einem ähnlich gesinnten Freund und Kollegen plante ich, einen Betriebsroman zu schreiben. Der Kosmos eines Großunternehmens, diese Welt, in der Menschen den vielleicht wichtigsten Teil ihres Lebens verbringen und damit fertig werden müssen. Jeder Mitarbeiter misst ganz subjektiv die Leistung der anderen, seien es Kollegen auf gleicher Ebene, seien es die Vorgesetzten bis in die Spitzen des Unternehmens, und das natürlich nach den eigenen Maßstäben. Wird die eigene Leistung anerkannt, werden nicht andere bevorzugt? Was müsste man tun, um die nur allzu gerechtfertigte Anerkennung finden. Das bindet viele Kräfte, die nicht immer produktiv für das Unternehmen sind und auch nicht immer dem eigenen Wohle dienen. Ein wichtiges Anliegen ist und bleibt in jeder Art von »Nomenklatura«, gleichgültig, ob

dort als Jurist zu arbeiten, was durchaus auch zu einer breiteren Tätigkeit als Produzent klassischer Musik führen könnte, wie es die Karrieren in diesem damals noch stark florierenden Markt bewiesen.

Doch es sollte anders kommen: Plötzlich fand ich mich in der Position eines Vorstandsassistenten eines großen Chemie- und Pharmaunternehmens in Frankfurt wieder. Warum gerade ich, der ich eigentlich doch am liebsten Operndirektor an einem großen Haus werden wollte?

16 Jahre würde ich in den Diensten der ehrbaren Firma stehen und mir einen Weg nach oben bahnen, bis die Karriere schließlich doch ein Ende fand. Der Preis war hoch, denn in den höheren Etagen der Hierarchie öffnete sich eine Kluft zwischen den Herausforderungen, den Pflichten und meinem eigenen Selbstverständnis. Aber es war eben auch eine große Chance, die sich mir privilegiertem jungen Mann geboten hatte und die ich ungeachtet aller Vorbehalte durchaus zu nutzen wusste. Schnell begann ich, den Reiz von Planung und Strategie zu erkennen, Themen, die mich mehr faszinierten, als die Produkte und Technologie des weitverzweigten Unternehmens. In diesen sehr zukunftsgläubigen 70er-Jahren wurde es Mode, amerikanische Unternehmensberater wie »McKinsey« oder »Boston Consulting« ins Haus zu holen. Strategische Unternehmensberatung hieß das Zauberwort, mit der man die Zukunft zu meistern glaubte. Auch meine Firma warf sich den neuen Magiern an die Brust und ließ sich allerlei unsinnige Rezepte, wie etwa eine detaillierte Zehnjahresplanung oder abenteuerliche Ausflüge in fremde Geschäfte verschreiben. Diversifikation hieß das neue Modewort. Externe Beratung durch diese »Whiz Kids« amerikanischer Bauart wurde eine sich schnell ausbreitende Wunderdroge, die auch den Anfang vom Ende der Deutschland AG einläutete.

Mit einer gewissen Distanz beobachtete ich, dass auch in diesem gut geführten und erfolgreichen Unternehmen ein waberndes und oszillierendes Intrigenspiel auf allen Ebenen, in allen Bereichen pulsierte, bei dem es vornehmlich um ganz persönliche

# BERUFE

Als ich diese Phase mit all ihren Rätseln, Konfrontationen, Enthüllungen und neuen Erfahrungen durchlebt hatte, war ich ein junger Mann von 27 Jahren, mit einer abgeschlossenen Ausbildung. Ich war ein sogenannter Volljurist, ohne zu wissen, was ein halb voller Jurist für eine Karriere verhieß. Damit, hieß es, stünden mir alle Wege offen.

Die Krux war jedoch, dass mich keine wirkliche Neigung, geschweige denn Leidenschaft, für diese Disziplin beflügelte. »Übrigens gehört die juristische Wissenschaft nicht zu denen, die bei liebevoller Behandlung verborgene Reize entfalten«, bekannte schon mein Vater, als 23-Jähriger.[16]

Ein befreundeter Anwalt bot mir an, in seiner Kanzlei zu arbeiten – ein Angebot, das ich gerne annahm, zumal ich wenig Neigung zeigte, mein Glück im Öffentlichen Dienst zu versuchen. Es war eine sehr lehrreiche Erfahrung, denn mir wurde bald klar, dass weder eine forensische Tätigkeit, etwa als Strafverteidiger, meinen spärlichen Talenten entgegenkam, noch die Beratung von Klienten in Wirtschafts- und Steuerfragen, da ich schon schnell mitbekam, welche Art von Klientel ich dort betreuen müsste. Mit anderen Worten: Ich agierte wie eine verwöhnte Zicke, tatsächlich hatte ich ein wenig Angst vor der Courage.

Allerdings zeigten sich bei der anstehenden Berufswahl auch die Bruchstellen in meinem Selbstverständnis. Ich hatte die Chance, eine Karriere anzusteuern, die mich in die Welt der Musik geführt hätte. Die zu den großen Schallplatten-Firmen gehörende »Deutsche Grammophon« in Hamburg machte mir ein Angebot,

---

[16] Hansen, Knut: *Albrecht Graf von Bernstorff.* S. 39.

Utopie. Ein Entwicklungsszenario, wonach ich zu gegebener Zeit eine ähnliche Erziehung, wie mein Vater sie einst genossen hatte, in seinem geliebten und bewunderten England. Er selbst hatte allerdings nie eine Public School wie Eton oder ein Internat wie Gordonstoun besucht.

Die Vorstellung, ich hätte entscheidende Jahre meiner Jugend in einer Institution wie Gordonstoun verbringen müssen, an der Seite von Menschen wie Philipp Mountbatten oder Prinz Charles, die dort selbst traumatische Erlebnisse gehabt haben, macht mich heute erschauern. Es ehrt jedoch Albrecht Bernstorff, dass er sich bereits Gedanken über die Zukunft seines Sohnes machte. Auch dieser Masterplan wurde durch den großen Krieg Makulatur.

Wir werden nie erfahren, warum und unter welchen Umständen meine Mutter und Albrecht Bernstorff mir zum Leben verholfen haben. Das ist gut so, es geht niemanden etwas an. Wir werden auch nie erfahren, was meine Mutter nach meinem Erscheinen am 10. März 1937 beabsichtigte.

Wollte sie die Trennung von Rudolf Schulz-Dornburg und meinem Bruder Michael, um mit Bernstorff zu leben? Nein, das glaube ich nicht. Ich denke, dass alle Beteiligten vom Gang der Ereignisse überrollt worden waren und, vielleicht auch in Rücksicht auf mich, den Status quo erhalten wollten. Ich hätte wohl genauso gehandelt.

eingenommen und gar einen langfristigen Plan verfolgt haben, was mit seinem einzigen Sohn geschehen solle, dann waren es Ereignisse, die von außen kamen, welche die eigentlichen Intentionen meines Vaters durchkreuzten. Der Krieg Deutschlands gegen die Welt, der wohl schon im Winter 1941 verloren war, bestimmte auch das Leben meiner Mutter, ihres Mannes und ihrer Kinder.

Zunächst waren es wohl die Bemühungen und Machenschaften der Schwägerin Ingeborg. Mit der erpressten Einsetzung ihres Sohnes Andreas zum Erben wurden etwaige Pläne und Visionen meines Vaters hinfällig. Alles blieb in der Familie, die wenigen Jahre, in denen mein Vater in Freiheit war, änderten daran nichts. Dann folgte sein Martyrium, seine Ermordung.

Trotzdem frage ich mich gelegentlich, ob mein Vater nicht vielleicht einen kleinen Masterplan entwickelt hatte, was mit seinem Sohn Stefan später einmal geschehen sollte. Das Vermächtnis in Höhe von 25000 DM war wohl in erster Linie zur Unterstützung meiner Mutter gedacht. Im Übrigen ist es niemals Wirklichkeit geworden, da es in den Nachkriegszeiten wohl veruntreut wurde.

Der Zufall wollte es, dass mir vor Kurzem meine erste Frau von einem Gespräch mit meiner Mutter in den 60er-Jahren erzählte.

Eine Geschichte, die mich zunächst fassungslos machte. Ja, es gab wohl tatsächlich doch eine Vision, ein Masterplan für die Zukunft von Stefan Schulz-Dornburg. Prominente englische Freunde, wie Winston Churchill, sollen die treibende Kraft gewesen sein für diesen langfristigen Lebensplan.

Kurz gefasst: Vermutlich gab es einen Plan, den wohl nicht der alte Premier, sondern Bernstorffs Freunde, wie etwa Harold Nicolson aus London, entworfen, mit ihm skizziert hatten. Demnach sollte sein Sohn Stefan schon im frühen Alter nach England in das Internat Gordonstoun geschickt werden, das Kurt Hahn, der Gründer des Internats Salem, seit seiner Emigration leitete. Hahn gehörte zu den alten Freunden meines Vaters. Welch wunderbare

wenn dieser die Wahrheit erfuhr. Bekenntnisse werden allerdings immer schwerer, wenn sie ständig vertagt und verschoben werden. Vielleicht wäre die Scheidung, 1948, der Abschied von Rudolf Schulz-Dornburg der beste Zeitpunkt dafür gewesen.

Was dachte, was empfand, was wollte mein Vater Albrecht Bernstorff?

Sein Biograf Knut Hansen schreibt:[13] »Als schließlich den Eheleuten Schulz-Dornburg am 10. März 1937 ein weiterer Sohn geboren wurde, erkannte Bernstorff sofort an, der eigentliche Vater zu sein. Zunächst suchte Bernstorff die Angelegenheit vor der Familie geheim zu halten, doch während eines Besuches in Stintenburg verriet sich Ellen Schulz-Dornburg gegenüber Luisette Bernstorff. Offiziell ist Bernstorff's Vaterschaft nie festgestellt worden; wohl um Aufsehen zu vermeiden, verzichtete Ellen Schulz-Dornburg darauf [...] Er vermachte seinem Sohn in seinem Testament 25.000 Reichsmark.«

Vieles spricht also dafür, dass mein Vater eine, wie es so schön heißt, »diskrete« Behandlung dieses Faktums bevorzugte. Vielleicht hatte dies auch etwas zu tun mit der Bindungsangst dieses Mannes. Bernstorff hatte eine Reihe von Frauen geliebt. Dazu gehörte die englische Schriftstellerin Enid Bagnold, Nadine von Uexküll oder seine Ärztin Maria Daelen, die aber offensichtlich Wilhelm Furtwängler mehr liebte:

»All diese Bindungen blieben unvollendet. Über kurz oder lang wurde aus Liebe, und wohl auch durch sie, eine «Freundschaft gewonnen».«[14] »Seine« geglücktesten und dauerhaftesten Beziehungen scheinen die Freundschaften mit Männern gewesen zu sein.«[15] Ich habe es mir versagt, auf die offenkundige Bisexualität meines Vaters, ein vor allem die Familie Bernstorff irritierendes Thema, näher einzugehen. Sollte mein Vater jemals eine andere Haltung

---

[13] Hansen, Knut: *Albrecht Graf von Bernstorff*. S. 158.
[14] Hansen, Knut: *Albrecht Graf von Bernstorff*. S. 209.
[15] Von Bernstorff, Hartwig (Hrsg.) u. a.: *Mythen, Körper, Bilder*. S. 158.

*Stintenburg: Michael mit seinem Vater*

dafür, dass meine Existenz und die Vaterschaft von Albrecht Bernstorff in diesen Kreisen kein wirkliches Geheimnis blieben. Kein Wunder, dass schon der Botschafter Alexander Böker, den meine Mutter in Ischia aufgestöbert hatte, von meiner Existenz wusste. Ich selbst musste in den 60er-Jahren feststellen, dass meine Herkunft in München durchaus »Common Knowledge« war. Gewiss hat auch meine ungeliebte Stiefmutter Schulz-Dornburg keinen Hehl daraus gemacht, dass ich eigentlich nichts mit dem großen Künstler Rudolf Schulz-Dornburg zu tun hatte.

Warum musste meine Existenz als leiblicher Sohn des Grafen Bernstorff geheim gehalten werden?

Warum wurde ich, der eigentlich Betroffene, bis zu meinem 24. Lebensjahr über meine Herkunft im Dunkeln gelassen? Ob es für den Weiberhelden und Musiker »Schudo« ein wirkliches Problem war, erscheint mir zweifelhaft. Es fällt mir schwer, zu glauben, dass meine Mutter, die ja eine weltgewandte und liberal denkende Frau ohne Prüderie gewesen ist, wirklich Angst hatte, sie würde die Liebe und Achtung ihres Sohns Stefan verlieren, spricht vieles dafür, dass die ungeliebte Schwägerin Inge, sowie ihr damaliger Geliebter und späterer Ehemann Karl Dietrich Wolff Bescheid wussten.

Für sie war es entscheidend und von großer Bedeutung, dass das Oberhaupt der Familie ohne ein leibliches und legitimes Kind blieb, um die Nachfolge ihres Sohns Andreas zu sichern.

Deshalb wurde mein Vater unter Druck gesetzt, die Erbfolge zugunsten seines Neffen Andreas entsprechend zu regeln. Weil er zögerte und sich nicht entscheiden konnte oder wollte, deshalb wurde er schließlich 1940 in das KZ Dachau gebracht und erpresst. Hätte es diese Zwänge nicht gegeben, hätte er vielleicht anders entschieden. Ob meine Existenz bei diesen Überlegungen wirklich eine Rolle spielte, werden wir nie erfahren.

Es fällt nicht schwer, auch im Freundeskreis von Albrecht Bernstorff Mitwisser zu vermuten. Die Berliner liberale Gesellschaft vor Kriegsbeginn noch sehr lebendig und aktiv, war gewiss nicht sonderlich geeignet, intimere Geheimnisse unter Verschluss zu behalten. Klatsch und auch ein wenig Tratsch gehörten gewiss dazu. Zu dem Freundeskreise, der sich in Stintenburg oder nach der Rückkehr meines Vaters nach Deutschland in Berlin traf, gehörte seit den 20er-Jahren auch die Schauspielerin Ellen Hamacher, meine Mutter, und lebenslange Freunde wie Eric Warburg, Haraldt Mandt, und seine Berliner Ärztin Maria Daelen oder die junge Gräfin Marion Dönhoff.[12] Es ist schon erstaunlich, dass auch Rudolf Schulz-Dornburg an der Seite meiner Mutter gelegentlich mit meinem Bruder Michael zu Gast in Stintenburg war. Verblüffend, weil den Musiker und den Diplomaten weltanschaulich so wenig verband.

Kein Zweifel, dass die für meinen Vater wohl wichtigste Frau seines Lebens, die 15 Jahre ältere Elly von Reventlow, ebenfalls Kenntnis von meiner Existenz hatte. Kurzum: Es spricht vieles

---

[12] Stutterheim, Kurt v.: *Die Majestät des Gewissens.*

# RÄTSEL

Warum aber schenkte meine Mutter diesem preußischen Diplomaten, der eine große Liebe in den frühen 20er-Jahren gewesen war, 15 Jahre danach 1937 ein Kind? Warum schenkte meine Mutter ihrem alten Freund Albrecht 1937 einen Sohn, obwohl sie schon fast zehn Jahre mit ihrem Mann Rudolf Schulz-Dornburg zusammenlebte und verheiratet blieb?

Was damals wirklich geschah, ich wüsste es heute noch gerne. Derartige Konstellationen sind vielleicht in diesem eher unkonventionellen Milieu keine Seltenheit. Sie müssen auch, wie man an meinem Geschick erkennen kann, durchaus nicht ins Unglück führen.

Wer wusste davon, dass ich der uneheliche Sohn von Albrecht Bernstorff war?

Ich unterstelle, dass mein Namensgeber der Dirigent, der Ehemann meiner Mutter, davon Kenntnis hatte, dass der kleine Stefan nicht sein leiblicher Sohn war. Sieht man einmal davon ab, was meine Mutter in ihrem Tagebuch erkennen ließ, so gibt es doch nur wenig Auskunft über das Verhältnis der Eheleute Schulz-Dornburg. Ich glaube, dass dieser so schwierige und politisch verrannte Musiker die große Liebe im Leben meiner Mutter war.

Kein Zweifel, dass auch die Schwestern von Albrecht Bernstorff Bescheid wussten. Es war meine Mutter, die selbst ihre Freundin Luisette ins Bild gesetzt hatte. Die älteste Schwester Anna, die glaubensstrenge Diakonisse, wusste Bescheid und hat dieses Ereignis wohl eher missbilligt.

Wer in der Familie Bernstorff hatte noch Kenntnis davon? Es

freundschaftlich, schenkten mir ein paar Ahnenbilder. Wir pflegten über Jahre Briefkontakt.

Was aber blieb, war ein tief sitzendes Ressentiment gegen den Adel, der zu jener Zeit im gesellschaftlichen Leben der Bundesrepublik fröhliche Urständ feierte, gegen seine Arroganz und Verlogenheit. Mit dem Attentat vom 20. Juli hat sich gleich ein ganzer Stand weißgewaschen. Die unglückselige Rolle, die der deutsche Adel beim Aufstieg der Nazis gespielt hatte, wurde erst später zu einem großen Thema.

Es sollte ein halbes Jahrhundert dauern bis mein Status gleichsam literarisch zur Kenntnis genommen wurde.[11] Nun war es an der Zeit, mich anderen Lebensthemen zu widmen. Niemand aber kann sein Leben in gut sortierte Kapitel zerhacken, zu irgendeinem Ultimo bilanzieren und dann zu den Akten legen. Das Leben geht weiter und endet erst mit dem Tod des Helden. Bis dahin spuken jedoch die Väter immer wieder herum und so erging es auch mir.

---

[11] Vollmer, Antje / Keil, Lars-Broder: *Stauffenbergs Gefährten*. S. 98.

Konzentrationslager Dachau ihre Wirkung entfaltete, bestehen für mich wenig Zweifel.

Ob Wolff und seine zukünftige Gattin auch die erneute Verhaftung von Albrecht Bernstorff 1943 initiiert und begleitet haben, vermag ich nicht zu glauben. Ihr Ziel war erreicht und einen Vernichtungsfeldzug gegen meinen Vater kann ich mir nicht vorstellen, zumal man die Einwirkungsmöglichkeiten von Wolff vielleicht überschätzt hat. Ein Macbethdrama, wie es sich der wackere Detlof von Winterfeldt vorstellte, erscheint mir wenig wahrscheinlich.

Wie es wirklich war, wird man vermutlich nie erfahren.

Es ist nicht ohne Ironie: Jetzt, wo mein Status als Sohn des Grafen Bernstorff gleichsam gerichtskundig gemacht wurde, beschleunigte sich mein Abkopplungsprozess von dieser Familie. Es erschien nun alles in klarem Licht. Mein so lange als Patenonkel firmierender Vater hatte mich als seinen leiblichen Sohn anerkannt und mit einem Legat bedacht. Das war es dann auch: Ich war und blieb eines von diesen zahllosen Kindern, die unter falschem Titel in anderen Familien mit anderen Vätern aufwuchsen. Der Status eines ehelichen Kindes aus einer anderen Beziehung, das Kuckucksei war an sich weder ungewöhnlich noch skandalös, gab es doch gerade im Adel eine Jahrhunderte alte Tradition des Umgangs mit Bastarden. Der alte Stutt hatte mich darüber ja ausführlich in Kenntnis gesetzt. Niemand in der Familie Bernstorff, auch nicht Luisette von Stutterheim hatte im Jahre 1964 noch ein Interesse daran, den jungen Referendar post festum zu adeln und zum Grafen zu machen. Die Reihen des Clans hatten sich geschlossen. Die unglückselige Rolle, die die liebe Verwandtschaft im Schicksal des Albrecht Bernstorff wohl gespielt hatte, wurde bagatellisiert und man tat alles, um sie vergessen zu machen.

Das Kapitel Bernstorff – so glaubte ich im Herbst 1964 – war für mich abgeschlossen. Da ich mich, jung verheiratet, in einer sehr glücklichen Phase meines Lebens befand, fiel mir dies wahrscheinlich auch nicht besonders schwer. Die lieben Blutsverwandten, nicht zuletzt Anneliese Bernstorff, benahmen sich überaus

die Ereignisse überstürzten sich nun. Der großspurige Verteidiger ging in die Vollen: »Mein Mandant kann sich des Vorgangs nicht entsinnen. Er hat die Notiz vermutlich routinemäßig an Heydrich weitergeleitet. Es spielt übrigens«, fuhr der gerissene Verteidiger fort, »keine Rolle in diesem Verfahren. Es war ein offenes Geheimnis, dass der Graf homosexuell war. Das war auch dem Außenministerium bekannt, als der Diplomat noch in der Deutschen Botschaft London tätig war«.

Nun kam die große Stunde für den Zeugen von Winterfeldt. »Hohes Gericht, das ist eine infame Verleumdung. Albrecht Bernstorff war nicht homosexuell. Er hat auch einen Sohn, der heute unter uns ist.« Er hielt kurz inne, wandte sich zum Publikum um und rief. »Dort oben auf der Zuschauertribüne sitzt der leibliche Sohn des Grafen Bernstorff.«

Wie vom Blitz gerührt blieb ich festgefroren sitzen, wich den Blicken aus! Gleich nach Sitzungsende machte ich mich davon. Ich war dankbar, jetzt nicht auf Andreas und seine Frau zu treffen.

Karl Wolff wurde am 30. September 1964 vom Landgericht München wegen Beihilfe zum Mord in mindestens 300000 (in Worten: Dreihunderttausend) Fällen, Deportationen in das Vernichtungslager Treblinka, zu 15 Jahren Haft verurteilt. Fünf Jahre später wurde er wegen Haftunfähigkeit auf freien Fuß gesetzt.

Die Unterstellungen über die Homosexualität meines Vaters empfand ich als diffamierende Taktik der Verteidigung. Ziel war es, Albrecht Bernstorff als zweifelhaften, labilen Charakter zu porträtieren und gleichzeitig das Thema Erbschaft als Motiv für das Tun des Ehepaars Wolff zu marginalisieren. Diese »schreckliche Ingeborg«, wie mein Vater sie nannte, war im Münchner Justizpalast nicht erschienen. Sie hat sich später von Wolff getrennt und starb – wie sollte es anders sein –, wieder als eine Gräfin von Bernstorff.

Heute, ein halbes Jahrhundert nach diesem Prozess, ist meine Deutung dieser schrecklichen Geschehnisse ein wenig abgeklärter. An der Erpressung, die durch die Haft meines Vaters im

Könnt ihr euch vorstellen, was dies für eine Tortur für Andreas und auch für mich ist?« Es war nicht schwer zu verstehen, durch welche Hölle Andreas in diesem Prozess gehen musste. Wolff, der mehr als ein Stiefvater für ihn war, die eigene Mutter auf dem Pranger. »Ja, das verstehe ich gut. Aber warum tut ihr euch diesen Tort an?«, fragte ich. Bevor sie antworten konnte, stieß Andreas mit rotgeränderten Augen zu uns, lächelte verlegen und zog seine Frau nach draußen. »Komm, lass uns ein bisschen an die Luft gehen!« Auch ich bewegte mich ins Treppenhaus des riesigen Palastes der Gerechtigkeit, wo lebhaftes Treiben herrschte. Andreas Bernstorff und seine Frau passierten grußlos Winterfeldt, der mit einem Anwalt in Robe sprach.

Die Beweisaufnahme gegen den Angeklagten näherte sich langsam dem Ende. Als der Zeuge von Winterfeldt vereidigt wurde, war ich wieder ganz bei der Sache. Der absurde Eiertanz, den ich aufgeführt hatte, um nur ja jeder Peinlichkeit aus dem Wege zu gehen, war gegenstandslos geworden, all meine lächerliche Egozentrik hatte sich verflüchtigt. Der getreue Freund schilderte das Drama um den Grafen Bernstorff klar und mit großem Ernst. Neu für mich, dass Winterfeldt schon im Vorfeld der schrecklichen Ereignisse die Verhandlungen über das Erbe mit der Schwägerin des Grafen geführt hatte. Nachdem die Verhandlungen geplatzt waren, weil mein Vater sich geweigert hatte einen Erbvertrag zugunsten seines Neffen abzuschließen, hatte die überzeugte Nationalsozialistin gedroht, sie werde sich nunmehr direkt an Himmler wenden, um ihren Schwager gefügig zu machen. Kurz darauf verschwand dieser dann am 22. Mai 1940 im KZ Dachau. Die Schwägerin Ingeborg war also schon früh zu einer formidablen Feindin geworden. Auch nachdem Bernstorff den ominösen Erbvertrag unterschrieben hatte, ließ Wolff nicht locker und machte Meldung an den Gestapochef, den SS-Obergruppenführer Reinhard Heydrich, den späteren Henker von Prag, Albrecht Bernstorff sei homosexuell und habe einen Liebhaber in Schweden. Ich weiß nicht, welche Gedanken mich hier überfielen, aber es blieb mir keine Zeit darüber zu sinnieren, denn

ständig wünschte, es gäbe kein Verfahren im großen Theater des Schwurgerichts. Ich begab mich schon früh auf den Weg zum Justizpalast, um einen passenden Platz auf der Tribüne zu ergattern. Da der Prozess sich nun schon lange hingezogen hatte, war der Publikumsandrang geringer geworden und ich fand schnell einen Eckplatz in der ersten Reihe. Hier harrte ich jetzt ein wenig nervös des Erscheinens von Andreas Bernstorff, dem Ziehsohn des Angeklagten, meinem Cousin. Kurz darauf erschien ein hochgewachsener, etwas korpulenter Mann mit seiner hübschen Frau. Das war er, Andreas, frappierend die Ähnlichkeit mit Tante Luisette. Das Paar blickte sich um, legte die Mäntel auf zwei Plätze, die mit Presse gekennzeichnet waren, und steuerte auf mich zu. »Du bist bestimmt Stefan, ich bin der Andreas«, und er stellte mir seine Frau vor. Anneliese, eine Kölnerin, gefiel mir auf Anhieb gut. Ein feines offenes Gesicht, eine Frau, die wusste, was sie will, die dem eher lethargisch wirkenden Andreas den Weg wies. Der Notwendigkeit, ein sinnvolles Gespräch zu führen, wurden wir enthoben, weil in diesem Moment das Gericht erschien. Obwohl ich der Verhandlung in angestrengter Konzentration folgte, konnte ich mich später an die Einzelheiten, den Auftritt von Wolff, die Aussagen der Zeugen und die ziemlich aggressive Argumentation des Verteidigers kaum mehr erinnern. Es war, als ob mein Unterbewusstsein diesen Film gelöscht hatte. Warum fiel es mir nur so schwer, Anteil zu nehmen an diesem Versuch, die Wahrheit zu finden? Warum konnte ich mich nicht einlassen auf dieses Drama, dessen Opfer mein Vater geworden war? Warum beschäftigte mich die Frage, worüber ich in der Verhandlungspause mit dem bemitleidenswerten Andreas und seiner Frau reden sollte, mehr als die Aufklärung dieser Familienkabale?

Als der Vorsitzende die Verhandlung unterbrach, stand schon eine erregte Anneliese Bernstorff vor mir: Sie verstand es nicht, warum dieser absurde Vorwurf hier verhandelt wurde. »Das sind doch alles Hirngespinste von diesem geltungsbedürftigen Winterfeldt, der sich jetzt als Richter aufspielt. Das ist Rufmord, der untadelige Name unserer Familie wird durch den Dreck gezogen.

wurde Albrecht Bernstorff auf Befehl von Gestapo-Chef Müller, zusammen mit Ernst Schneppenhorst und Carl Ludwig zu Guttenberg, ermordet. Ihre Leichen wurden nie gefunden.«[10] Luisette und ihre Schwester Anna, die meinen Vater bis in die letzten Tage im Zellengefängnis in der Lehrter Straße besuchten, hatten mit mir niemals über diese Schreckenszeit gesprochen.

Mit dem entsetzlichen Ende meines Vaters war ich seit Langem vertraut. Aber vielleicht gelang es in diesem Verfahren gegen Karl Wolff, auch die Wahrheit über die Familienintrige zu erfahren.

Der Rätsel und Sonderlichkeiten des Falles gab es allerdings genug. Warum hatte sich der unverheiratet gebliebene Diplomat so vehement gegen die Einsetzung seines einzigen nahen Verwandten, seines Neffen, zum Erben gewehrt. War es allein der Hass gegen die fatale Schwägerin oder gab es noch ein anderes Motiv? Seine Verfügung, dass der Neffe erst im 30. Lebensjahr erben sollte, entfaltete keine Wirkung, weil die deutsche Geschichte einen völlig anderen Verlauf nahm. Als Folge eines 1945 vorgenommen kleinen Grenztausches zwischen Engländern und Russen befand sich das seit dem 17. Jahrhundert im Besitz der Familie befindliche Gut auf einmal in der sowjetisch besetzten Zone und wurde umgehend enteignet.

Ich hatte eine unruhige Nacht. Das Gespräch mit dem getreuen Winterfeldt hatte mich weit mehr bewegt, als ich mir eingestehen wollte. Tausendmal hatte ich durchgespielt, wie der eitle und selbstsichere SS-General alle Vorwürfe vom Tisch fegen wird. Hatte mir den Auftritt des Zeugen Winterfeldt ausgemalt, wie er sein »J'accuse!« in den Saal schleudert, wie der gerissene Verteidiger all die vom Angeklagten geretteten Juden herunterbeten würde, hatte mich gefragt, wie der bedauernswerte Neffe mit diesem Prozess gegen seinen Stiefvater umgehen werde. Am Morgen des Verhandlungstages musste ich erkennen, dass mir das alles zutiefst zuwider war, mir Angst machte und ich mir in-

---

[10] Ebd. S. 260ff.

rers ehelichte, war Andreas im Hause seines Stiefvaters Wolff aufgewachsen. »Netter Kerl, der Andreas. Er tut mir wirklich leid. Hier zu erleben, wie sein Stiefvater, bei dem er aufgewachsen ist, in aller Öffentlichkeit vorgeführt wird … Also, bis später, Stefan!«, sprach Winterfeldt und verschwand.

Vieles hatte ich schon vor der Begegnung mit dem Freund meines Vaters erfahren, aber die Unmittelbarkeit, die Leidenschaft, die Trauer dieses Freundes trafen mich mit voller Wucht. Im Juli 1943 wurde Albrecht Bernstorff erneut festgenommen und in das berüchtigte Gefängnis in der Prinz-Albrechtstraße gebracht. Die nächsten Leidensstationen waren das KZ Ravensbrück und schließlich das Gefängnis in der Lehrter Straße, wo er und sein alter Freund Winterfeldt sich als politische Gefangene wiederfanden. Der Biograf meines Vaters, Knut Hansen, berichtet: »Der Grund für die erneute Verhaftung von Bernstorff ist nie abschließend geklärt worden. Eine Beteiligung an dem Attentat vom 20. Juli 1944 muss man ausschließen, denn er war bereits seit dem Sommer 1943 in Haft. Er wurde entgegen allen Regeln des Strafrechts aber erstmals im Mai und Juni 1944 vernommen. Vernehmung bedeutete Folter und Tortur. Bernstorff wurde gequält und misshandelt, nachts flogen die Bombengeschwader und luden ihre tödliche Fracht über Berlin ab. Er hat die Hoffnung nie aufgegeben, doch noch einmal freizukommen, aber er war ebenso wie seine Schwestern und Freunde überzeugt, dass Wolff und seine Frau auch für diese erneute Verhaftung verantwortlich waren. Dafür gibt es bis heute starke Indizien, aber keinen schlüssigen Beweis.[9] Schließlich wurde am 15. November 1944 gegen Bernstorff und fünf weitere Beschuldigte aus dem sogenannten Solf-Kreis Anklage wegen »Feindbegünstigung, Hochverrat und Wehrkraftzersetzung« erhoben. Die für den 8. Februar 1945 anberaumte Verhandlung vor dem 2. Senat des Volksgerichtshofs fand nicht mehr statt, da Roland Freisler am 3. Februar 1945 bei einem Bombenangriff ums Leben kam. In der Nacht vom 24. April 1945

---

[9] Hansen, Knut: *Albrecht Graf von Bernstorff*. S. 265.

im jüdischen Bankhaus Wassermann, wo er auch nach dessen »Arisierung« bis 1943 blieb, erzählte Winterfeldt. »Es war noch einmal eine sehr gute Zeit für Albrecht, der ihn über den erzwungenen Abschied von London tröstete. In den ersten Jahren glaubte er, wie wir alle, dass der Nazispuk sich irgendwann verflüchtigen müsse. Als er 1940 verhaftet und in das KZ Dachau verbracht wurde, war er um die 50. Er habe sich wegen Devisenvergehen schuldig gemacht, hieß es. Die Wahrheit sah anders aus: Albrecht wurde unter massiven Druck gesetzt, sein Testament zugunsten seines Neffen Andreas zu ändern, der damals, glaube ich, erst elf Jahre alt war. Du weißt, dass dein Vater nie verheiratet war? Ich habe ihn damals in Dachau besuchen können«, fuhr Winterfeldt fort, »ich musste ihm dringend raten, den Widerstand aufzugeben und den verdammten Erbvertrag zu unterschreiben. Kaum war dann Albrecht aber wieder in Freiheit, focht er diesen Vertrag als erpresst an. Ich ahnte Böses und warnte ihn, erst einmal stillzuhalten. Schließlich hinterließ er seinem Neffen Andreas, das Familiengut unter der Bedingung, dass er es erst mit der Erreichung des 30. Lebensjahres erben soll und dass seine Mutter Ingeborg niemals den Familiensitz betreten dürfe. «Diese infame Person, jetzt heißt es Feindschaft für den Rest des Lebens», schrieb dein Vater an eine alte Freundin.«[8]

Winterfeldt, zunehmend unruhig geworden, blickte ständig auf die große Wanduhr in der Kantine.

»Stefan. Ich muss jetzt wieder rauf, es geht gleich weiter. Du weißt ja, Andreas Bernstorff ist natürlich auch hier. Bist Du ihm schon begegnet?« »Nein«, stammelte ich, »ich habe ihn nie kennengelernt.« Die Aussicht, auf der Tribüne des Schwurgerichtssaales Andreas Bernstorff zu begegnen, und nach passenden Worten zu suchen, war mir ausgesprochen unangenehm. Da die verwitwete Gräfin Ingeborg Bernstorff ihren Liebhaber, den aufstrebenden SS-Offizier Wolff, später mit einer Sondergenehmigung des Füh-

---

[8] Hansen, Knut: *Albrecht Graf von Bernstorff.* S. 251.

er in der gemeinsamen Haftzeit mit Bernstorff auch über meine Existenz gesprochen. Irritierend auch, niemand aus der sogenannten Verwandtschaft, schon gar nicht Luisette oder Stutt hatten irgendein Interesse gezeigt, als ich bekundet hatte, an dem Prozess gegen Wolff teilzunehmen. Meine Mutter hatte es leicht gequält zur Kenntnis genommen. Ich hatte mehr denn je das Gefühl, dass ich und meine so spät offenbarte Beziehung zu Albrecht Bernstorff irgendwie verpackt und verklebt, vergessen in einer Pappkiste lagen, um dort nach Bedarf hervorgeholt zu werden.

»Es ist wichtig, wenn du an diesem Prozess teilnimmst, auch wenn es dich quälen wird.« Winterfeldt wirkte jetzt ziemlich angespannt, ja gehetzt.

»Ich bin der festen Überzeugung, dass Wolff und seine Frau am Tode deines Vaters schuld sind. Leider ist die Causa Bernstorff nicht Gegenstand der Anklage in diesem Prozess, immerhin wird der Komplex jetzt hier in München behandelt. Um was geht es eigentlich?«, fuhr Winterfeld fort und schilderte mir Hintergrund und Ausmaß der Machenschaften des Ehepaars Wolff. Ingeborg, schon früh eine leidenschaftliche Parteigängerin Hitlers, war kurz mit dem jüngeren Bruder von Albrecht, Heinrich Bernstorff, verheiratet gewesen. Aus dieser Ehe der ungeliebten Schwägerin, entstammte Andreas von Bernstorff, Jahrgang 1929, der Neffe von Albrecht Bernstorff. Die Geschichte dieser üblen Intrige kannte ich ja bereits aus den Gesprächen mit Luisette und Stutt in Vevey. Was ich jedoch von Winterfeldt erfahren wollte, war etwas anderes. »Muss man nicht annehmen, dass meine Existenz das Verhalten der Wolffs beeinflusst hat? Die Tatsache, dass ich der Sohn von Albrecht Bernstorff bin, kann ja in Berlin nicht lange ein Geheimnis gewesen sein?« Meine Frage brachte den alten Herren ein wenig in Verlegenheit, er begnügte sich mit der kargen Antwort. »Ja, Stefan, wer weiß?«

Albrecht Bernstorff, ein dezidierter Gegner der Nazis, musste 1933 seine glänzende Karriere als Diplomat an der Londoner Botschaft beenden und wurde in den einstweiligen Ruhestand versetzt. Er wurde zunächst Mitarbeiter und später Gesellschafter

sondern auch stundenlang über die faszinierende Tätigkeit eines bayerischen Rechtsreferendars und all die anderen relevanten Themen des Lebens quatschen.

Eben da befand ich mich in einer Verhandlungspause mit einem Tablett in den Händen, als mir ein gut gekleideter älterer Herr mit buschigen, weiß leuchtenden Augenbrauen auffiel, der mich fixierte. Als ich mich schließlich an einen Tisch setzte, erschien der alte Gentleman in seinem etwas zu warmen Flanellanzug, fragte, ob noch ein Platz frei sei. Während ich mich etwas übellaunig an den graubraunen Kaffee und ein Gummihörnchen machte, schien es mir, als ob der Tischnachbar irgendeinen Punkt an meinem Kopf fixierte. »Die Ohren, diese unvergleichlichen Ohren, kaum zu glauben!«, brach es schließlich aus ihm. »Verzeihen Sie, junger Mann, aber Ihre Ohren haben Sie verraten. Sie sind der Sohn von Albrecht Bernstorff?« Ich stand auf, ein wenig pikiert und stellte mich vor. Er reichte mir die Hand und: »Verzeihen Sie, Winterfeldt! Ich wollte Sie nicht kränken!«

Angeklagt wegen »Wehrkraftzersetzung« hatte Hans Detlof von Winterfeldt 1944 mit meinem Vater im Gefängnis in der Lehrter Straße in Berlin eingesessen. Der liebenswürdige Mann war einer der engsten Freunde von Albrecht Bernstorff und dessen Testamentsvollstrecker. »Darf ich dich einfach Stefan nennen?«, begann Winterfeldt und duzte mich fortan nach Adelsart: »Du hast gewiss von Albrechts Schwester Luisette oder von deiner Mutter alles Wesentliche erfahren über die Tragödie deines Vaters.« – »Ja, es ist schon bizarr«, entgegnete ich, »er ist mein wirklicher Vater und das erfahre ich vor zwei Jahren im zarten Alter von 25. Alle haben es gewusst. Nur ich nicht. Meine Mutter war nicht in der Lage, mich darüber aufzuklären.« Winterfeldt wollte das nicht näher kommentieren. »Das ist merkwürdig, ich habe oft mit Luisette, Albrechts Schwester, über dich gesprochen und ging immer davon aus, du wüsstest Bescheid.« Ich glaubte ihm das, obwohl ich ein wenig verwundert war, dass er ein Treffen mit dem einzigen Sohn seines Freundes so dem Zufall überlassen hatte. Er hätte doch schon längst den Kontakt mit mir suchen können. Gewiss hatte

*SS-Führer Karl Dietrich Wolff*

verteidigers versichert. Ich versuchte so oft wie möglich, von der Zuschauertribüne dem Geschehen zu folgen. Es war meine erste direkte Konfrontation mit dem Grauen des Nationalsozialismus, mit dem Elend seiner Opfer, mit den Traumata der Zeugen, viel unmittelbarer als jeder Dokumentarfilm, jede Wochenschau. Große publikumsträchtige Strafprozesse bewegen sich wie eine Kamelkarawane langsam durch die Zeit, ständig wird der lange Marsch auf dem Wege zum Urteil verlangsamt, unterbrochen oder vertagt. Ich war nicht in der Lage an allen Verhandlungstagen auf der Zuschauertribüne zu sitzen, sondern konzentrierte mich auf die Tage, wo es um Albrecht Bernstorff ging.

Die damals noch nicht Cafeteria genannte Kantine, tief unten im Bauch des gewaltigen neobarocken Justizpalastes, war bei großen Prozessen ein zentraler Marktplatz für eine unübersehbare Schar von Justizbeamten, Referendaren, Advokaten, Journalisten, Wachmännern und Besuchern. Für uns Referendare ein überaus beliebter Platz, denn hier konnte man nicht nur billig essen,

»nutzt er seine einzige Chance, nicht als engster Vertrauter am Galgen zu enden«.[6]

Auch in dem sehr bewegenden Buch »Doppelleben« von Antje Vollmer taucht der »unvermeidliche SS-Führer Wolff« auf. »Wolff war Himmlers persönlicher Adjutant, sein Ohr und Auge in der Wolfsschanze, – ein Salonfaschist mit Casinomanieren politisch vom gleichen Rang wie SS-Führer Heydrich und Kaltenbrunner.« Gottliebe von Lehndorff berichtet, dass ihr Mann 1943 auch versucht habe, Wolff für den Widerstand zu gewinnen. Lehndorff sei von diesem auch nie verraten worden. Kurz vor Kriegsende sei sie Wolff noch einmal begegnet, als er der Witwe den Abschiedsbrief von Heinrich von Lehndorff übergab. Als Wolff später selbst vor Gericht stand, scheute er sich nicht, Gottliebe von Lehndorff um einen »Persilschein« zu bitten.[7] Seine »Verdienste« um Italien kamen Wolff nach Kriegsschluss zugute. Im Nürnberger Prozess trat er nur als Zeuge auf. Mit ein paar Jahren Internierung kam er schließlich noch einmal davon und begann sich alsbald selbst schon ein wenig als Widerstandskämpfer zu fühlen. In seiner, durch keinerlei tiefere Einsicht gebremsten Eitelkeit veröffentlichte Wolff dann 1961 in der »Neuen Illustrierten« ein Porträt seines alten Chefs Heinrich Himmler. In diesem angeblichen Tatsachenbericht hatte Wolff keine Scheu zu behaupten, der Führer und auch er hätten bis 1944 von den Massenvernichtungslagern nichts gewusst. Mit seinen Bekenntnissen hatte Wolff sich jedoch selbst ans Messer geliefert, denn nun begannen sich zahllose Zeugen zu rühren, die von den weit weniger humanitären Großtaten des selbstgefälligen Nazifunktionärs zu berichten wussten.

Der Prozess widmete sich mit großer Akribie den Verbrechen der SS im Osten. Das Gericht hatte ein langes Verfahren eingeplant. Der Angeklagte hatte sich der Dienste eines prominenten Nazi-

---

[6] Lang, Jochen v.: *Der Adjutant. Karl Wolff: Der Mann zwischen Hitler und Himmler.* München / Berlin 1983. S. 257.
[7] Vollmer, Antje: *Doppelleben. Heinrich und Gottliebe von Lehndorff im Widerstand gegen Hitler und von Ribbentrop.* Frankfurt 2010. S. 339.

ßen Zeitung. Warum war dieser sich überlegen gebende Mann so lange von der Justiz ungeschoren geblieben? Karl Wolff, bis zu diesem Prozess als das »Weiße Schaf der SS« apostrophiert, der sich im Zuge seiner erstaunlichen Karriere eben auch mit vollem Bewusstsein zum Gehilfen grauenerregender Verbrechen hat machen lassen. 1943 ging Wolff als höchster SS- und Polizeiführer nach Italien, wo er sich um die Rettung von Rom und den vorzeitigen Waffenstillstand der deutschen Truppen in Italien verdient gemacht hat. Kurz vor Kriegsschluss kontaktierte Wolff im Auftrag von Himmler die Amerikaner, um über einen Friedensvertrag zu verhandeln.

Wolff, mehr Opportunist als Fanatiker, hatte gewiss nicht die Absicht, wie sein Führer, bis zum letzten Blutstropfen zu kämpfen. Er war, das konnte man ihm glauben, kein Verfechter der verbrannten Erde. In seinen Einlassungen im Prozess versuchte Wolff selbstverständlich seine Rolle, seinen Rang und seine Macht innerhalb der Führungsclique herunterzuspielen. Der vom Reichsführer SS stets mit »Wölffchen« apostrophierte Angeklagte hatte durchaus Krisen in seiner Laufbahn erlebt und musste ständig lavieren zwischen dem Führer, Himmler, Heydrich und Bormann. Wie man heute weiß, war das Machtgefüge in der obersten Führungsetage ständigen Veränderungen ausgesetzt, die Hitler inszenierte, um sich die volle Kontrolle zu sichern. Klingende Titel, mit denen auch Wolff dekoriert wurde, sagten oft wenig über die tatsächliche Macht von Nazifunktionären aus. Befasst man sich näher mit der Führungsclique im »Dritten Reich«, so beschleicht einen das Gefühl, Deutschland sei von einer weltanschaulich verbrämten Gangsterbande nach Mafiamuster regiert worden.

Folgt man den Thesen des Wolff-Biografen Jochen von Lang in seinem Buch »Der Adjutant«, dann lobt Himmler 1944 Wolff als vermeintlichen Rivalen aus dem Hauptquartier weg nach Italien, wo es diesem dann tatsächlich gelingt, die Grauen des Krieges zu verkürzen. Als er im gleichen Jahr hinter dem Rücken von Hitler und Himmler Verhandlungen mit den Westalliierten beginnt,

Anders als meine Kollegen wartete ich voller Anspannung auf den Moment, in dem der Gefängnisdirektor die Katze aus dem Sack ließ und über seinen prominentesten Untersuchungshäftling sprechen würde. Ich brauchte nicht lange zu warten. Der standesbewusste Beamte kündigte mit der stolzen Gebärde eines 5-Sterne-Hoteliers den Untersuchungshäftling Karl Wolff an: »Liebe Kollegen, wie Sie vielleicht wissen, haben wir augenblicklich einen, sozusagen Prominenten im Hause. Herr Wolff befindet sich hier in Untersuchungshaft und befasst sich dankenswerterweise mit einer Neuordnung unserer Bibliothek. – Dann öffnete sich die Tür und ein soigniert aussehender älterer Herr ohne Begleitung betrat den Saal. Karl Dietrich Wolff, Chef des persönlichen Stabs, Reichsführer SS und Verbindungsoffizier zu Hitler. Kein dämonischer Herrenmensch, auch kein stiernackiger Nazikämpe. Ein freundliches, bleiches Gesicht, zurückweichende Haare, tiefe Koteletten, schlechte Zähne. Er sprach kurz mit gedämpfter Stimme über die Aufgaben, die eine moderne Gefängnisbibliothek zu erfüllen habe, aber auch über die Auswahlkriterien für die Bücher, hier blitzte der deutsche Bildungsbürger durch. Aber Alter und Gefängnis hatten ihren Tribut gefordert, der Lack war ab, nichts ließ mehr auf den eleganten Karrieredandy schließen. «Ist das wirklich der Mann, der die Schuld für den Tod meines Vaters trägt?«

Ein paar Wochen später, am 13. Juli 1964 begann der Prozess im großen Schwurgerichtssaal des Münchner Justizpalastes. Das Schwergewicht der Anklage lag auf den Vernichtungsaktionen in Treblinka, an denen General Wolff teilgenommen haben soll. Der Andrang von Presse und Publikum war gewaltig. Es war einer der großen Prozesse in der neuen Republik. Wieder einmal ging es um die Bewältigung des furchtbaren Erbes des »Dritten Reiches«.

Der SS-General machte keine gute Figur in dem Verfahren: »Ein Mann von pathetischer Geschwätzigkeit, ein prätentiöser Heldendarsteller, der die Düsternis des «Dritten Reiches» mit konventionellem Geplapper von Rittertum, Tradition und Idealismus übertönt.« So schilderte ihn ein Berichterstatter einer gro-

# BEGEGNUNG

Es war an einem jener eiskalten Regentage, wie sie ein bayerischer Sommer beschert, als ich mich Ende Juni 1964 zu dem im »Glasscherbenviertel Giesing« gelegenen Gefängnis Stadelheim aufmachte. Zu der ansonsten eher gemütlichen Ausbildungszeit als junger Rechtsreferendar gehörte neben dem Besuch der Psychiatrischen Klinik Haar auch ein Tag im Knast von Stadelheim, um die Realität des Strafvollzuges kennenzulernen. Um 11 Uhr standen wir, eine Gruppe von jungen Rechtsreferendaren, vor dem riesigen Gebäudekoloss, dessen trostlose Geschichte in den Gründerjahren ihren Anfang genommen hatte, wo allerorten Gefängnisse in Gestalt gewaltiger Backsteinverliese mit an mittelalterliche Burgen gemahnenden Fassaden errichtet wurden.

Hier hatten einst Ludwig Thoma, Kurt Eisner und Adolf Hitler eingesessen, hier waren die Helden der Weißen Rose hingerichtet worden. An diesem historischen Ort sollten wir jungen Rechtskundigen mit den Segnungen der modernen Bestrafungspraxis vertraut gemacht werden. Wir versammelten uns in einem nahezu fensterlosen braun-schwarz dämmernden Saal, dessen Lichtverhältnisse mit dem düsteren Charakter einer Strafanstalt harmonierten. Alsbald erschien der Chef des Hauses, ein leitender Regierungsdirektor in einem glänzenden, anthrazitfarbenen Anzug mit taubenblauer Krawatte. Unverkennbar bereits im Halbschatten der baldigen Pensionierung begrüßte er uns jovial und begann dann mit einem etwas blumigen Vortrag über Sinn und Zweck der Bestrafung, sprach von Schuld, Sühne im Allgemeinen und über die Resozialisierung mit Ausflügen in die Rechtsphilosophie. Gewiss eines der großen Themen der Menschheit, aber auch sehr ermüdend für die jungen Zuhörer, die ihr studentisches Ungestüm noch nicht abgelegt hatten.

litär und alles, was daran hing, die erste demokratische Republik in Deutschland voller Enttäuschung und Hass verachteten und bekämpften.

Schließlich betrat Luisette wieder die Szene, die mich sonst gerne allein mit ihrem klugen Gatten streiten ließ. Ihr Petitum lautete, man könne dem armen Neffen Andreas nichts vorwerfen. Andreas könne nun wirklich nichts dafür, dass seine Mutter und dieser Wolff, sein Stiefvater, so schrecklich waren. »Er war ein Kind wie du. Sein Vater, Onkel Heini, starb, als Andreas zwei Jahre alt war.« Das hatte ich ja alles längst verstanden, wollte aber doch gerne wissen, ob Andreas auch über mich Bescheid wisse. Die liebe Tante war sichtlich erleichtert über meine Gelassenheit. »Natürlich weiß er das alles. Andreas und seine reizende Frau Anneliese möchten dich unbedingt kennenlernen. Sie wollen dir, auch zur Erinnerung an deinen Vater, ein paar Bilder und Möbel schenken.«

Im Zug nach München sinnierte ich weiter über unsere Gespräche. Es überkam mich eine Vision – vielleicht auch nur ein Albtraum -, dass damals, als doch offenbar alle gewusst hatten, dass Albrecht Bernstorff einen Sohn hatte, gewiss auch seine liebe Schwägerin Ingeborg davon Kenntnis hatte. Hatte ihre Intrige am Ende etwas mit meiner Existenz zu tun? Konnte sie sich darauf verlassen, dass ihr Schwager, mit dem sie nicht auf »speaking terms« war, nun auch tatsächlich ihren Sohn Andreas zum Alleinerben einsetzen würde. Was musste sie tun, um diese Sicherheit zu erhalten? Meine vielleicht allzu spekulativen Gedanken zu diesem Thema hatten mich ermüdet. »Will und muss ich das alles wissen? Hat es etwas mit mir, meinem Leben, meiner Gegenwart zu tun?« Ich erwachte erst wieder, als ein dicklicher, grün gewandeter deutscher Zollbeamter in St. Margareten die Tür zum Abteil aufschob.

Worüber ich aber wirklich etwas aus erster Hand erfahren wollte, war die Rolle der »bösen« Schwägerin im Familiendrama der Bernstorffs. Ich wollte endlich etwas Licht in dieses Spiel der Ingeborg Bernstorff und ihres Gefährten und späteren Ehegatten Wolff bringen.

Andreas, der Erbe von Stintenburg, ist der Sohn von Ingeborg Bernstorff, der Junge, der dann in der Familie des SS-Generals Wolff, seinem Stiefvater, aufwuchs. Luisette und Stutt hatten mir schon sehr viel früher erzählt, dass Ingeborg, die Schwägerin meines Vaters, gemeinsam mit ihrem Mann eine böse Intrige gesponnen hatte, um Albrecht Bernstorff zu zwingen, das Testament in ihrem Sinne zu errichten. War das nicht der Grund dafür gewesen, dass mein Vater ins KZ Dachau kam? Natürlich wollte ich erfahren, warum das fatale Pärchen nie zur Verantwortung gezogen wurde. Unverkennbar, dass Stutt die Wendung, die unser Gespräch genommen hatte, nur wenig behagte, ging es doch um Ruf und Ehre der Familie Bernstorff. Ja, leider gebe es, bemerkte er, durchaus Anlass zu glauben, dass Ingeborg, die mein Vater bis auf den Tod nicht ausstehen konnte, ihre Finger im Spiel hatte, als man ihn 1940 wegen vermeintlicher Devisendelikte ins KZ Dachau steckte. Er sei Ingeborg Bernstorff nur einmal begegnet. Damals war sie noch mit dem Bruder von Albrecht verheiratet, Onkel Heini, der übrigens auch ein Nazi der ersten Stunde gewesen sei. Leider könne man ihr nichts nachweisen.

Stutt war bei all meinen Vorbehalten ein gescheiter Mann: »Es ist leider so, Albrecht Bernstorff war in seiner vehementen Ablehnung, seiner Verachtung für die Nazis eher die Ausnahme als die Regel. Der deutsche Adel, vor allem in Norddeutschland, war angesteckt von der Seuche des Faschismus, man kann das auch erklären.« Ich war verblüfft über die Offenheit, mit der Kurt von Stutterheim über seinen Stand sprach. Die großen Katastrophen des Ersten Weltkriegs und des Versailler Vertrags haben nicht nur die Monarchie beseitigt, sondern auch einen ganzen Stand verelenden lassen. Es sei die Tragödie der Weimarer Republik gewesen, dass die sogenannten Eliten der Kaiserzeit, Adel und Mi-

Zielrichtung fort und erklärte mir ausführlich, dass schließlich der Neffe Andreas der legitime Erbe von Albrecht Bernstorff sei.

Es war an der Zeit, Stutt zu erklären, ich träte hier nicht als der Rächer der Enterbten auf, sondern wollte eigentlich nur ein bisschen mehr erfahren, wie es so war, damals, als ich plötzlich im März 1937 auf der Bildfläche erschien. Dieses Bekenntnis schien den alten Familiencustoden zu beruhigen. Er fügte nur noch hinzu: »Auch Albrecht ... dein Vater ... mein ich, hat sich ja tadellos verhalten.«

Jetzt mischte sich Luisette, die unserem Gespräch mit sichtlichem Unbehagen gefolgt war, ein: »Stutt war ja damals gar nicht dabei!« Meine Mutter Ellen, mit der sie schon lange befreundet gewesen sei, habe ihr eines Tages erzählt, was geschehen war. Albrecht habe gar kein Hehl daraus gemacht und habe mich sofort als seinen leiblichen Sohn anerkannt. Er habe mir auch ein Legat vermacht, das ein Freund verwalten sollte. Leider habe sich dieser Freund und auch das Geld in den Nachkriegswirren irgendwie in Luft aufgelöst.

»Für mich, Stefan, warst du immer das Kind von Albrecht, deshalb hab ich dich 1947 hierher in die Schweiz geholt. Hat dir Ellen erzählt, dass ich dich damals adoptieren wollte? Niemand wusste, wie es in Deutschland weitergehen sollte, und ich machte mir große Sorgen. Du bist der Sohn meines Bruders und damit auch ein bisschen mein Kind!« Ellen habe keine Adoption gewollt. »Ich hab das auch verstanden, denn du warst das Einzige, was sie noch hatte.« Für die so zurückhaltende preußische Comtesse war dies ein ganz untypischer Gefühlsausbruch, der mich sehr bewegte. Das Gespräch versandete schließlich in freundlichem Small Talk.

Schon bald darauf brachte Stutterheim das Thema wieder auf das Erbe der Bernstorffs und repetierte, dass Andreas »der rechtmäßige alleinige Erbe« meines Vaters sei. Ich stellte dies keineswegs infrage, empfand es auch als abwitzig, sich über ein Erbe, das enteignet in einer kommunistischen Volksrepublik lag, in die Haare zu bekommen.

der geplanten Erbfolge etwas ändern oder mich als Bastard unter einem anderen Titel ablegen wollen?

Was lag also näher, als mich zu meiner nunmehr blutsverwandten, »echten« Tante Luisette nach Vevey zu begeben. Dort lag bei meiner Ankunft eine leichte Verlegenheit in der Luft, hatte man doch, gewiss auf Bitten meiner Mutter die Wahrheit lange unter Verschluss gehalten. Kurt von Stutterheim, wie stets im schwarzen Blazer, nahm die Dinge gleich in die Hand. Gelegentlich kämpfte er ein wenig um die passenden deutschen Wörter, seine Syntax ließ erkennen, dass er die wichtigsten Jahre seines Lebens in angelsächsischen Ländern verbracht hatte: »Wie schön, dass du da bist«, begrüßte mich »Stutt« in – wie mir schien – leicht forcierter Herzlichkeit. »Frisch verheiratet, wie fühlt man sich da? Luisette freut sich riesig und will alles wissen. Sie ist gerade noch beim Arzt ... Es geht ihr nicht so gut, du weißt ja, ihr Asthma.«

Als wir dann während der Tage am Genfer See auf meinen Vater zu sprechen kamen, riss Stutt das Thema, zur Erleichterung der leicht gequält wirkenden Luisette, an sich und begann etwas umständlich einen kleinen Vortrag über das schöne Thema Bastardentum. Der alte Zausel enthüllte mir das Geheimnis, dass der Umgang mit Kindern aus einer außerehelichen Beziehung schon immer zum täglich Brot der höheren Stände gehört habe. Er führte diverse Beispiele, wie den ja bekannt tüchtigen Juan de Austria, den Sieger von Lepanto, an. Ein wenig passender Vergleich, denn besagter Kriegsheld war das Kind von Habsburgerkaiser Karl V. mit einer Bürgerstochter aus Regensburg, das er anerkannte und seinem finsteren Sohn Philipp II. zur Seite stellte. Schließlich begann Stutt zu meinem Missvergnügen auch noch Anstandsnoten zu verteilen!

»Dein Vater ... ich meine der Schulz-Dornburg, hat sich ja wirklich untadelig verhalten, das muss man schon sagen!« Der alte »Klugscheißer« tönte wie ein Notar bei der Verlesung eines Testaments. »Untadelig«, weil der Musiker mich ohne Murren in seine Familie eingemeindet hatte? Stutt fuhr unverdrossen mit klarer

# DIE LIEBEN VERWANDTEN

Der abrupte Wechsel des Erzeugers dagegen spielte sich nur in meinem eigenen kleinen Theater im Kopfe ab. Alle anderen hatten es anscheinend schon gewusst oder erfuhren eben jetzt, dass Stefan Schulz-Dornburg nun auch noch ein bisschen gräflich-adlig war.

Es war an der Zeit, mehr über meinen Vater zu erfahren. Hatte Albrecht Bernstorff, der ewige Junggeselle, ein Kind gewollt oder war es halt so passiert, Konsequenz einer sentimentalen Erinnerung? Hat er die Urheberschaft an meiner Existenz gleich anerkannt oder zwangen ihn die Umstände dazu? Hatte er an

*Luisette und Kurt von Stutterheim*

harmlosen Bastardendasein ein solches Geheimnis gemacht? 1962 lag noch ein langer, gelegentlich auch steiniger Weg vor mir, um mich in diesen zwei Vätern auch selbst zu finden.

Die Hauptperson in diesem Akt des Lebenstheaters war natürlich meine geliebte Mutter. Zwei Fragen bewegten mich besonders: Warum verheimlichte mir die Mutter, wer mein Erzeuger war und was war damals wirklich geschehen? Vermutlich hätte sie dieses Geheimnis mit ins Grab genommen. Als ich nun meine Mutter eher zögerlich als inquisitorisch befragte, war sie 64 Jahre alt, keineswegs hinfällig und noch immer mit großer Verve in ihrer zweiten Karriere in der Altersfürsorge für den Paritätischen Wohlfahrtsverband aktiv. Bis zu meiner ersten Heirat hatte ich 25 Jahre bei und mit dieser starken Frau gelebt, ohne jemals ein klares Wort der Aufklärung zu vernehmen. Hatte sie den richtigen Zeitpunkt verpasst? Wann wäre der wohl gewesen? Beim Tod von Rudolf Schulz-Dornburg? Nach meinem langen Besuch bei Tante Luisette, der Schwester des vermeintlichen Onkels?

Erst jetzt, als sie zugab, ihr alter Jugendfreund Albrecht sei tatsächlich mein Vater, wurde sie befreit von diesem Geheimnis. Hatte sie Angst, ich würde die Achtung vor ihr verlieren, ihr moralische Vorwürfe machen? Heute wie damals hätten meine Liebe, mein Vertrauen und meine Bewunderung für diese bemerkenswerte Frau keinen Schaden genommen.

ren konnte, hatte dem jungen Mann in den 30er-Jahren dieses für Deutsche so schwer zu erlangende Stipendium verschafft. Dieser neue Freund aus San Angelo war trotz seines etwas nölig aristokratischen Gebarens eine sehr einnehmende und faszinierende Persönlichkeit. Als junger Mann war er in den Dunstkreis des von Skandalen umwitterten D. H. Lawrence geraten. Nazideutschland hinter sich lassend, war Alexander Böker (1912–1997) dann Sekretär der sagenumwobenen Frau des Romanciers, Frieda von Richthofen, im fernen Taos in New Mexico geworden. Nach der Rückkehr nach Deutschland hatte er im Auswärtigen Amt angeheuert und machte nun in den Adenauer-Jahren eine brillante Karriere. Böker sollte mich bis zu seinem Tode begleiten. Er wurde der Patenonkel meiner zweiten Tochter Anna. Als ich 1997 meinen 60. Geburtstag feierte, sah ich diesen ganz besonderen Menschen zum letzten Mal. Kurz darauf starb er in München.

Meine Mutter war zutiefst beglückt über diese neue Bekanntschaft und führte mit dem chevaleresken Diplomaten allerlei Gespräche, denen ich mich meist zu entziehen wusste. Erst sehr viel später wurde mir klar, worum es in diesen, meist um Onkel Albrecht kreisenden, Unterhaltungen ging. Alex Böker hatte am schönen Strand von St. Angelo, während ich im Wasser planschte, meiner Mutter tatsächlich auf den Kopf zugesagt, ich müsse der Sohn von Albrecht Bernstorff sein. Dies offenbarte sie mir natürlich erst Jahre später.

Meine Neigung, größere Brüche und Krisen wegzu»rationalisieren«, sie möglichst rasch hinter mich zu bringen, ohne mich mit ihren Ursachen gründlich zu befassen, half mir zunächst einmal dabei, schnell wieder zur Tagesordnung überzugehen. Überdies warteten damals noch eine ganze Reihe überraschender Ereignisse auf mich. Dennoch trieb es mich wohl mehr um, als ich mir später zubilligte. War ich jetzt eine andere Person, nachdem mein Vater plötzlich gegen einen anderen ausgetauscht worden war? Wurde ich nun mit einer ganz neuen Familie konfrontiert, die vermutlich nichts von mir wissen wollte. War er wirklich mein neuer Vater? Warum um Himmelswillen wurde aus meinem eher

für euch beide. Bedenke Stefan, du hast ihr nichts vorzuwerfen! Sie tat sich schwer damit. Hätte sie es dir früher offenbart, wäre es gewiss auch leichter für sie geworden!«

»Kanntest du ihn?«, wollte ich noch von Dürckheim wissen. Etwas zögerlich erwiderte er: »Ja, wir kannten uns schon lange, aber vergiss nicht, wir kamen beide aus ganz konträren politischen Lagern!«

Es ging nunmehr um meine Mutter. Womöglich hatte sie mich, obwohl sie mir die Wahrheit verschwiegen hatte, doch unbewusst, gleichsam subkutan schon lange auf diese Enthüllung vorbereitet. Es war tatsächlich sehr oft die Rede von Onkel Albrecht, seinen Freunden, gemeinsamen Erlebnissen, von Reisen nach England, wo der Diplomat bereits einen großen Freundeskreis aus Politik und Gesellschaft hatte. Als ich dann post festum in unserer Vergangenheit stöberte, gab es sogar auf den gemeinsamen Reisen und Ausflügen Hinweise, die mir vielleicht die Augen hätten öffnen können.

Auf einer dieser kulturträchtigen Reisen mit meiner Mutter verbrachten wir 1958 ein paar Tage in San Angelo auf Ischia, wo sie im heißen Sand Erleichterung für die peinigenden Knochenschmerzen suchte, welche man in jenen Zeiten gemeinhin als Rheumatismus klassifizierte. Die kontaktfreudige Frau, die jede Gelegenheit für einen kleinen Schwatz oder gar eine unverbindliche Bekanntschaft beim Schopfe ergriff, erschien plötzlich am Strand mit einem distinguiert wirkenden, hochgewachsenen Manne mit strahlend blauen Augen.

Für diese Art Bekanntschaften meiner Mutter hatte ich wenig Sinn. Ich ließ meine muffige Sprödigkeit jedoch bald fahren, da dieser so aristokratisch wirkende Hüne es schnell verstand, mich zu interessieren. Alexander Böker war ein hoher Diplomat, der, wie sich herausstellte, ein Freund und Schützling von Albrecht Bernstorff gewesen war. Der alte Freund meiner Mutter, der selbst vor dem Ersten Weltkrieg als »Rhodes Scholar« in Oxford studie-

Dürckheim wollte mich zu seinem jungen Freund und Schüler Edmond mitnehmen, der außerhalb von Zürich eine Reitschule besonderer Art betreibe, nämlich nach den Regeln und Weisheiten des Zen-Buddhismus. Diese Erfahrung müsse ich, befeuerte mich Dürckheim, der gerne ein wenig missionarisch agierte, unbedingt machen, solange ich in Zürich sei.

Dürckheim kam und nahm mich nun mit auf den märchenhaften Besitz seines Jüngers oberhalb des Züricher Sees. Ein altes Herrenhaus im französischen Stil, mit großen Stallungen und einer Reitschule. Nach einem köstlichen Lunch zog sich der jugendliche Hausherr zurück, um seiner Arbeit nachzugehen.

Ein wenig später saßen wir beide in dem großen hellen Tattersaal hinter einer Barriere, wo Edmond seine Schüler unterrichtete. Eine stille und faszinierende ganz unübliche Art der Instruktion, die wenig zu tun hatte mit den eher raubeinigen Usancen einer normalen Reitschule.

Dürckheim, ganz der geübte Seelenmediziner, bemerkte bald, dass mich etwas ganz anderes beschäftigte, und bat mich, ihm doch kundzutun, was mich umtreibe. Nun gut, ich erzählte ihm, was mein Herz bewegte, fragte ihn, was er wisse von dem Gerücht, Albrecht Bernstorff sei mein wirklicher Vater. Der alte Guru war zunächst ein wenig konsterniert. Damit hatte er sicherlich nicht gerechnet, als weiser Seelenarzt wusste er jedoch, was zu tun ist: »Jetzt hast du mich aber kalt erwischt, Stefan! Diese Frage müsstest du eigentlich deiner Mutter stellen. Vielleicht aber hilft es euch beiden, wenn ich dir die Wahrheit sage. Ja, Albrecht Bernstorff ist tatsächlich dein Vater! Ich weiß auch sehr gut, wie unendlich schwer sich Ellen damit tut, ihrem Sohn die Wahrheit zu gestehen!« Dürckheim war nicht nur ein weiser Mann, er war auch ein Heiler, der meine Mutter von diesem Geheimnis, das sie seit vielen Jahren wie Fußfesseln in einem Gefängnis mit sich herumgeschleppt hatte, befreien wollte. »Also sei gnädig mit deiner Mutter. Sie ist eine Frau, die ich liebe und bewundere. Wenn es dir recht ist, werde ich sie wenig präparieren, das macht es leichter

*Karlfried Graf von Dürckheim*

gründete er in Rütte im Schwarzwald die »Existential Psychologische Bildungs- und Begegnungsstätte«. Von seinen Büchern, die er meiner Mutter gerne schenkte, erinnere ich mich noch an »Japan und die Kultur der Stille« und »Erlebnis und Wandlung, Grundfragen der Selbstfindung«. Ich glaube, dass ihr seine Lehre, seine Botschaft immer fremd blieben, zu abgehoben und zu intellektuell, zu mystisch. Das Bohren dicker Bretter war nicht ihr Ding und auch nicht das meine.

Warum weiß ich nichts davon?« Die Väter, sie waren lange tot, sie konnte ich nicht mehr befragen. Meine Mutter hatte zwar oft von ihrer Freundschaft mit Bernstorff erzählt, aber niemals auch nur eine Andeutung gemacht, dass ich nicht der Sohn des Musikers »Schudo« sei. Die Vorstellung, ich würde meine Mutter befragen, bereitete mir großes Unbehagen. Wusste ich doch, wie leicht sie aus dem Gleichgewicht geriet, wenn es um die Toten in ihrer Familie ging. Konnte es sein, dass ich selbst es war, der dieses Geheimnis nicht wirklich ergründen wollte?

Der Zufall wollte es, dass ich in diesen Tagen auch eine Nachricht von Karlfried Dürckheim erhielt, dem wohl ältesten Freund meiner Mutter. Er wollte mich bei einem Besuch in Zürich gerne sehen. Er war – so glaube ich – der einzige Mensch, mit dem sie alles besprach, was sie bewegte und schmerzte. Karlfried Graf Dürckheim, der Spross einer alten bayerischen Adelsfamilie, Diplomat, später Psychotherapeut und ZEN-Lehrer. Ein wahrlich farbenreiches Leben. 1919 kämpfte er noch im Freikorps gegen die Münchner Räterepublik, studierte Volkswirtschaft, Philosophie und Psychologie. Ob dieser »Onkel Karlfried« mehr als ein sehr lieber Freund und Vertrauter aus Jugendtagen gewesen ist, weiß ich nicht, denn Ellen Hamacher war mit der ganzen Familie Dürckheims aus Steingaden befreundet.

Eine bedeutende Karriere als Diplomat im »Dritten Reich« zu machen, war dem »Vierteljuden« verwehrt. Dürckheim wurde an die deutsche Botschaft in Tokio gesandt, mit dem Sonderauftrag, die »japanische Erziehung« zu studieren. Dürckheim sollte sich mit Themen wie »Die Soldatische Orientierung des Zen-Buddhismus« befassen.[5]

Schließlich erlebte er sein »Damaskus« in einem Internierungslager in Japan. Nach dem Zweiten Weltkrieg entwickelte er die »Initiatische Therapie« und trug zur Verbreitung des Zen und der Zen-Meditation bei. Mit seiner zweiten Frau Maria Hippius be-

---

[5] Wikipedia: *Karlfried Graf Dürckheim*.

# ENTHÜLLUNG

**1962,** ich war gerade 25 geworden, studierte ich ein paar Semester an der Universität von Zürich und wohnte mit einem Freund aus Neubeuern zusammen. Tassilo war ein sehr charmanter, gesellschaftlich ungemein ambitionierter junger Mann aus ostelbischem Adel, aber durchaus kein intellektueller Überflieger. Er verkörperte den klassischen Typ des »Adabei« und kannte natürlich Hinz und Kunz in Gesellschaft und Kultur. Ich mochte Tassilo, litt jedoch ein wenig unter seiner Geschwätzigkeit und Klatschsucht, deren Opfer ich nun ausgerechnet in der Schweiz wurde. Eines Abends, zu vorgerückter Stunde saßen wir in Niederdorf an der Limmat, als Tassilo bereits ziemlich beschwipst seine Hand auf meinen Arm legte und lallte: »Stefan! Ich mag dich. Du bist einer von uns, du bist ein edler Mensch, eben ein echter Graf!« Ich war ein wenig konsterniert und entzog ihm meinen Arm. Was sollte das heißen: »Du bist einer von uns?« Tassilo war gewiss nicht schwul, doch diese Geste war mir doch ein wenig zu intim. »Komm, sei nicht so …!«, lallte er, »Dein Vater ist dieser Bernstorff, das weiß doch jeder, das pfeifen die Spatzen vom Dach. Hat dir das deine Mutter nicht verklickert?« Ich war nicht willens, mich auf dieses Thema einzulassen, und bemerkte ein bisschen scharf, Bernstorff, ein alter Freund der Mutter aus den 20er-Jahren, sei mein Patenonkel, alles andere sei dummes Geschwätz.

Damit war es jedoch nicht getan. Mich verfolgte diese »Enthüllung« von Freund Tassilo und ließ mich nicht mehr zu Ruhe kommen. Die Vorbereitung für eine Seminararbeit in der Bibliothek war alles andere als willkommene Ablenkung. »Sollte es wahr sein, dass dieser Bernstorff mein wirklicher Erzeuger ist?

altem Ruhm zehrenden Wilhelmsgymnasium, fand mein Sohn schließlich über allerlei Umwege seine Bestimmung als Drehbuchautor. Als er sich dazu entschied, schloss sich der Kreis. Natürlich war er infiziert von meinem späteren Treiben als Film- und Fernsehproduzent. Das führt gelegentlich dazu, dass Vater und Sohn zu einer Art Ping-Pong-Spiel zusammenkommen und versuchen, Geschichten zu optimieren oder neue Ideen zu entwickeln. Mein Beitrag nährt sich aus dem Erfahrungsschatz eines Mannes, der in seinem langen Leben mit den verschiedensten Menschen und ihren Geschichten konfrontiert wurde. Dieses dramaturgische Wechselspiel ist fruchtbar für den jungen, inzwischen sehr erfolgreichen Autor. Für mich ist es eine große, keineswegs nur intellektuelle Freude.

*Meine Kinder Anna, Nikolaus und Julia v.r.n.l.*

Ein Jahr vor dem Abitur entfloh sie der häuslichen Unrast und besuchte eine Boarding-School in Vermont (USA). Gewiss eine schöne, aber auch schwierige Erfahrung in der Fremde, die sie ohne Klagen absolvierte. Danach machte sie noch ein Praktikum in Minneapolis und eine Vergnügungsreise mit ihrem Vater an die Westküste.

Nach dem Abitur begann sie dann eine Ausbildung in Physiotherapie in Ulm. Anna ist heute eine leidenschaftliche Physiotherapeutin mit dem Schwerpunkt Craniosacral-Therapie in München und widmet sich mit großem Engagement einem Kinderhospital in Laos. In Gertraud hat sie eine vitale und warmherzige Frau aus dem Burgenland gefunden.

Der 1983 ebenfalls in München geborene Nikolaus entpuppte sich schnell als ein eigenwilliger tatkräftiger Bub. Für mich wieder ein Ausflug in den Zauber der Kinderwelt. Als Einzelkind suchte er früh den Kontakt zu anderen Kindern und ist bis heute fest verankert in einem engen farbenreichen Gang alter Freunde.

Nach keineswegs immer brillanten Leistungen auf dem von

schaft eines alten Arbeiterfußballklubs. Ihren starken Willen setzte sie ohne großes Argumentieren durch. Stets um Erfolg und Fortkommen der Jüngeren besorgt war ich Wachs in ihren Händen. Während der nicht seltenen Abwesenheiten des Elternpaares stützte sich Anna stark auf Helga, die eigenwillige Kinderfrau aus dem Schwäbischen.

Für beide Töchter war das Erscheinen des Halbbruders Nikolaus gewiss eine Irritation. Julia hatte sich schon früh von den Eltern emanzipiert und studierte in England. Anna, von einem schweren Sportunfall gezeichnet, war weniger stabil. War dieser neu aufgetauchte Halbbruder eine Bedrohung ihrer so engen Bindung an den Vater? Trotzdem zeigte Anna, genau wie die ältere Schwester, zärtliche Emphase, als sie den kleinen Störenfried sah.

Beide Töchter waren zu dieser Zeit schon lange mit der Freundin des Vaters vertraut, hatten gemeinsame Reisen mit Sabine gemacht. Daraus hatte sich über die Jahre eine freundschaftliche Beziehung zu ihr entwickelt. Kinder sind ja auch Pragmatiker, so singulär war ihr Schicksal nun auch wieder nicht. Julia, nun fertige Architektin in London, zog mit Nyall, ihrem irischen Mann, nach Barcelona, wo sie noch heute lebt. Allerdings hatte diese Ehe keinen Bestand. Aber es gibt da zwei entzückende Enkeltöchter, Hannah und Lena, die eine mehr Künstlerin, die Jüngere eine passionierte Medizinstudentin in Boston. Die Mädels, nun in der zweiten Generation, haben kein Problem mit ihrem Großvater, seiner zweiten Frau und dem Onkel Nikolaus. Sie freuen sich einfach, viel Verwandtschaft zu haben. Mein einziger Sohn entwickelte über die Jahre eine besonders liebevolle und enge Beziehung zu der rund 20 Jahre älteren Halbschwester Julia.

Anna, die zweitgeborene Tochter, machte sich das Leben nicht einfach. Es dauerte, bis sie ihren Platz gefunden hatte. Anders als ihr zur Oberflächlichkeit neigender Vater ist Anna ein Mensch, der »dicke Bretter bohrt« und ganz genau wissen will, wie sie ihr Leben sinnvoll einrichtet.

hen der Kinder gingen Julia schon früh auf den Geist und stärkten ihre Sehnsucht nach Selbstständigkeit. Ich durfte ihr dann auch nicht mehr bei den Aufsätzen helfen, was mich ein wenig kränkte. Da sie sich freimachte von der wohltätigen Allmacht der Eltern, fiel es ihr auch leichter, sich vor den Zufälligkeiten der elterlichen Geschicke zu schützen. Die enge Verbindung mit meiner älteren Tochter Julia setzte sich fort, als sie nach dem Abitur das Haus verließ, um in Hamburg eine Schreinerlehre zu beginnen. Auch die gemeinsamen Reisen nach Amerika und Mexiko und vor allem nach England, wo sie schließlich für lange Zeit leben sollte, waren sehr fröhliche Erfahrungen für uns beide.

*Meine Tochter Anna*

Die jüngere Tochter Anna, geboren 1966, bildete eine eherne Achse mit ihrem Vater, dessen zur Überfürsorge neigendes Verhalten vielleicht nicht den Maximen moderner Pädagogik entsprach. Anders als ihre ältere Schwester suchte Anna die Nähe. Zudem war sie auch ein junger Mensch der Tat. Sie erkannte im Sport ihre Bestimmung und spielte begeistert in der Mädchenmann-

Lebens wahr werden würde. Hier zeigten sich Sabines große Stärken, eine Frau mit großen Gefühlen, einer mich immer wieder frappierenden Direktheit. Ihren Emotionen ließ sie unverzüglich freien Lauf, nichts blieb in den kleinen Nischen der Seele lange liegen; alles kam auf den Tisch und das sofort, auch das war gut so. Ein Virtuose des Verdrängens, Ablenkens, Verschiebens und Wegsteckens wie ich hatte zunächst Mühe mit diesen reinigenden Unwettern, die aber wie nach Beethovens Pastoralgewitter schließlich doch immer in Harmonie endeten.

Schließlich hat Sabine mich, des ewigen Wartestandes überdrüssig, mit einem Sohn überrascht. Nikolaus, geboren 1983, ein sehr niedlicher tatkräftiger Knabe wurde – wen wundert es – fortan die »Numero 1« im Leben von Sabine, und ich regredierte wieder einmal zu einem begeisterten Kindsvater.

Das Erscheinen der beiden Mädchen Julia und Anna in den Jahren 1962 und 1966 zeitigte eine wundersame Entwicklung beim jungen Vater. Ausgerechnet ich, eine Art ewiges Mamakind, dank der Ungunst der Zeitläufe nie in den Genuss starker väterlicher Zuneigung und Zärtlichkeit gekommen, wurde selbst ein leidenschaftlicher und auch sehr junger zärtlicher Vater. Den Kinderkult, den schon meine Mutter mit meinem Bruder Michael und mir betrieben hatte, setzte ich nun mit diesen wohlgeratenen und hübschen Mädeln Julia und Anna fort. Blicke ich heute auf meine Erfahrungen und Erfolge als Erzieher und Kindsvater zurück, so glaube ich, dass meine Stärken in der Zeit bis zur Adoleszenz der Kinder lagen. Mit anderen Worten: Als meine Kinder sich der Pubertät, der Reife, der eigenen Autonomie näherten, hieß es auch für mich, eine neue distanziertere Rolle zu finden.

Julia, geboren 1962, später ein richtiger Teenie, ein hübsches, damals ein wenig zur Üppigkeit neigendes, sehr selbstständiges Mädchen, zeigte nicht nur äußerlich viele Züge meiner Mutter: redegewandt, pragmatisch, aber dickköpfig, mit einem guten »Sense of Humour«. Moralschwere Parolen der Mutter, meine mitunter hysterischen, ständigen Interventionen zum Wohlerge-

# FAMILIEN

In meinem, inzwischen doch recht lang gewordenen, Leben hätte ich fast zwei Silberhochzeiten feiern können. Zweimal in meinem Leben habe ich eine Ehe geschlossen und jedes Mal war das Erscheinen eines Kindes das auslösende Element.

Von meiner ersten Frau wurde ich nach 23 Jahren Ehe geschieden, ohne Zwist und ungute Gefühle. Zwei gemeinsame Töchter und die Erinnerung an gute und gelegentlich konfliktreiche Zeiten verbinden uns.

1975 lernte ich eine schöne Frau kennen. Die folgenreiche Begegnung fand statt im Hause meines Münchner Freundes Christoph, der sich gerne als liebevoller Kuppler verstand. Sabine Knust hatte ihren langjährigen Lebensgefährten durch einen tödlichen Unfall verloren und ich, Familienvater und Ehegatte, war ein unruhig umherwandernder Mann auf der Suche nach dem Glück. Eine ungestüme, sehr verliebte Angelegenheit für uns beide, die mich so manchen Unbill mit dem anderen Geschlecht vergessen ließ.

Als wir uns begegneten, betrieb Sabine zusammen mit Six Friedrich, der Exgattin des bedeutenden Kunstgurus Heiner Friedrich und Fred Jahn die Galerie »Heiner Friedrich« in der Maximilianstraße. Sabine, ausgebildete Volljuristin, wie es so schön im Fachjargon heißt, hatte in den »Roaring Sixties« viel Spaß an der Freud gehabt und sich dann unter dem Einfluss des »Master of the Universe« Heiner in Sachen Minimal Art für die Kunst entschieden. Als sie sich nach kurzem Zögern nunmehr in diesen, ein wenig desperaten, Stefan verliebte, konnte sie nicht ahnen, dass es noch fast zehn Jahre dauern sollte, bis der Traum eines gemeinsamen

*Sabine und Stefan, um 1978*

nummerieren und machte erstmals die Bekanntschaft mit dem Innenleben eines Großunternehmens – eine Erfahrung, die ich später in Frankfurt ausbauen konnte. Schnell verstand ich, dass den Kriterien der Macht, den Herrschaftssymbolen – eine eigene Sekretärin, die Ausmaße eines Schreibtisches, das Volumen des wöchentlichen Blumenschmucks, der gebührende Platz in der Kantine – entscheidende Bedeutung zukamen. Kein Wunder, die so ungerechte Beförderung von Kollegen, die totale Inkompetenz des Chefs, das ausführliche Gespräch über Gesundheit, Krankheit, geplante Kuraufenthalte, die obligaten Urlaubserlebnisse und das täglich mehrmals zelebrierte Kaffeeritual beschäftigte die Angestellten weit mehr als der Umgang mit Kunden oder gar die Entwicklung von neuen Produkten. Ich trug mich schon damals mit dem Gedanken, einen Betriebsroman zu schreiben über die Welt der Angestellten, deren höhere Ränge bei Siemens sogar den Titel Beamte trugen. Ein White-Collar-Universum, das Innenleben einer Wirtschaftsbürokratie, die bis in die 90er-Jahre nicht von außen bedroht wurde.

Der geplante Aufenthalt in Paris mit Freund Christoph sollte vor allem der Vertiefung der französischen Sprachkenntnisse dienen, wozu sich die weit gerühmte Alliance Française auf dem Boulevard Raspail anbot. Die beiden lebenshungrigen jungen Männer bezogen ein geräumiges Zimmer in einem charmant verschmuddelten Hotel in der Rue Gay Lussac. Das obligate Bidet wurde nicht nur zum vorgesehenen Zwecke genutzt, sondern diente auch als Kochnische und Feuerstätte, in dessen Mitte man den damals so populären Esbit-Kocher entfachte. Wie der Name »Alliance« schon ahnen ließ, war dieses, eigentlich pädagogischen Zwecken gewidmete, Institut für seine Studenten eine ideale Abschussrampe für Flirts und Liebeleien. Diese herrlichen Allianzen waren allerdings nur selten französisch, sondern wiesen den Weg zu schönen Mädchen internationaler Provenienz, wobei die langbeinigen Schwedinnen und natürlich die sommersprossigen Mädels aus dem amerikanischen Mittelwesten besondere Objekte der Begierde darstellten.

deshalb, weil sie eben nicht mit mir wollten? Alarmierend, dass mich jetzt Anfang 20 noch derartige Pennälernöte drückten. Die Mutter, soweit sie es überhaupt wahrnahm, zeigte genauso wenig wie ich einen erkennbaren Wunsch, auf dieses Thema einzugehen. Roland Barthes, der große französische Intellektuelle, prägte den wunderbaren Satz »Mama ist mein Zuhause«. Präziser und liebevoller kann man eine Beziehung zur Mutter kaum beschreiben. Auch meine Mutter war mein Zuhause, aber dort spricht man eben nicht über Liebeslust und Liebeslast der Kinder.

*Mutter mit Sohn Stefan*

Mit meinem neu gewonnenen Freund Christoph, einem jungen Architekten aus einer sehr katholischen Kulturfamilie, plante ich einen längeren Parisaufenthalt, um mich für vergangene Mühen zu belohnen. Da zunächst das Reisegeld verdient werden musste, verdingte ich mich als Werkstudent bei der hoch angesehenen Firma Siemens, Abteilung Haushaltsgeräte. Arbeit war es schwerlich zu nennen, Praktikantentätigkeit war schon damals ein ziemlich stumpfsinniges Unterfangen. Ein wenig überqualifiziert lernte ich also rosafarbene Zahlkarten korrekt mit einem Stempel durchzu-

übersehen, dass mir die Jurisprudenz nicht in die Wiege gelegt worden war. Sobald das Referendarexamen drohend am Horizont erschien, begab ich mich zu dem weit gerühmten Paukerinstitut Rottmann, das in den Hinterzimmern einer Wirtschaft in Schwabing sein segensreiches Wirken verbreitete. Alles, was der Jurastudent und seine Leidensgenossen in den verbummelten Semestern nicht getan hatten, musste uns nunmehr mit den Methoden einer bolschewistischen Kaderschule in geraffter Zeit eingebläut werden. Chefrepetitor R., ein feister Einpeitscher mit Glatze und nie erkaltender Zigarre, war nicht nur ein Virtuose des bekanntlich sehr komplexen Bürgerlichen Gesetzbuchs, sondern auch ein begnadeter Alleinunterhalter, der uns mit in Maschinengewehr-Stakkato abgefeuerten Fragen, zynischen Kalauern und Sottisen in Bann zog. Ihm zur Seite Staatsanwalt a. D. P., ein ostelbischer Fachmann des Öffentlichen Rechts, dessen eiskalte Brillanz und dialektischer Furor unschwer erkennen ließen, dass er sich seine Sporen in den glorreichen Zeiten der Nürnberger Gesetze verdient hatte.

Kaum zu glauben, aber noch immer begleitete ich regelmäßig meine Mutter auf ihren obligaten Kulturreisen nach Italien. Allerdings war es in jenen frugalen Zeiten durchaus üblich, mit den Eltern zu verreisen, nur Wenigen war es vergönnt mit einer schönen Freundin die Welt zu entdecken. Leider hatte ich noch immer keine feste Beziehung, auch wenn gelegentlich kleinere Intermezzi mir bei der Bewältigung der jugendlich-virilen Kraft Erleichterung verschafften. Meine Selbstzweifel wuchsen. Warum gelang es mir nicht, eine Frau zu finden, die mich einfach wollte, weil ich mich doch so toll dünkte – ein Mädchen, das mir ein bisschen verfiel, ohne mich zu langweilen. Mein Lebensweg schien gepflastert mit unglücklichen Liebschaften, mit Frauen, denen ich ein enger wichtiger Freund war, die aber stets mit einem anderen ins Bett stiegen. Immer wenn es zärtlich werden sollte, tauchte der Schatten des unsichtbaren Dritten, des anderen auf. »Bitte nicht! ... Du weißt ... ich muss es dir sagen ... ich bin schon gebunden.« Oder so. Liebte ich diese Frauen vielleicht nur

schnell ab. Diese Leutchen, Restposten aus dem Fundus des Diplomaten Albrecht Bernstorff, waren meist alt, exklusiv oder gar adlig. Schon im Vorgeplänkel, in dem ich junger Nobody nur um das Entree rang, wehte mir ein Grabeshauch desinteressierten und ahnungslosen Klassenmiefs (»What was your name again?«) entgegen, der mich bewog, derartige Bemühungen um die englische Klassengesellschaft fortan zu unterlassen. Als deutscher Habenichts hatte ich weder Neigung noch Chancen hier zu reüssieren.

In einem jungen Restaurator aus der Heimat fand ich einen herzerfrischenden Kumpan. Hubertus von Sonnenburg, aus niederbayerischem Landadel, restaurierte Rembrandts in der National Gallery und machte später große Karriere in New York und München. Hubert war meist in Begleitung der Tochter des berühmten Archäologen Ernst Buschor. Hera, auch sie Restauratorin, mehr herb als hübsch, war eine überaus lustige Person, die unser Emigranten-Trio sehr beflügelte. In ihrem späteren Leben heiratete sie Elias Canetti. Unser Trio von ärmlichen Deutschen überspielte die latente Deutschfeindlichkeit in der Riesenstadt, die damals noch keineswegs swinging war. Ich erfuhr viel Wissenswertes über Kunstgeschichte und die Kunst der großen Maler und war vor allem nicht einsam.

Das riesige Angebot an gutem Theater, großartigen Schauspielern, die schier unglaubliche Vielfalt des Musiklebens in London, das Wien oder gar München weit in den Schatten stellte – es war wie im Paradies. Hier konnte ich sagenumwobenen Künstlern wie Charles Laughton, Laurence Olivier und Vivien Leigh begegnen. Das englische Theater war, wie noch heute, nah am Text, ohne großen Regiezauber und ganz auf Entertainment geeicht. Der Naturalismus der »Kitchen Sink«, Dramen der Osbornes und Weskers hatten ihren Höhepunkt noch nicht erreicht. In der Royal Festival Hall hörte ich Otto Klemperer und all die anderen große Musiker wie Horowitz, Heifetz oder Rubinstein, die Deutschland nicht mehr betraten. Überaus anglophil gestimmt, kehrte ich in das winterliche München zurück.

Die Studienjahre vergingen wie im Fluge, aber es ließ sich nicht

tellen grüßten, dunkle Schlösser, in denen sich einem der blutige Spuk der Stuarts auf die Brust legte, die düstere Magie der schottischen Heidelandschaft – all das verzauberte die jungen Reisenden. Britanniens höchste Erhebung, der Ben Nevis, wurde bei Nacht und Nebel bestiegen. Hier wähnte ich meinen feuerumloderten Felsen, hier galt es eine schlummernde Brünhilde zu erwecken. Nichts in dieser Art fand statt. Zunehmend begann ich, unter der Allgegenwart dieser ebenso energischen wie exzentrischen jungen Frau zu leiden, da mein Körper, meine Sinne in ständiger Aufwallung nach ihrem Recht verlangten. Gelegentlich wähnte ich schon die vor meinen Augen baumelnde Wurst schnappen zu können, aber die eiserne Jungfrau war gegen meine allzu niederen Triebe gefeit – fürwahr ein rechter Jammer, wäre doch die Zauberwelt des schottischen Hochlandes, die so tristansche Westküste, genau die richtige Kulisse für eine schöne Liebschaft gewesen. Langsam begann es mir zu dämmern, warum die liebenswürdige Frau W. so bedenkenlos ihre Tochter, diese heilige Elisabeth, mit einem von Testosteron strotzenden jungen Mann ins ferne Schottland hatte ziehen lassen. Schließlich nahm ich in London erschöpft und erleichtert Abschied von der eisernen Jungfrau. Eine üble Gastritis, gewiss psychosomatischen Ursprungs, überfiel mich, und ich verbrachte einige Tage im Dämmerschlaf auf einer kargen Liege der Harold-Laski-Jugendherberge in Westminster.

Die folgenden Monate in London trösteten mich über alle Entsagungen hinweg. Ich wohnte bei einer spießigen, sehr englischen Familie, deren Oberhaupt, ein gnomenhafter Countertenor, sich durch großen Geiz auszeichnete. Seine meist in Pink gewandete Gattin – Rosa ist bekanntlich die Lieblingsfarbe dieses ansonsten rauen Inselvolks – hatte stets ein »lovely« auf den schmalen Lippen und bestückte den jungen Deutschen täglich mit dem berüchtigten Sandwich mit viel Mayo und einem alten Salatblatt. Nach den brav eingehaltenen Besuchen der Sprachschule schmiss ich mich mit Vehemenz in das unglaublich reiche Musik- und Theaterleben Londons. Von diversen Besuchsempfehlungen der lieben Tante Luisette ließ ich nach zaghaften Versuchen jedoch

Jahre später übermannten ihn die dunklen Kräfte seiner Seele und man fand seine Leiche im Berliner Landwehrkanal.

Anders als die statusbewusste Krämerstadt Hamburg oder das neureiche Düsseldorf war München ein Eldorado für junge Leute, die auch ohne Pedigree und Kohle überall mitmischen konnten, solange sie nicht langweilten. Der Münchner Fasching, der anders als der rheinische Karneval, nicht auf den Straßen, sondern in einem intimeren Milieu von Bällen und Faschingsfesten kulminierte, war ein Vorbote der sexuellen Revolution, ein Befreiungsakt von tradierten Konventionen, ein Ausbrechen aus den verqueren Milieus der Vergangenheit. Auf diesen Schlachtfeldern des Leichtsinns und der Lebensfreude erfocht ich schließlich auch manche Siege. Die magische Synthese aus Maskerade, Musik und Trunkenheit schien, gleichgültig ob auf kleinen Wirtshausfesten oder bei den ekstatischen Riesenfeten im Haus der Kunst, alle Regeln und Konventionen aufzuheben.

Im zweiten Studienjahr nutzte ich die Semesterferien zu einem ersten Besuch in England, um mein ärmliches Schulenglisch zu verbessern. Bevor ich ein kleines Zimmer im spießigen Vorort West Dulwich bezog, begab ich mich mit der Cousine meines Freundes Franz auf eine Schottlandreise. Dieses, wie sich herausstellen sollte, ungemein strapaziöse Abenteuer wurde per Hitchhiking unternommen, wobei besagte Cousine, Gucki genannt, sich als vorzüglicher Lockvogel erwies. Eigentlich hieß das rotblonde Prachtweib Elisabeth. Sie hatte es mir schon lange angetan und auf dieser Reise hoffte ich, endlich ans Ziel meiner keineswegs erhabenen Wünsche zu gelangen. Dies hätte bei so viel Nähe durchaus gelingen können, wäre Gucki nicht so furchtbar fromm und gläubig gewesen, eine Kreuzung aus Isolde und einer leicht hysterischen Nonne, ekstatisch und der Natur nach sinnenfroh. Von allen Männern liebte sie jedoch den Heiland am meisten und tat sich ungleich schwerer mit den anderen, ja auch nach Gottes Ebenbild geschaffenen Männern.

Kathedralen, in denen gnadenlose Reformatoren von den Kapi-

und Unglücksfälle, die ich von Kindesbeinen an erleben musste, gab es einen noch ungeformten gesellschaftlichen Ehrgeiz, der mir als Keim in die Wiege gelegt schien. Die prächtige Wohnung am Kurfürstendamm, die großbürgerlichen Ansprüche der Großmutter, der große und sehr farbige Freundeskreis der Eltern, in dem sich Künstler, Adelige und wohlmeinende Unternehmer, alles »besondere Menschen«, die Hand gaben. Diese Markierungen sind nicht spurlos an dem Kind vorübergegangen, und als sich schließlich diese Welt in Rauch aufgelöst hatte, so blieb doch die Markierung meiner Seele, die unstillbare Sehnsucht danach. Es war kein Widerspruch, dass mein innerer Kompass auch Verachtung und Spott anzeigte für die Gesellschaft, in die ich mich anschickte einzudringen, denn ich dünkte mich farbiger, interessanter, witziger und gebildeter. Kurz gesagt: Ich war damals ein kleiner Snob.

Mich faszinierten die Künstler, vor allem Musiker und Theaterleute, eine Vorliebe, die mir blieb. Schon ein wenig dünkelhaft und eitel entwickelte ich leichte Verachtung für Menschen, die weder gescheit, noch musisch waren. Ich glich ein wenig einem jungen Mann aus dem Kosmos von F. Scott Fitzgerald, bei dem sich depressive, selbstkritische Momente abwechseln mit jenen, »da er sich für einen außergewöhnlichen jungen Mann hält: überaus kultiviert, seiner Umgebung gut angepasst und um einiges bedeutender als jeder andere, den er kennt«.

Unter meinen Studienfreunden gab es zum Glück allerlei schräge Vögel: den angehenden Römischrechtler Uwe, Sohn eines friesischen Seemanns und von stupender Intelligenz, der sich jeden Tag einen Western im Türkenkino »reinzog« und ein paar Jahre später einer der Protagonisten der 68er-Bewegung wurde. Noch näher stand mir Peter, ein kleines Genie, das genauso aussah, wie man sich Leo Naphta, den jesuitisch-kommunistischen Intellektuellen aus Manns Zauberberg vorstellte. Peter hatte bereits Musikwissenschaft studiert, spielte phänomenal Klavier, sang mit Fistelstimme jede Opernpartie vom Blatt, war schon damals Marxist und vermochte jede Diskussion auf die Spitze zu treiben, ohne je seine unendliche Liebenswürdigkeit zu verlieren. Nur wenige

naissance erlebenden, Studentenverbindungen Unterschlupf zu suchen, war mir allerdings noch mehr zuwider. Davor bewahrte mich schon das Selbstverständnis meiner Familie.

Die Mutter, bei der ich noch immer hauste, verfolgte meine katholische Zeit mit wohlwollendem Desinteresse. Uns vereinte allerdings die Verehrung für Papst Pius XII., diesen bei den Deutschen so populären Aristokraten auf dem Stuhle Petri. Während eines Rombesuchs gelang es uns, den schönen Hohepriester bei einer Audienz in Sankt Peter aus der Ferne zu erspähen. Wie bei manch anderen Helden der Nachkriegszeit dauerte es nicht mehr lange, bis man auch das Denkmal des Eugenio Pacelli zerschlug.

Es waren die Tanzstunden, die Faschingsfeste, die Ski- und Bergtouren, die meine gesellschaftliche Verankerung bestimmten, mir die Chance gaben, mich in dem Netzwerk der Münchner Gesellschaft zu etablieren. Ich war jedoch kein junger Mann von großen Ambitionen, der seinen gesellschaftlichen Aufstieg bewusst plante oder betrieb, auch die Mutter fand es einfach nur nett, wenn ihr Sohn möglichst viele Freunde hatte. Kein Faible für den sich langsam wieder rekelnden Adel oder für reiche Leute beflügelte mich. Die feineren Leute befanden vermutlich, dass ich irgendwie Klasse habe und in jede gute Stube passe.

Aber gelegentlich wurde es ein wenig lästig, wenn ich – arm wie ich war – mir die etwas feineren Klamotten für mir bedeutsam erscheinende Festivitäten stets ausleihen musste. Ich war kein ehrgeiziger Aufsteigertyp und Emporkömmling, kein angeberischer »Adabei«, doch »Dazugehören« wollte ich schon. Dieses »Wohin gehöre ich?« beschäftigte mich vielleicht mehr im Unbewussten. Durch die Zerstörung meiner Familie bewegte ich mich, wie viele Menschen in jener aus den Fugen geratenen Gesellschaft, in einer Art Niemandsland und suchte nach einer Insel, einem Hafen, an dem ich andocken konnte. Dieser Ankerplatz sollte nicht nur Wärme und Geborgenheit verströmen, denn davon hatte ich genug in der häuslichen Zweisamkeit. Er sollte ein wenig Glanz, Genuss und Unabhängigkeit verheißen, alles Qualitäten, die sich mit Geld oder Reichtum verbinden. Ungeachtet aller Not, Armut

Kausalität, der Verantwortung und der Schuld und damit auch die forensische Psychiatrie faszinierten uns Studenten.

Es gab etliche Highlights im Studium Generale: der weise Historiker Schnabel, dessen Autorität und Integrität es uns verstehen ließen, dass die Weichen für die Katastrophen des 20. Jahrhunderts schon vor dem Ersten Weltkrieg in den Gründerjahren gelegt worden waren; der stets in ermüdendem Piano vortragende, ehrwürdige Archäologe Buschor, der uns mit seinen Bildern die Antike hervorzauberte; der dramatisch agierende, brillante, aber auch umstrittene Kunsthistoriker Hans Sedlmayr mit der bräunlichen Vergangenheit. Auch wenn es nicht um den »Verlust der Mitte«, also die Auseinandersetzung mit der »modernen Kunst« ging, sondern um eher dröge Themen wie die Basilika im 6. Jahrhundert, waren es theatralische Feuerwerke, die der scharfzüngige Professor und Fußballfan mit wienerischer Wortgewalt entzündete. Schließlich der fragile Philosoph und Priester Romano Guardini, dessen Vorlesungen im Auditorium Maximum bei den sonntäglichen Predigten in der Ludwigskirche ihre Fortsetzung fanden. Ein kleiner zarter Mann mit dicken Brillengläsern und einer hohen Kopfstimme, die die Sprachmelodie eines Italieners ahnen ließ. Uns faszinierte die ungeheure Breite seines Denkens und Wissens, vor allem, wenn sich dieser Weise mit Dichtern und Philosophen auseinandersetzte, die uns damals interessierten. Erlebte man Romano Guardini beim Zelebrieren der Messe, in der Wandlung, glaubte man, ein Heiliger stehe vor dem Altar. Meine religiöse Lebensphase hatte ihren Höhepunkt erreicht: am Samstag die monatliche Beichte bei den milden Franziskanern in der Josephskirche, am Sonntag dann in Sankt Ludwig die Heilige Kommunion aus der Hand des ganz jenseitigen Guardini. Meine wohl eher emotionale, ja sentimentale Neigung für die Katholische Kirche war jedoch kein Ansporn, ein aktives Mitwirken etwa in der Katholischen Jugend in Betracht zu ziehen. Bemühungen, mich für die Pfarrjugend zu gewinnen, waren zum Scheitern verurteilt. Der muffig-bigotte Geruch derartiger Vereinigungen ging mir gegen den Strich. Der Gedanke, in einer der, gerade ihre Re-

wo ich als Praktikant im renommierten Musikverlag »Universal Edition« im Musikvereinsgebäude am Karlsplatz arbeitete. Chefs dieses Flagschiffs der modernen Musik waren die Herren Schlee und Hartmann – beides alte Mitstreiter des Vaters aus den großen Essener Jahren. Ich lief dort manch bekannten und auch nicht so bekannten Komponisten und Musikern über den Weg und vergnügte mich mit den hübschen Mädchen in blauen Kitteln in der Auslieferung. Bei einer ältlichen Krankenschwester hauste ich in einem dieser unvergleichlichen Wiener Gemeindebauten, wo es nach Konsumgenossenschaft und Austromarxismus roch. Jeden Abend rannte ich in die gerade wieder aus der Asche erstandene Staatsoper. Der unglaublich feurige und fesche Herbert von Karajan hatte die Wiener Oper aufgemischt und entzündete meine lebenslange Liebe für Giuseppe Verdi. Im Burgtheatertempel spielten hoch gerühmte Mimen vor allem Grillparzer, Nestroy und Raimund und fadisierten mich ungemein. Die große Wiener Musik und Theatertradition waren eindrucksvoll, aber die nervige Arroganz der Wiener ärgert mich bis heute. Diesen siamesischen Zwilling aus Minderwertigkeitsgefühlen und Überheblichkeit gegenüber den Deutschen tragen die Österreicher noch heute im Herzen.

Die ersten Jahre als Student empfand ich schon deswegen als so befreiend, weil der jahrelange Druck der Schulzeit einer ungewohnten Freiheit gewichen war. Es war einfach herrlich, kein Schüler mehr zu sein, sich nun als ein Erwachsener zu fühlen, dessen Pflichten aus freiem Willen erfüllt wurden. Um mich meiner gewachsenen Bedeutung als mündiger Mensch würdig zu erweisen, kaufte ich mir flugs eine Hornbrille, obwohl keinerlei Augenschwäche vorlag.

In den ersten Studienjahren in München schlugen mich juristische Vorlesungen im Bürgerlichen Recht oder im schwammigen Öffentlichen Recht nicht in Bann. Aber das Strafrecht, der erbitterte Kampf der Koryphäen zwischen den Finalisten und den Verfechtern der kausalen Handlungslehre, der verzwickte Verbotsirrtum, die »Actio libera in Causa« – kurzum: die Fragen der

# STUDENTENLEBEN

Im Sommer 1956 war die Schulzeit vorbei. Ich stand nun mit einem guten Abiturzeugnis vor der Frage, wie es weitergehen sollte. Für die Mutter und die stark an meinem Werdegang interessierte Tante Luisette sollte es etwas Solides und vor allem Sicheres sein. Für eine Generation, die zwei Weltkriege, Inflation und Währungsreform zu überstehen hatte, gab es keinen Zweifel, dass ihre Kinder einen anständigen Beruf erlernen sollten, um sich ein bürgerliches Leben aufzubauen. Die Mutter hatte die berufliche Achterbahn von Künstlern durchlitten. Die feine Dame aus norddeutschem Adel hatte ihre Heimat, das väterliche Gut, an die Russen verloren. Die gute Tante, die selbst nie in ihrem Leben einem spezifischen Beruf nachgegangen war, geschweige denn ein Handwerk betrieben hatte, befürwortete eine vielversprechende Handwerkerlaufbahn. Handwerk hat zwar goldenen Boden, ich hatte jedoch schon in Neubeuern beim Werkunterricht meine Unfähigkeit zum Schreinern und Schlossern bewiesen. Damit war der Weg zu einem Studium frei und so schrieb ich mich an der Ludwig-Maximilians-Universität in München für das Studium der Rechtswissenschaften ein – ohne allzu viele Gedanken an Alternativen zu verschwenden.

Ein musischer Mensch ohne offenkundige Talente für einen künstlerischen Beruf, ein junger Mann, der für Naturwissenschaften wenig Interesse oder Eignung aufzubieten hatte. Da Ökonomie und Kaufmännisches in meiner Familie keinerlei Tradition hatten, wurde auch die Betriebswissenschaft nicht ernsthaft erwogen. Die Geisteswissenschaften wiederum verwarf man als brotlose Kunst. Die Jurisprudenz hingegen eröffnete mancherlei Optionen.

Bevor ich nun die ehrwürdige, aber ein wenig versiffte, Alma Mater in der Ludwigsstraße betrat, begab ich mich nach Wien,

Naziregime zurückzuführen. Am organisierten Widerstand, der sein fatales Ende am 20. Juli 1944 fand, war Albrecht Bernstorff nicht beteiligt gewesen. In der entscheidenden Phase des Coups war er bereits in den Kerkern der Nazis verschwunden. Ich erfuhr nun, dass auch die eigene Familie etwas mit dem Schicksal meines Patenonkels zu tun hatte. Es ging um die Schwägerin Ingeborg, die mit seinem Bruder Heinrich Bernstorff verheiratet war. Albrecht Bernstorff, dessen Beziehung zu seinem Bruder wohl schon immer prekär gewesen war, hatte seine Schwägerin, »die schreckliche Ingeborg«, wie er sie nannte, verabscheut, und das nicht nur, weil sie eine fanatische Parteigängerin der Nazis war.

Stutt, obwohl selbst ein dezidierter Gegner des Naziregimes, favorisierte diese pragmatische Behandlung des Familienproblems, persönliche Verwicklungen in die Untaten der Nazis einfach zu kaschieren. Der einst so kritische, liberale Journalist wandelte sich in diesen Jahren immer mehr zu einem standesbewusst agierenden Anwalt des Familienverbandes. Vielleicht war ihm nicht bewusst, dass dieses »diskrete« zu den Akten legen, die Methode einer ganzen Generation von deutschen Mittätern war, um sich zu exkulpieren oder sich gar zu Widerstandskämpfern zu stilisieren.

nahebrachte. Gelegentlich empfand ich den alten Kerl mit der betont englischen Attitüde jedoch auch als Störenfried meiner engen Beziehung zur Tante.

*Albrecht Graf von Bernstorff*

Bei diesen oft länger währenden Besuchen in Vevey erfuhr ich mehr über das Leben und Sterben meines Patenonkels. Gegen Albrecht Bernstorff war im Herbst 1944 Anklage wegen Hochverrats erhoben worden. Zur Verhandlung vor dem Volksgerichtshof kam es aufgrund der Kriegswirren nicht mehr. In der Nacht vom 23. auf den 24. April 1945 wurde er mit Carl Ludwig zu Guttenberg und Ernst Schneppenhorst von der SS umgebracht. Die Leichen der drei Opfer wurden nie gefunden. Sein Tod war, wie sich herausstellen sollte, nicht allein auf seine offene Gegnerschaft zum

# BESUCH IN DER SCHWEIZ

Ich fuhr in diesen Jahren regelmäßig an den Genfer See. Gelegentlich war auch meine Mutter dabei, die sich Tante Luisette eng verbunden fühlte. Dampferausflüge zur französischen Seite des riesigen Sees wurden vor allem mir zuliebe unternommen. Während die beiden Damen auf dem Unterdeck plauderten, erforschte ich die Geheimnisse des alten Raddampfers »GENEVE«. Zeigte ich mich dann kurz vor der Landung in Saint Gingolph, waren Luisette und meine Mutter noch immer im intensiven Gespräch. Es entging mir nicht, dass es noch immer um Onkel Albrecht ging. Der Tante war es gelungen, den alten Familienbesitz »Bel Air« endlich zu verkaufen, wobei die smarten Schweizer sie wohl ordentlich zur Ader gelassen hatten. Sie lebte nun in einer gemütlichen Eigentumswohnung in La Tour de Peilz mit einem herrlichen Blick auf das französische Ufer des großen Sees. Auch sonst hatte sich einiges im Leben der Comtesse verändert.

Kurt von Stutterheim, ein alter Verehrer, war wieder aufgetaucht und ehelichte die liebe Tante ein paar Jahre später. Stutterheim, kurz »Stutt« genannt, in den 20er-Jahren Korrespondent der Vossischen Zeitung in London, war mit Albrecht Bernstorff in seiner Londoner Zeit befreundet gewesen. Einst ein angesehener Journalist, nunmehr ein etwas gespreizt wirkender Intellektueller, hatte Stutt den Krieg in einem Internierungslager in Australien verbracht und hegte die Absicht, nunmehr an der Seite von Luisette einen gesicherten Lebensabend zu genießen. Stutt in seinen 60ern war noch immer eine gute Erscheinung: groß und ungebeugt, ein markantes Gesicht mit buschigen Augenbrauen über seinen dunkelblauen Augen. Ich verstand mich gut mit dem etwas rechthaberisch professoralen Herrn, der mir gerne bei anspruchsvolleren Aufsätzen zur Seite stand oder mir Wilhelm Meister

*Stefan Schulz-Dornburg mit Mutter und Luisette von Bernstorff, um 1949*

hat uns noch lange begleitet, für meine Mutter ein Quell freudiger Erinnerungen.

In den 60er-Jahren kam Douglas Sirk (Hans Detlef Sierck) aus der Emigration – in Hollywood hatte er Weltruhm mit seinen »Melos« gewonnen – nach Deutschland zurück und inszenierte am Münchner Residenztheater. Meine Mutter, die bei den Dreharbeiten von »La Habanera« im Jahr 1937 ständig am UFA-Set präsent war, wenn mein Bruder Michael drehte, hatte damals eine freundschaftliche Beziehung zu Sirk entwickelt. Dies führte nun dazu, dass wir mit dem Meister, dessen Lebenswerk erst in den 70er-Jahren volle Anerkennung fand, ein Abendessen hatten. Ein sehr nachdenklicher, melancholischer Mann, der mich damals tief durch seine Bildung, seine Einsichten über Deutschland beeindruckte. Sirk, ein hochgebildeter Mann eher linker Provenienz, konnte es nicht fassen, wie ein sogenanntes Kulturvolk unter einem Politgaukler und Gangster wie Adolf Hitler zur größten Barbarei des 20. Jahrhunderts fähig war.

Wie schon des Öfteren waren es die »Cahiers de Cinema«, die 1967 Sirk als den großen Meister des Hollywood-Melodram entdeckten (»Magnificent Obsession«, »All that Heaven allows«, »Written on the Wind«, »Imitation of Life«). Jane Wyman, Rock Hudson und Lana Turner waren seine Stars. Keine Frage: Die beiden deutschen Filme mit der Leander »Zu neuen Ufern« und auch »La Habanera« waren der Beginn dieser Reihe. Sein größter Bewunderer war Rainer Werner Fassbinder, der den alten Meister in seinen Filmen zitierte. In den 70er-Jahren erhielt Sirk endlich all die Ehrungen, die man so einem Meister schuldete in Deutschland – eine Genugtuung für diesen Mann, den man aus seiner Heimat vertrieben hatte und den die deutsche Filmkritik lange als Kitschier verkannt hatte. Sirk gehört in die Riege großer deutscher Filmregisseure wie Lubitsch, Fritz Lang und Billy Wilder, die in Deutschlands schlimmster Zeit Weltkarriere in Hollywood machten.

führenden, 1901 in Wien von Emil Hertzka gegründeten, Musikverlags für Moderne Musik – alles Persönlichkeiten, die 1933 Nazideutschland verlassen hatten. Keiner der alten Mitstreiter wollte auf »Schudos« Verirrungen während der Nazizeit eingehen, aber alle dachten an die wagemutigen Taten in Münster und Essen, an die große Zeit mit der Gründung der Folkwangschule – eben an »Schudo«, den ich so lange für meinen Vater hielt. Daneben tauchten zahllose Sänger, Tänzer, Korrepetitoren, Intendanten auf, die in der großen Zeit des Dirigenten seine Gefährten waren und davon schwärmten.

Versuche ich dieses Bild meines Vaters in Bezug zu setzen zu dem so harschen Urteil von Zuckmayer, dann wird mir klar, wie wenig objektiv dies ist. Rudolf Schulz-Dornburg war gewiss eine zwiespältige Persönlichkeit, darauf wird noch einzugehen sein, aber das Verdikt Zuckmayers ist nicht nur einseitig, es basiert auch auf keinen direkten persönlichen Erfahrungen, sondern auf Geschichten vom Hörensagen, ganz abgesehen davon, dass die Fakten des im fernen Amerika schreibenden Dichters nicht stimmen. Mein Vater war weder in der Partei, noch Mitglied der SS, von einer Stellung in der Reichsmusikkammer ganz zu schweigen. Dass mein Vater nicht »die Grazie und Eleganz« eines Gustav Gründgens hatte, ist gewiss bedauerlich.

Unser aller Liebling war schon immer Else Betz, »das Betzchen«, einst Sopranistin in Essen, Spezialistin für Hosenrollen. Wie es hieß, war das Betzchen eine uneheliche Tochter vom unwirtlichen Hans Pfitzner. Natürlich hatte sie damals auch den »Ighino« in Palestrina gesungen, eine Oper, die »Schudo« sehr liebte.

Von kleiner Gestalt, wie man sich den Puck vorstellt, mit unglaublicher Intensität und herrlichen Marotten. Seit ihrer Jugend liebte die frische, drahtige Person Waldspaziergänge, die sie bis ins hohe Alter stets allein und immer splitterfasernackt unternahm. Else Betz war später Sprachpädagogin an der Folkwangschule. Niemand sprach ein so perfektes und melodisches Deutsch. Sie

Schauspielerin in der sächsisch-thüringischen Provinz oder in Düsseldorf, wo sie in den späten 20er-Jahren bei Louise Dumont engagiert war. Ernst Ginsberg bewirkte nach Jahren des Schweizer Exils in den 50er-Jahren mit dem Regisseur Kurt Horwitz eine Moliere Renaissance in München: sein Misanthrop, sein Tartuffe, ein großer Komödiant, ein genialer Darsteller von Bösewichtern wie der »Kanaille Franz« in den Räubern unter Kortner. Nie mehr habe ich eine so virtuose Sprachkunst auf der Bühne erlebt. Dabei ging es Ginsberg stets um das Erkennen und Verstehen des Textes, nicht um die Verführung der Zuschauer wie bei Josef Kainz oder Alexander Moissi und ähnlichen Heroen des deutschen Theaters. Ernst Ginsberg und die ebenfalls aus der Zürcher Emigration nach München heimgekehrte Therese Giehse waren die Helden meiner Jugend. Sie waren aber keineswegs nur die Heroen des klassischen oder modernen Dramas. Ginsberg, wie auch die Giehse, konnte, wenn es sein musste, zu einem hinreißenden Komödianten werden, der, wie es sich gehört, gelegentlich auch richtig die Sau rauslassen konnte. Was Ginsberg als Tartuffe, die Giehse als liebevoll mordende Schwester in »Spitzenhäubchen und Arsen« veranstalteten, war virtuos und eben auch ein wenig Schmiere, einfach herrlich.

Ginsberg: ein unglaublich gebildeter und vielseitiger Mensch, Herausgeber des Werks von Else Lasker-Schüler und Gründer des Literarischen Archivs bei der Deutschen Grammophon, ein unendlich gütiger Mensch, gezeichnet von der Trauer des Juden, der sein Heimatland für zwölf Jahre verlassen musste. Regelmäßig trafen wir diesen außerordentlichen Menschen in Schneiders Weinstuben.

Dann besuchten uns die alten Helden aus der Essener Zeit von Schulz-Dornburg: Kurt Jooss, der geniale Choreograf des »Grünen Tisches«; sein Bühnenbildner Hein Heckroth, der in der Emigration einen Oscar für die Gestaltung des großen Ballettfilms »Die Roten Schuhe« gewann; Alfred Schlee, »Schudos« alter Dramaturg in Essen, jetzt Chef der Universaledition des

Der verwegene Wunsch, einmal den Klavierauszug der »Frau ohne Schatten« vom Blatt spielen zu können, blieb ein Traum.

In den letzten Gymnasialjahren entwickelte ich eine neue Leidenschaft, ein prächtiges Substitut für das Klavier, nämlich das Dirigieren. Auslöser für diese überaus verbreitete, aber meist klandestine Leidenschaft, mithilfe von Tonträgern, die schönsten Meisterwerke mit den besten Orchestern der Welt zu dirigieren, war ein enger Freund aus Neubeuerer Tagen. Peter Vogel kannte nur einen Gott: Arturo Toscanini. Für meine Helden, die romantischen Nazis, wie er sie schmähte, für Furtwängler und Knappertsbusch, hatte er nur Verachtung übrig.

**Gewiss hatte mein Faible für das Dirigieren etwas mit dem Beruf meines Vaters zu tun.** Ein begnadeter Kapellmeister ist an mir nicht verloren gegangen. Immerhin verhalf mir das gestenreiche Taktschlagen, das die Mutter manchmal zum Wahnsinn treibende Dirigieren bei überhöhter Lautstärke, zu einer umfassenden Kenntnis des klassischen Repertoires. Kurios, dass mir daraus ein erstaunliches Langzeitgedächtnis für die Musik erwachsen sollte.

Ich hatte das Glück, relativ vorurteilslos in die Musik einzutreten. Meine Mutter liebte die Meistersinger und Beethoven. Mein Künstlervater war ein Musiker, der Händel, Alban Berg und natürlich viel Bruckner dirigierte. Ich verfiel Mozart, war tief bewegt von den Bachpassionen, ließ mich aber auch von Carmen hinreißen. Brahms und Bruckner waren mir zunächst zu breit, breiig und reiterativ. Da gab es den Grafen Kalkreuth, einst Korrepetitor bei meinem Vater, dann Musikkritiker der Süddeutschen Zeitung, später waren es dann auch Koryphäen wie Joachim Kaiser, dessen extensive Reisen durch den Kosmos der Kammermusik von Beethoven und Schubert mir eine ganz neue Welt eröffneten.

In diesen Jahren, in denen ich als junger Mann mit meiner Mutter in der kleinen Wohnung in Schwabing lebte, war es mir vergönnt, noch ein wenig am Erbe meiner Eltern teilzuhaben.

Da gab es noch alte Freundschaften aus ihrer Zeit als junge

Großdeutschen Reichs eine gewichtige Rolle gespielt hatten, gelangten nach dem Krieg fast nahtlos wieder in Amt und Würden. Ernst Buchner, bis 1945 Generaldirektor der Bayerischen Staatsgemäldesammlungen, ein altes Parteimitglied, wurde als Mitläufer klassifiziert und nach kurzer Anstandspause wieder in sein Amt eingesetzt. Rudolf Hartmann, Oberspielleiter der Bayerischen Staatsoper in der Ära Clemens Krauss, der bekanntlich von Adolf Hitler persönlich zum Intendanten gekürt worden war, wurde ohne viel Federlesen 1952 zum Intendanten der berühmten Institution gemacht. Karl Böhm, der keineswegs eine weißere Weste als Clemens Krauss hatte und der jede seiner Vorstellungen mit dem deutschen Gruß begonnen hatte, war 1955 wieder Chef der Wiener Oper und wurde erstaunlicherweise fortan auch in dem so sensiblen New York gefeiert. Heinz Tietjen, Generalintendant der Preußischen Staatstheater, eine der schillerndsten Figuren im Kulturleben des »Dritten Reichs«, wurde sofort wieder Intendant der Deutschen Oper und erhielt schon 1953 das Große Verdienstkreuz erster Klasse. Mich bewegten diese Karriereschicksale mehr, als die gewiss weit skandalösere Wiedereinstellung alter Nazirichter- und Schergen, und ich fragte mich, warum nur ein treuer Anhänger des Führers, wie mein Vater, nach dem Krieg nie mehr ein Bein auf den Boden bekommen sollte.

Die Anschaffung eines gebrauchten Klaviers der Marke Euterpe sollte meiner musikalischen Erziehung das notwendige Fundament schaffen, nachdem es mein Vater aus unerklärlichen Gründen versäumt hatte, mir schon früh Musikunterricht angedeihen zu lassen. Ich nahm Stunden bei einer humorvollen und geduldigen Dame, musste jedoch bald erkennen, dass mir das Spiel nicht so recht von der Hand gehen wollte. Eine betrübliche Erfahrung, die mir auch bewies, dass Leidenschaft für die Musik keineswegs immer mit dem Talent zur Ausübung gepaart sein muss. Vor allem gebrach es mir an der Gabe, die Notentexte zu memorieren. Ich ließ mich jedoch nicht entmutigen und pflegte das Klavierspiel bis ins gereifte Alter, ohne je über ein schmales Repertoire von leichten Beethoven- und Mozart-Sonaten hinauszugelangen.

war vielleicht der rechte Quantensprung, der Gang in die Münchner Oper, die damals im Prinzregententheater hauste. Alte Verbindungen zu Kritikern, Dirigenten, Regisseuren und natürlich Sängern aus »Schudos« glorreichen Essener Tagen wurden wieder belebt und bald schon schwamm ich aus eigener Kraft und Lust und geriet in den belebenden Strudel der Opernwelt.

Die so skurrilen Ingredienzien einer Opernaufführung, Musiktheater im wahrsten Sinne des Wortes, dieses Gebräu aus Theater und Schmiere, aus Sängerkult, Erhabenheit und unfreiwilliger Komik, Ekstase und Langeweile ist es, das mich noch heute fasziniert. Das atemlose Brio des 2. Figaroaktes, der überwältigende Abschied des Göttervaters von seiner hochdramatischen Tochter, der herzergreifende Fluch des düpierten Rigoletto nahmen mich in Bann. Meine Begeisterung steckte nun wiederum die Mutter an, sie entdeckte Wagner wieder, begann sich für den angeblich so oberflächlichen Richard Strauss zu erwärmen.

Ich schwärmte für die großen, damals in München auftretenden Musiker und Sänger wie später andere für Popstars.

Erich Kleibers Freischütz, Furtwängler mit Menuhin, dank Klemperer die erste Berührung mit Gustav Mahler und der Münchner Hausgott Knappertsbusch, nicht zuletzt die geliebten Opernstars wie Hans Hotter, die Mödl, Varnay, die blutjunge Rysanek bevölkerten meinen Musikhimmel. Knappertsbusch, der inzwischen auch ergraute, blonde Hans, wurde von uns Aficionados über alles geliebt, gerade wegen seines lapidaren Auftritts und seiner in großen Momenten entfesselten Zauberkraft.

Kein Wort damals in der Öffentlichkeit über die unrühmliche Episode, als der »Kna« (Knappertsbusch) 1933 zusammen mit anderen Kulturträgern die Vertreibung von Thomas Mann aus München betrieben hatte. Der schmähliche Brief trug auch die Unterschriften von Richard Strauss, Hans Pfitzner und des norwegischen Karikaturisten Olaf Gulbransson. Bezeichnend für die Epoche der Restauration, diese Zeit des Vergessens und Verdrängens nach dem großen Krieg. In München genau wie in Berlin, Düsseldorf oder Wien. Persönlichkeiten, die im Kulturleben des

# NEIGUNGEN

•

Mein Vater: gewiss kein Vorbild, – zu traurig und hoffnungslos seine letzten Jahre – war ein Musiker aus einer rheinischen Musikerdynastie. Ein bedeutender Dirigent mit einem starken pädagogischen Eros. Ein Mann, dessen Anfänge in den 20er-Jahren eine große Karriere verhießen, dessen Sendungsbewusstsein ihn jedoch in die Fänge einer verhängnisvollen Ideologie geraten ließ. Ein verzettelndes Doppelleben als Soldat und Musiker, die krause Idee ein Luftwaffenorchester zu kreieren, das alles mag vielleicht auch seine künstlerischen Talente beschädigt haben. Trotzdem, Rudolf Schulz-Dornburg war ein Künstler, ein Musiker, ein Faktum, das auch Kinder und Familie stark beeinflusste. Allerdings gab es zu Hause in meiner Kindheit weder in Berlin noch in Bad Ischl ein kontinuierliches Musizieren, da der rastlose Vater immer an anderen Orten tätig war.

Die Mutter war seit frühester Jugend eine emphatische Freundin klassischer Musik, die das Glück hatte, noch viele Musikerlegenden wie Arthur Nikisch, Victor de Sabata, Furtwängler, Erich Kleiber, Otto Klemperer, den jungen Rubinstein, Casals und Arthur Schnabel gehört zu haben. Gab es da ein Erbe? Mein Bruder lebte nicht lang genug, um hier fündig zu werden. Wie aber stand es nun um mich?

Dem eigenen Herzen folgend begann meine Mutter nach dem Krieg, die Musik wieder für sich zu entdecken, mich für Mozart und Beethoven und die Oper zu begeistern. Die vielleicht eher belastenden Erfahrungen aus der Ehe mit dem exzentrischen Musiker vergessend, wagte meine Mutter mit mir einen Neubeginn, der sich zunächst weitaus weniger glamourös ausnahm: Volks- und Schülerkonzerte der damals recht mediokren örtlichen Philharmoniker, Kammermusikabende in halb vollen Sälen und, das

Mit großer Faszination las ich meinen ersten großen Nachkriegsroman, die »Blechtrommel« von Günter Grass. Die lebensnahe und gleichzeitig verwirrend märchenhafte Schilderung des Kleinbürgertums in der Nazizeit ließ mich nicht los, so sehr mich der skurrile Schelmenroman auch überrollte und verwirrte. Später kühlte sich meine Begeisterung für den künftigen Praezeptor Germaniae stark ab.

Das Fußballwunder von Bern ließ mich kalt, nicht dagegen das Auftauchen von Marilyn Monroe, wie überhaupt das amerikanische Kino uns nicht mehr aus den Klauen ließ. Der abrupte Tod von James Dean ergriff uns, nicht aber die spießige »Sünderin« mit Hildegard Knef, mit der »Sissi« gab man sich gar nicht erst ab. Neu und faszinierend für die Jugend war der Blick nach dem Westen, nach Paris und vor allem nach Amerika. Ich tauchte in die Flut von Hollywoodfilmen ein, die Deutschland jetzt nach dem zwölfjährigen Embargo überschwemmten. Die deutsche Filmkritik war zu jener Zeit noch ganz auf die Ästhetik von Marcel Carné und Jean Renoir geeicht. Die schwarzen Filme von Warner Brothers, die verrückten Screwballs, die Western und die grandiosen Melos, für die wir uns begeisterten, behandelte man als Filmtrash Marke Hollywood.

ge in den Köpfen der Deutschen. Der jetzt so richtig entbrannte Kalte Krieg überwucherte auch alle Bemühungen, mit der eigenen deutschen Vergangenheit ins Gericht zu gehen.

Bezeichnend für diese Jahre der Restauration war der Geschichtsunterricht, in dem man weit mehr über die Ottonen, die Schlesischen Kriege und die Reichsgründung in Versailles erfuhr, als über die Weimarer Republik oder gar das »Dritte Reich«. Der 20. Juli wurde mit spitzen Fingern angefasst, während der »Schandvertrag von Versailles« ständig zur Exkulpation des deutschen Irrwegs angeführt wurde. Das Naziregime wurde halbherzig als Betriebsunfall abgehandelt, eine wirkliche Auseinandersetzung mit dem Nationalsozialismus und seinen Ursachen fand nicht statt. Ich spürte, wie aufgesetzt und künstlich, ja verlogen diese Pädagogen daherkamen mit ihrer »Political Correctness«.

So sehr auch die krisengeschüttelten 50er-Jahre die Deutschen auf Trab hielten, es war für uns Jungen auch eine ganz neue Zeit, in der die amerikanische Kultur, oder nennen wir sie nach deutschem Verständnis Zivilisation, ihren Einzug hielt. Hier im Süden der neuen Bundesrepublik hatte man sich schnell an die Amerikaner gewöhnt. Der Initialzünder war die Musik, wir jungen Leute verfielen dem AFN: The »American Forces Network«, dieser erste und herrlichste Quell des American Way of Life. Country Music, dann Bill Haley and his Comets und schließlich 1956 Elvis Presley, den wir genial, die Altvorderen leider nur proletig fanden. Die Kreation des Plattenauflegers, die Erfindung des Discjockey, dieser Dompteure der neuen Musik wurden populär. Wir kannten jeden dieser Helden, die uns Tag aus, Tag ein aus den Studios in der Kaulbachstraße berieselten. Nicht zu vergessen, noch ein anderes Wunder im AFN: Tag für Tag von 2 bis 3 Uhr »Classical Music«, Toscanini, Fritz Reiner und Sänger aus der Met wie Jussi Björling, Kirsten Flagstad ... Ich begann – schon damals mehr den feineren Künsten zugetan – ins Theater und in die Oper zu gehen. In meiner Mutter hatte ich eine wunderbare Cicerone, die mich behutsam, aber leidenschaftlich in diese Zauberwelt einführte.

Mann, der bei den Deutschen wenig geliebt wurde, hing ihm doch der Ruf an, er hätte bei der Schlacht um Deutschland die Russen zu weit ins Land gelassen. Allerdings hatten die Amis bereits die Schlacht um das Herz der Jugend gewonnen, als sie in einer abenteuerlichen Aktion die Luftbrücke errichteten und der perfiden Blockade Berlins durch die Russen ein Ende bereitet hatten. Unser Vertrauen in die Amerikaner wuchs, für viele fast eine Zuneigung, die erst in den 60er-Jahren auf eine harte Probe gestellt wurde.

Als Stalin fünf Tage vor meinem 16. Geburtstag am 5. März endlich zur Hölle fährt, hofft jeder Deutsche, nun würde alles besser. Nur drei Monate später aber zerschlägt die russische Besatzungsmacht den Berliner Arbeiteraufstand brutal und zerstört jede Hoffnung auf Entspannung.

Es war Adenauers »Politik der Stärke«, die zu seinem triumphalen Wahlsieg im September 1953 führte, den auch ich für gut befand. Dass ich als junger Mann so wenig Sympathie für den unbeugsamen Kurt Schumacher empfand, zeigt, wie sehr ich doch in einer bürgerlichen Welt verankert war. Die geschichtlichen Verdienste der deutschen Sozialdemokratie, ihre bewundernswerte Rolle im Kampf um die Erhaltung der Weimarer Republik, ihr couragierter Kampf gegen die Kommunisten rührten mich nicht. Das wurde erst anders, als mit Willy Brandt ein ganz neuer Typus eines Politikers am Horizont erschien.

Vor dem Radio hängend wurden wir im November 1956 Zeugen, wie sowjetische Panzer den Volksaufstand der Ungarn zermalmten. Niemand konnte begreifen, warum die Westmächte es zuließen, dass wieder einer demokratischen Volksbewegung der Garaus gemacht wurde. Die Hinrichtung von Imre Nagy, zwei Jahre später, bestätigte unser Urteil über die Sowjets. Ein Ende des Kalten Kriegs war nicht in Sicht, im Gegenteil: der Bau der Mauer, das Ende des Prager Frühlings würde noch kommen. Die noch aus dem Krieg geerbte Angst vor der Sowjetunion setzte sich also auch bei der Nachkriegsgeneration fort und wuchs noch lan-

bezog, packte schließlich auch mich. Ich verschlang stapelweise Bücher unterschiedlichster Qualität über Napoleon, Desirée, Talleyrand, Franz Liszt, Rasputin, Richard Wagner, Bismarck und den Märchenkönig Ludwig. Diese Geschichtsromane öffneten mir die Augen für Europas wechselvolle Geschichte. Ein Interesse für die Antike oder fernere Kulturen entwickelte sich erst später. Die ebenfalls erblühende Begeisterung für die großen Romane beschränkte sich keineswegs nur auf die Schwergewichte Tolstoi, Dostojewski, Balzac und Stendhal, sondern machte auch vor leichterer Kost wie Margaret Mitchell oder Galsworthy nicht halt. Schon damals begann meine Bewunderung für Somerset Maugham, den ich noch heute mehr denn je für einen großen Schriftsteller und Meister der Short Story halte.

Fragte ich mich später nach dem »State of Mind«, dem Bewusstsein, das wir Halbwüchsige damals pflegten, so wurde ich ein wenig unsicher. Es war die bleierne Zeit der 50er-Jahre gewesen, eine Dekade der Verkrustung und Verdrängung der nationalsozialistischen Verbrechen, die Vergangenheit tief im Boden menschlicher Erinnerung verborgen. Wir, meine Altersgenossen, hatten ja keine Vergangenheit. Für die Generation der Eltern war das Postulat der Wiederaufbau, die Vertreibung von Armut und Elend aus den eigenen vier Wänden. Sie versuchten, es sich zu richten, bemühten sich, eine tragfähige Brücke zur Vergangenheit zu schlagen und dabei alle kritischen Gedanken an den Fluch des Naziregimes auszuklammern.

Die Verkündung der neuen Verfassung am 23. Mai 1949, des Grundgesetzes, die ersten Wahlen, die den listigen Adenauer zum Bundeskanzler und den liberalen Bildungsbürger Theodor Heuss zum Bundespräsidenten machten, markieren das Entstehen meines politischen Bewusstseins. Die graduelle Integration der neuen Republik in die westliche Gemeinschaft behagte auch mir, wie wohl den meisten Bundesbürgern, weil sie der tiefen Sehnsucht nach Sicherheit entsprach.

Eisenhower, der Oberkommandierende der Alliierten im Zweiten Weltkrieg, wurde 1949 Präsident der Vereinigten Staaten, ein

# EIN JUNGER DEUTSCHER

Im Sommer 1952 war der Abschied von Neubeuern unumgänglich geworden, da meine schulischen Leistungen ein Vorrücken in die nächste Klasse unwahrscheinlich machten. Ich zog also mit Freund Franz, der ähnliche Probleme hatte, ins Privatgymnasium Ernst Adam im Münchner Westen, einem beliebten Fluchtpunkt für Schüler, denen pubertätsbedingt oder aufgrund anderer Defizite der Besuch einer ordentlichen Staatsschule verwehrt blieb. Gründer und Direktor dieser in Baracken untergebrachten Privatschule war ein klein gewachsener, ältlicher katholischer Geistlicher. Ein engagierter und progressiver Pädagoge, der sich in einem erbitterten Dauerstreit mit den reaktionären Schulbehörden befand.

Der Deutschunterricht in dieser Schule war in den 50er-Jahren noch fest in der Hand von Altgläubigen, deren Literaturhorizont bei Wilhelm Raabe endete, trostlose Pädagogen, die Schriftsteller und Dichter wie Rilke, Hofmannsthal oder gar den verhassten Thomas Mann als »Verfallsdichter« diffamierten. Die neuere deutsche Literatur wurde uns gelangweilten Pennälern in Gestalt heute vergessener Literaturgrößen wie Edzard Schaper, Paul Alverdes, Hans Carossa, Lena Christ oder Ruth Schaumann verzapft. Das Glück wollte es, dass in den letzten beiden Schuljahren anstelle der alten Steißtrommler eine freischaffende Feuilletonistin Literatur unterrichtete. Dieser mondänen Dame auf hochhackigen Pumps gelang es geradezu spielerisch mich und meine Kameraden mit Thornton Wilder, Tennessee Williams, Sartre und Camus, mit Kafka und Joseph Roth zu packen. Wir fanden Frau Bondy sehr sexy und international.

Die Leidenschaft der Mutter für Geschichte – der Stauferkaiser Friedrich II. oder der finstere Philipp II. waren ihre Favoriten –, die ihr Wissen aus zahllosen Romanen und Biografien

ben würde. Ich weiß nicht warum. Er war so traurig, so desparat, all das Kämpferische, das er hatte, war abgefallen, als ich ihn in Tegernsee zum letzten Mal sah.«

Was der Tod für meine Mutter, die 20 Jahre an der Seite dieses unruhigen, faszinierenden Mannes ausgeharrt hatte, bedeutete, konnte ich nur erahnen. Ich hatte nicht vergessen, wie tief die Trennung sie geschmerzt hatte, obwohl wir nie darüber gesprochen hatten. War das der Grund, dass sie entschied, an der Beerdigung von Rudolf Schulz-Dornburg nicht teilzunehmen? War es die Kränkung einer Verlassenen? War es die Vorstellung, die zweite Frau werde es sich nicht nehmen lassen als leidende Witwe an der Spitze der Trauerbewegung zu agieren. Ich konnte mich später nicht mehr entsinnen, welche Beweggründe meine Mutter dazu bewogen hatten, der in Gmund am Tegernsee stattfindenden Beisetzung meines Vaters fernzubleiben. Gewiss hatte es mit der Person der zweiten Frau zu tun und ich, der ich diese Frau noch nie gemocht hatte, begehrte nicht auf.

Später bedauerte ich diese Entscheidung, überzeugt, ich hätte am Grab Abschied von meinem Vater nehmen sollen. Ich hatte den Vater verloren, der mir schon früh irgendwie abhandengekommen war, einen Mann, den ich liebte, auch wenn er schon längst eine aktive Vaterrolle aufgegeben hatte.

kriegsjahren wahrhaben wollen, dass der Vater nun ein Bittsteller, ein gestürzter, trauriger Held war. Als wir am folgenden Sonntag wieder in das elende Bahnhofskaff von Raubling tippelten, waren wir uns ganz nah. Der Sohn begriff, wie es um den Vater stand und dieser wusste, dass ich keine Illusionen mehr hatte. Der einst so gefeierte, an großen Stil gewöhnte Mann war nicht nur mausearm, er war ein alter, unglücklicher Mann ohne Hoffnung. Ich hatte das Ohr des Vaters gefunden und er hatte sich mir geöffnet. Eine große Vertrautheit war plötzlich zwischen uns entstanden. Eine herzbewegende Erfahrung, die mich umtrieb und ahnen ließ, dass ich diesem so tragisch gescheiterten Mann wohl nicht mehr oft begegnen würde.

Ein Jahr später, Sommer 1949, die heiteren Sommerferien in Scharbeutz nahten sich dem Ende. Meine Mutter wollte mit mir auf der Heimreise noch einen kleinen Umweg über die romantische Insel Fehmarn machen. Wir übernachteten in einer bescheidenen Familienpension in Burg, damals ein hübsches Backsteinstädtchen. Ein voller Mond krönte den nächtlichen Sommerhimmel. In dieser Nacht – es war der 18. August 1949 – konnten wir beiden Reisenden nicht zur Ruhe kommen. Erst am Morgen verfiel ich in verworrene Träume, in denen der Vater immer wieder auftauchte.

Am nächsten Morgen saß ich dann mit meiner Mutter in dem muffigen, mit neobarocken, düsteren Möbeln vollgestopften Frühstückszimmer. Die korpulente Wirtin erschien, um nach den Wünschen ihrer Gäste zu fragen: »Also einen Kaffee und eine heiße Schokolade! Da ist übrigens heute früh dieses Telegram für Sie gekommen.« Meine Mutter zuckte zusammen, nahm das Telegram, öffnete es mit zittrigen Händen nachdem die Wirtin wieder verschwunden war. Dann schob sie es mir über den Tisch zu und begann zu weinen. »Rudi heute Nacht friedlich entschlafen. Denke an Euch T.« Der Vater, der sich seit Langem nur noch an der Peripherie meines Lebens bewegt hatte, lebte nicht mehr. Ich nahm meine Mutter in den Arm, fand aber keine Worte sie zu trösten. Sie trocknete ihre Tränen, als das Frühstück kam, sie gab sich einen Ruck. »Ich wusste, dass Rudi nicht mehr lange le-

wieder her, heikle Themen wurden ausgespart. Es war das letzte Mal, dass wir beiden ohne mütterliche oder stiefmütterliche Entourage zusammen waren. Der alte Musiker ließ seinen alten Zauber durchblitzen und machte großen Eindruck bei den Freunden und Mitschülern. Dass er wie ein jugendbewegter Tramp ohne Auto daher kam, schien niemandem aufzufallen. Noch immer gelang es ihm, ein wenig von seinem charismatischen Zauber aufleuchten zu lassen. Ich war mächtig stolz darauf, endlich einmal einen veritablen Vater präsentieren zu können. Natürlich hoffte ich insgeheim, der Vater werde mit mir und meinen engsten Freunden den Samstagabend im Hofwirt verbringen. Der Vater machte jedoch Ausflüchte, sprach davon, er müsse noch eine Sängerin im benachbarten Hinterhör sehen, wo er auch übernachten werde. Ich tröstete mich dann mit einem Besuch im Biergarten der Haschlalm hinter der Dorfkirche. Auf einmal wurde mir klar. Mein Vater war arm, mausearm. Er konnte sich Logis und Essen in einem anspruchsvolleren Gasthaus nicht leisten. Es fiel mir schwer, ihn darauf anzusprechen, denn noch immer versuchte der alternde Mann die Fassade von Souveränität und Stärke zu wahren. Deshalb lenkte auch er das Gespräch stets auf mich, stellte Fragen über die Schule, meine Freunde und meine Probleme. Schließlich nahm ich mir ein Herz und fragte: »Wie geht es dir wirklich? Sag es mir ganz ehrlich! Ich bin groß genug, um mit dir darüber offen zu sprechen!« Den alten Musiker warf diese Frage ein wenig aus der Spur, er zögerte, räusperte sich, gab sich einen Ruck: »Es geht mir nicht schlecht, Stefan, aber es ist eine schwierige Situation, weil ich nicht arbeiten und Geld verdienen kann.« Ich wusste es, mein Vater war arm wie eine Kirchenmaus. Er konnte mir bei diesem Besuch nicht einmal das karge Taschengeld auffrischen. Es war schwer für ihn, sich ein zu gestehen, dass er am Ende war: »Du musst dir keine Sorgen um mich machen, Stefan. Es kommt auch wieder anders, ich habe noch viele Eisen im Feuer.« Ich verstand, wie schwer es meinem Vater fiel, über dieses Elend zu sprechen. Nie hatte ich den Vater anders als stark, mit großer Geste wahrgenommen. Nie hatte ich in den Nach-

war die Zeit, wo nicht nur die Österreicher, sondern auch ihr weiß-blaues Nachbarvolk befand, der fatale Nationalsozialismus sei den frommen Alpenländlern von den anderen, den Nordlichtern, aufgezwungen worden.

Das Entschwinden des Vaters machte mir jedoch gerade im Internat zu schaffen. Ich fühlte mich im Stich gelassen, wenn ich zusehen musste wie an den Besuchswochenenden die Väter, Mütter und Geschwister meiner Freunde in schönen Limousinen auf dem Schlossberg vorfuhren. Schon in jenen frühen Nachkriegsjahren gab es in Neubeuern ein starkes soziales Gefälle. Neben den Kindern aus wohlhabenden Familien, Sprösslinge von Unternehmern, Fabrikanten oder gar adeligen Grundbesitzern war es die Klasse der Habenichtse, zu denen auch ich zählte. Kinder, die nur dank der Hilfe von Gönnern die Schule besuchen konnten. Dann fühlte ich mich ein wenig verwaist, allein gelassen, auch wenn die liebevolle Mutter im nahen Tegernsee meiner harrte. Dort hatte ich zuletzt alles gemieden, was mit dem Vater zu tun hatte, hier aber in der Fremde verspürte ich jetzt die Sehnsucht nach der väterlichen Hand. Ich war nun einmal stolz auf diesen Mann und wünschte mir nichts mehr, als dessen Anerkennung und Zuneigung.

Endlich im Sommer 1948 empfing ich bei der Postverteilung nach dem Mittagessen ganz unverhofft eine Botschaft des Vaters. Eine Postkarte, etwas chaotisch mit der Schreibmaschine verfasst, die markante Signatur in deutscher Schrift »Freue mich Papi.«

An einem glühend heißen Sommertag machte ich mich auf den Weg zu der 5 Kilometer entfernten Bahnstation in Raubling. Ich hatte Glück, ein Bauer, der mit seinen Milchkannen zum Bahnhof zockelte, nahm mich mit. Alle unguten Gefühle waren vergessen, als der hochgewachsene, sehnige Mann mit dem markanten, schönen Kopf aus dem Zug sprang. Ein braun gebrannter alter Jüngling mit einer gewissen asketischen Grandezza. So wanderten Vater und Sohn die lange, staubige Straße zurück nach Neubeuern. Bald stellte sich die alte, liebevolle Vertrautheit

# ABSCHIED VOM VATER

Zum Pfingstfest 1948 empfing ich in der Tegernseer Schlosskirche die Weihen der Firmung. Firmpate war ein leibhaftiger Graf aus erlauchtem bayerischem Aristokraten-Geschlecht. Der hinreißende, ältere Bonvivant aus dem Fundus der Mutter entpuppte sich zwar als ein Mann von Welt, aber leider ohne nennenswerte Barmittel, sodass der Firmling sich über die ausbleibende Firmuhr hinwegtrösten musste. Folgenreicher als die Firmung erwies sich die in jenen Tagen verkündete Währungsreform, die den Wiederaufstieg Westdeutschlands einleiten sollte. Auch ich erhielt das berühmte Kopfgeld in Form von vier sehr hübschen 10-DM-Banknoten. Über Nacht veränderte sich das Leben. Plötzlich füllten sich die Auslagen der Läden, Lebensmittelkarten und Bezugsscheine gehörten der Vergangenheit an, die Fresswelle, das Zeitalter der Sahnecremetorte und des Eierlikörs begann.

Zwar hatte der Vater an der Firmung teilgenommen, Begegnungen mit ihm blieben jedoch eher rar. Vielleicht hat aber auch die ständige Präsenz der neuen Muse an seiner Seite meine Erinnerung getrübt. Der Vulkan war erloschen, Erschöpfung und Resignation ließen den einst so vitalen Künstler nicht mehr auf die Beine kommen. Der neuen, ambitionierten Lebensgefährtin, der »Edeldilettantin«, gelang es nicht, meinen Vater wieder aufzubauen. Seine totale Mittellosigkeit ließ den stolzen Mann zum Kostgänger der Frau werden. Sie lebten jetzt in einem hübschen Bauernhaus in der Nähe des Tegernsees, wo sie in der Familie eines bekannten Münchner Historikers Unterschlupf gefunden hatten. Die neue Ehefrau trieb einen wenig zur Wirklichkeit passenden Geniekult mit dem alternden Mann. Sie kultivierte ein damals in Mode kommendes Klischee vom glaubensstarken, aber lebensfrohen, ganz dem Barocken verhafteten Katholizismus. Es

fen und Kameramanns, der schon 1937 bei der Nanga-Parbat-Expedition dabei gewesen war. Ein hochgewachsener, wirklich schöner Mann mit kohlrabenschwarzem Bart, glühenden Augen und bräunlicher Gesinnung, der nun in Bolivien lebte. Monika war meine erste große Liebe, die bedauerlicherweise nicht wirklich erwidert wurde, obwohl sie mich lustigen Verehrer durchaus mochte. Monika würde es später auch nach Südamerika ziehen, wo sie sich in den 60er-Jahren den Guerilleros um Che Guevara anschloss. In ein Attentat auf den bolivianischen Konsul in Hamburg verwickelt, wurde Monika schließlich mit ihrem Geliebten 1973 von der bolivianischen Soldateska im Urwald umgebracht.

Dieser ersten, großen Verliebtheit sollten noch ähnliche Erfahrungen folgen. Ich zerbrach mir den Kopf, warum immer die anderen den Schnitt machten, ich aber leer ausging. Ein offensichtlicher Mangel an Sex-Appeal erschütterte mich nachhaltig in meinem Selbstverständnis.

dem mit Musterschuhen vollgepackten VW-Käfer durch die Holsteinische Schweiz tingelte. Erstmals erlebte der junge Mann die Höhen und Tiefen im Leben eines Handelsvertreters mit, lernte das schöne undramatische Holstein kennen und entwickelte sich zu einem von Hanne sehr geschätzten Begleiter, der für die langbeinige junge Frau durchaus animierende Gefühle empfand.

In diesen irgendwie nie enden wollenden Sommertagen an der Ostsee überfiel mich pubertierenden Knaben die Sehnsucht, ja die Begierde, nach einer Frau, einem Mädchen, wie ein schweres Fieber. Der Besuch eines Schulfreundes aus Neubeuern, Jens Peter aus Hamburg, gab das kritische Signal, um mich aus der Traumphase in die Wirklichkeit zu transportieren. Der drahtige, ziemlich unverschämte Junge erwies sich als durchaus versierter und damit auch erfolgreicher Eroberer, er war ein Mann der Tat, mit dem ich mich da auf die Pirsch begab. Nichts fürchtete ich mehr als Zurückweisung und Spott der Mädchen. Es waren die freche, tollkühne Attitude, die Chuzpe des Freundes, die nun auch mich stärkte und mir Mut gab. Das strategische Ziel war ohnehin klar, aber die Taktik gebot es zunächst, hübsche Mädchen am Strand anzumachen, um sie dann zu romantischen Waldspaziergängen zu animieren. Schon bald gelang es auch mir, eine vollbusige Maid aus Ahrensberg in Westfalen zu dem entscheidenden Spaziergang zu bewegen. Was so verheißungsvoll begonnen hatte, verlor jedoch in der vielleicht entscheidenden Phase einer Eroberung an Momentum. Anstatt der Attacke, der Aktion die Priorität zu geben, verhedderte ich mich in Nervositäten. Während es dem tollkühnen Freund bereits gelungen war, seine heißen Wünsche in die Tat umzusetzen, kämpfte ich aufgeregt mit der Tücke des Objekts und verlor damit prompt den Respekt der einem kleinen Petting durchaus zugetanen Westfälin.

Von den Freuden der Koedukation in Neubeuern hatte ich wenig. Das änderte sich, als Monika, ein zierliches, stets auf blauen Turnschuhen wippendes Mädchen mit rabenschwarzem Pony auf der Bildfläche erschien und mich verzauberte. Dieses blitzgescheite, knabenhafte Wesen war die Tochter eines berühmten Fotogra-

abends das Licht in den Zimmern des Schlosses gelöscht und der wachhabende Kameradschaftsführer entschwunden, ging es zur Sache. Frühreife kleine Angeber präsentierten stolz ihre Genitalien, triumphierten mit einer veritablen Erektion und kündigten den unmittelbaren Einsatz dieser Waffen bei einer der begehrten Jungfrauen im Mädchenbau an. Mich befiel eine heftige, aber kurze Phase der Knabenliebe. Eine dreiwöchige Gelbsucht-Quarantäne auf der Krankenstation war ein adoleszenter, aber eher harmloser Honeymoon für mich und Freund Henneberg. Die Krankenstation des Internats, ein exterritoriales Paradies, das kleine Reich der Schwester Cayetana vom Dritten Orden, die ihre Schutzbefohlenen liebte und vehement gegen unbotmäßige Übergriffe des Lehrpersonals schützte.

In den Sommerferien 1949 reiste ich mit meiner Mutter in das Ostseebad Scharbeutz, um Hanne, die Tochter des großherzigen Patenonkels Hans Freudenberg, zu besuchen. Die lebensfrohe und verwöhnte Tochter aus der badischen Unternehmerfamilie lebte dort mit ihrem nunmehr zweiten Ehemann, einem dicklichen Hamburger Exportkaufmann ohne Kinn, aber herrschaftlicher Attitüde. Dieser wesentlich ältere Herr von G. hatte wohl bessere Tage gesehen – seine Geschäfte im Sudan gingen schlecht –, die reiche junge Erbin war gerade zur rechten Zeit in seinem Leben aufgetaucht. Für mich war es auch die erste Begegnung mit dem Meer, ein wenig enttäuschend, vermochte doch die Lübecker Bucht so gar nicht den Eindruck eines unendlichen Ozeans zu erwecken. Im Eingang der Bucht lag das düstere Wrack eines Dampfers, der beladen mit Tausenden von Flüchtlingen von den Alliierten versenkt worden war.

Hanne, ganz Unternehmertochter, hatte es sich in den Kopf gesetzt, die im väterlichen Betrieb hergestellten Kunststoffsandalen der Marke »Nora« in Schleswig-Holstein zu vermarkten. Die in kräftigen Farben vorrätige Fußbekleidung machte zwar keinen sonderlich schönen Fuß, versprach dennoch ein echter Hit zu werden. Ich war sofort Feuer und Flamme für das Projekt. Hanne hatte nun plötzlich einen jungen Assistenten, mit dem sie in

chenden Kirche Lügen und war der Champion. Weiterführende Gedanken über das Triebleben des jugendlichen Kaplans machte man sich in jenen Zeiten nicht.

Die Mehrheit der Internatsschüler war protestantisch, während ich, mehr zufällig, katholisch getauft worden war. Ich wandelte mich nun in diesen frühen Jahren zum leidenschaftlichen Katholiken, eine Passion, die sich erst nach der Pubertät verflüchtigte. Hierfür gab es handfeste Gründe. Ich wurde nämlich zu einem kleinen Märtyrer, der als einziger Katholik im Kameradschaftszimmer allerlei Unbill zu ertragen hatte. Ständig wurde ich von meinen protestantischen Zimmergenossen mit ketzerischen Fragen über die Katholische Kirche gepiesackt. »Was ist denn das für eine komische Jungfrau, diese Maria? Sie kriegt ein Baby, aber der Ehemann hat nix damit zu tun? Unbefleckte Empfängnis nennt ihr das?« Am schlimmsten waren diese kleinen Sketche, mit denen meine Zimmerkameraden die Segnungen der Katholischen Kirche, wie etwa die Beichte, durch den Dreck zogen: »Nun mein Sohn, was hast du unserem Herrn heute zu beichten? Wie sieht es denn aus mit dem VI. Gebot, mein Sohn? Bist du wieder einmal schwach geworden? Aber vergiss nie! Wenn du dich am eigenen Fleische versündigst, wird dein jugendlicher Körper Schaden nehmen. Ich fühlte mich nach diesen Exerzitien wahrlich wie ein Märtyrer, obgleich ich für diese Rolle wenig Eignung hatte.«

Mein wachsender Widerwillen gegen die, wie selbstgerechte Reformatoren auftretenden, Protestanten wurde nur noch bestätigt durch das Kontrastprogramm der beiden Pfarrer. Hier die sittenstrengen, unsinnig auf holzgeschnitzte Bibeltexte pochenden, endlos predigenden Pastoren, dort die sinnenfrohe, buntprächtige, all dem herrlich lateinischen Hokuspokus huldigende Kirche. Fürwahr kein sonderlich überzeugendes Bild, aber es hatte sich nun einmal in der Seele des Elfjährigen verfestigt und bewies einmal mehr, dass es die Kindheit prägenden Erfahrungen und Erlebnisse sind, die das Weltbild eines Menschen nachhaltig formen können. Die Zeit in Neubeuern verging wie im Fluge. Die heranknospende Sexualität raubte auch mir die Ruhe. Kaum war

natürlich Stefan George oder der noch viel schrecklichere Lokaldichter Bernt von Heiseler verabreicht. Das wohl auf Herrmann Lietz zurückgehende Völkisch-Elitäre wurde hier munter mit Hahns Erlebnispädagogik verrührt. Wirklich schlimm wurde es, als einige Auserwählte zum Zwecke der Elitebildung in einen »Inneren Kreis« berufen wurden. Ich war zutiefst erleichtert als dieser Kelch mangels Reife und innerer Berufung an mir vorüberging. Schon damals argwöhnten wir Schüler, dass der »Innere Kreis« eine kleine Schnüfflerschmiede war.

Direktor des Landerziehungsheims war ein volltönender Bariton mit anthroposophischen Neigungen, leider ohne die notwendige Autorität. Man berief sich gerne auf die liberale und antiautoritäre Tradition der Schule, vor allem, wenn die Schwester der Gründerin, eine Gräfin Degenfeldt erschien. Diese, auf dem nahe liegenden Gut Hinterhör lebende, entzückende alte Dame – mit rosa gepuderten Bäckchen und bläulich schimmernder Dauerwelle – stammte noch aus dem Freundeskreis von Hugo von Hofmannsthal und verbreitete den Flair von Liberalität und Klasse, der einer Schule, die immer gerne nach Salem schielte, gut anstand.

Die religiöse Erziehung lag in den Händen des lutherischen Bilderbuchpastors Willberg und des in der katholischen Dorfkirche wirkenden Kaplans Hochreiter. Pastor Willberg, sanft und gütig, hatte eine Unzahl ziemlich semmelblonder Kinder, die ihm seine herbe, säuerliche Gutmenschenart ausstrahlende Gattin geschenkt hatte. Frau Willbergs ebenfalls flachsblondes Haar krönte ein riesiger Dutt, im Volksmund »Barmer Ersatzknoten« genannt. Kaplan Hochreiter dagegen war ein nahezu fernsehgerechter Repräsentant einer fröhlichen, lebensbejahenden Römischen Kirche. Bayerisch, ohne gschert zu sein, ein rasanter Skifahrer, drahtig und leicht gebräunt, tauchte der Prachtkerl in Zivil auf dem Schloss auf und schaffte es, den Religionsunterricht interessant zu machen. Ein moderner, ein bisschen an Bing Crosby in »Die Glocken von St. Marien« erinnernder Priester. Der kühne Motorradfahrer strafte die Altweiberbigotterie der allein seligma-

umstände in dem hoch über dem oberbayerischen Bilderbuchdorf Neubeuern gelegenen Gemäuer waren spartanisch. Man schlief auf Strohsäcken in ungeheizten Zimmern. Im gewaltigen, neobarocken Speisesaal gab es wässrige Suppen, viele Kartoffeln und täglich Vitamintabletten. Besonders beliebt waren die wöchentlichen Ernteaktionen, bei denen die Zöglinge schlecht gelaunt mit Socken an den Händen Brennnesseln pflücken mussten, die dann später als Spinat auf den Tisch kamen. Das karge Leben entsprach weniger einem Erziehungsideal als der allgemeinen Armut und Spärlichkeit, die für die Vorwährungszeit typisch war.

Das Erziehungsideal des Internats hatte seine Ursprünge in den Herrmann-Lietz-Schulen der 30er-Jahre, mit Anleihen bei Kurt Hahn, dem Gründer von Salem und Gordonstoun. Ein ideologisches Potpourri prägte die heterogene Lehrerschaft der Schule. Die älteren Pädagogen ohne Internatserfahrung entsprachen mehr dem klassischen Paukertypus. Ihnen lag schulische Leistung und Disziplin der Schüler besonders am Herzen. Zur Disziplinierung der ungestümen Kinder und zur Steigerung der schulischen Leistungen bediente man sich gerne bewährter Mittel wie Ohrfeigen und Verweise, die den Charakter von Strafbefehlen hatten. Hier geschah es auch, dass ich erstmals in meiner Schülerlaufbahn oft und heftig geohrfeigt wurde. Die Lehrer bildeten ein buntes Gemisch aus alten Nazipaukern, denen der Zugang zu öffentlichen Schulen noch verwehrt war, idealistischen Wandervogeltypen, die sich den schöngeistigen Studienfächern widmeten, sehr musisch und oft schwul. Schließlich gab es alerte Sportlehrer bayerischer oder sächsischer Bauart, die stramme Jungs zur Leibesertüchtigung antrieben und mich auf die mir besonders verhassten Folterwerkzeuge wie Barren oder gar das mörderische Reck hetzten. Viel war die Rede von »mens sana in corpore sano« und ähnlichen an die Hitlerjugend gemahnenden Sprüchen. Die jugendbewegten, kameradschaftlichen Erzieher zeigten eine Vorliebe für Lagerfeuer, Klampfenklang und Dichterlesungen auf dem mit Zinnen bewehrten Römerturm, der das Schloss überragte. Hier wurde den intellektuell gewiss überforderten Knaben

jungen Menschen. Er hatte deshalb die Mutter überredet, mich auf ein Internat zu schicken. Großherzig wie er war, würde er die schon damals erklecklichen Kosten dafür übernehmen. Onkel Hans hatte von seiner wenig herzerwärmenden Gattin Ida zwei Töchter, deren Jüngere bei meiner Mutter Schauspielunterricht nahm. Die Berufung zur Schauspielerin war Hanne, wie sich bald herausstellte, nicht in die Wiege gelegt. Die junge Frau war in ihren 20ern, langbeinig, dunkelhaarig, lebhaft und sexy, würde man heute sagen. Eine lange und treue Freundschaft verband sie mit meiner Mutter bis zu deren Tod. Auch ich verstand mich prächtig mit dieser burschikosen Frau, die später die mäzenatische Rolle ihres Vaters übernahm. Hanne, lebenslustig und spontan wie sie war, hatte keine übermäßige Fortune mit ihren Ehemännern und fand erst viel später an der Seite eines Münchner Unternehmers den rechten Ankerplatz.

Nach den Osterferien 1948 wurde ich also Schüler des Landerziehungsheims Neubeuern, einem prächtig gelegenen Schloss im Inntal. Onkel Hans hatte es sich nicht nehmen lassen, den jungen Delinquenten und die von Abschiedsschmerz geplagte Mutter nach Neubeuern zu fahren, um an Vaters Stelle, die Trennung von Mutter und Sohn in die rechten Bahnen zu lenken. Der Abschied geriet dann doch ein wenig melodramatisch und in den ersten Tagen war ich überzeugt, an Heimweh sterben zu müssen. Wie der gute Onkel prophezeit hatte, legte sich mein Schmerz jedoch bald. Das Internat öffnete erstmals nach dem Krieg wieder seine Pforten und versuchte, an seine liberale Tradition der Jahre vor 1933 anzuknüpfen. In der Nazizeit 1942 hatte Neubeuern als NAPOLA, eine Art nationalsozialistischer Kaderschmiede gedient. Nun aber, zur Stunde Null, waren alle Kinder, aber auch die Erzieher, Newcomer auf dem Schloss, was allen die Eingewöhnung leichter machte. Bei allen Höhen und Tiefen erwies sich die rund vier Jahre währende Zeit in Neubeuern als durchaus segensreich. Hier begann ich, neue Freundschaften zu schließen, lernte Konflikte mit anderen Schülern und Lehrern zu bewältigen und hatte allerlei frühen Liebesschmerz zu durchleben. Die Lebens-

# NEUBEUERN

»Sei kein Frosch, Frosch! Du bischt kein Büble mehr, du bischt ein Bub!«, ertönte die sonore Stimme mit dem leicht badenserischen Tonfall. Dann drehte der große Mann mit dem grauen Haarkranz sich wieder zu seinem Fahrer. »Drücke Se mal a bisle drauf, Buff, sonst kommen wir nie mehr in dieses Neubeuern!« Ich wischte mir die Tränen aus den Augen, legte meiner Mutter eine Hand auf den Schoß und blickte sie Trost heischend an. »Ich versteh das ja, Ellen«, wandte sich der gestrenge Herr an die Mutter, »aber wenn der Stefan erst einmal ein paar Tage in der Schule ist, dann ist der ganze Schmerz vergessen.« Die Mutter pflichtete ihm mit stockender Stimme bei, obgleich auch ihr der drohende Abschied schwer zu schaffen machte. Bei dem vermeintlich streng klingenden Herren handelte es sich um Onkel Hans, einen alten Freund, der sie überzeugt hatte, ich müsse jetzt mit meinen elf Jahren aus der liebevoll verzärtelnden Umgebung befreit werden, um, wie er sich etwas martialisch ausdrückte, »zum Manne zu werden!«.

»Onkel Hans«, Oberhaupt der badischen Industriellen-Familie Freudenberg, war schon des Öfteren am Tegernsee aufgetaucht, in einem schwarzen Mercedes Benz V mit dem dunkelblau gewandeten Chauffeur Buff. Was immer der Onkelstatus bedeuten mochte, bestimmt war Hans Freudenberg in glücklicheren Tagen ein Verehrer von Ellen gewesen. Man machte kleine Ausflüge durchs Oberbayerische. Vermutlich hatten sich Ellen und ihr alter Freund einiges zu erzählen. Ich mochte diesen warmherzigen Mann mit den braunen Augen und dem badischen Dialekt, obwohl mir bei den Autotouren ständig kotzübel wurde. Hans Freudenberg, damals in seinen 60ern, hatte eine genaue und sehr bürgerliche Vorstellung von den Pflichten und Aufgaben eines

legentlich eingespannt. Unter der Obhut der menschenfreundlichen Frauen des »Paritätischen Wohlfahrtsverbandes«, älteren Damen, deren Typus Engländer gerne als »Old Spinster« charakterisieren, galt es, zweimal wöchentlich Lebensmittelrationen abzuwiegen, zu verpacken und an Bedürftige zu verteilen. Mehr Spaß machte es mir, wenn ich im Glückshafenzelt auf dem Oktoberfest Preise an glückliche Losgewinner verteilen und junge Mädchen anmachen konnte.

Nach den bedrückenden Jahren in armseligen Flüchtlingsbehausungen war es der Mutter schließlich gelungen, eine eigene kleine Wohnung im Herzen von Schwabing zu finden. Der Bezug des noch nassen Neubaus war von kleineren Katastrophen begleitet, da der Bauherr kurz vor Vollendung des Hauses, unter Mitnahme des so mühsam erbrachten Baukostenzuschusses, einen deftigen Konkurs hingelegt hatte. Soweit ich mich entsinnen kann, wurde zwischen uns wenig über Geld gesprochen, aber ich wusste, dass das bescheidene Salär in einem Wohlfahrtsverein nicht ausreiche, um Mutter und Sohn ein passables Auskommen zu gewähren. Vermutlich war es in diesen Jahren die Unterstützung des alten Gönners Hans Freudenberg und seiner Tochter Hanne, die zu einer engen Freundin der Mutter geworden war. Die großherzige Hanne finanzierte mir später auch das Studium mit der Maßgabe, einmal selbst einen Studenten zu unterstützen. Dankbar habe ich dieses Versprechen gehalten.

Die kleine Zweizimmerwohnung, hoch über dem alten Nordfriedhof, war für Mutter und Sohn, den Überlebenden einer einst kompletten Familie, auch Symbol eines Neubeginns. Noch immer gab es jedoch wichtige Begleitpersonen aus meiner Kindheit. Hedel, die sich mühsam als Näherin in Tegernsee durchschlug und auch die wilhelminische Großmutter, die ein recht trostloses Leben in einem Altersheim in Rottach führte. Die schlesische Weggefährtin meiner Mutter in bitteren Zeiten wurde bald ein Opfer der Zuckerkrankheit. Die Großmutter erreichte, trotz eines von Einsamkeit und Spärlichkeit geprägten Lebens, ein hohes Alter.

Die Sympathie für die Amerikaner wuchs mit jeder dieser Beutefahrten. Ihre freundliche Neugier, ihre vielleicht etwas naive, aber liebenswerte Begeisterung für diese sonderbaren Kleinode erwärmte die Herzen, zumal die GIs so nett zu Kindern waren. Mit der heißen Tauschware zogen wir dann in die Möhlstraße, dem florierenden Schwarzmarkt von München, wo Kaffee und Zigaretten gegen lebensnotwendige Lebensmittel eingetauscht wurden. Diese Expeditionen waren riskant, denn ständig gab es Razzien der Militärpolizei, vor denen man sich schnell aus dem Staube zu machen hatte. Neben diesen abenteuerlichen, sich stets am Rande der Legalität bewegenden Exkursionen gab es in jenen armseligen Zeiten keine Ausflüge oder Reisen. Das Eisenbahnnetz war zerstört. Autos fuhren nur die Besatzer und Schieber mit Beziehungen.

Meine Mutter hatte 1950 das Tegernseer Tal der Tränen endlich verlassen. Sie war 52, keine alte Dame, doch der Gedanke, noch einmal zu heiraten, schien hinter ihr zu liegen. All ihre Liebe und Zuwendung galt mir. Mit dem ihr eigenen Realitätssinn hatte sie erkannt, dass eine Rückkehr in den Schauspielerberuf nicht sinnvoll war. In einer erstaunlichen Wende wurde sie nun Mitarbeiterin eines großen Wohlfahrtsverbandes. Hier entwickelte die in ihren 50ern stehende, vitale Frau, gehärtet durch die bitteren Kriegserfahrungen, erstaunliche Talente und Fertigkeiten, die sie schnell zu einer Schlüsselperson in dieser, weitgehend von Frauen geführten Organisation werden ließen. Die »Schudo«, wie sie bald auch hier genannt wurde, hatte nicht nur Berliner Mutterwitz, sondern auch das Preußen zugeschriebene Talent, Probleme schnell und unbürokratisch zu lösen, ohne das bei den anderen wohltätigen Damen übliche »Getüttel«.

Für die von Krieg und Elend so gebeutelte Frau hatte ein neues Leben begonnen. Innovative Ideen, wie Essen auf Rädern für die Betreuung von alten und hinfälligen Menschen, setzte die redegewandte und gerne mit Überrumplungstaktik arbeitende Frau durch und ließ sie in einer lange währenden zweiten Karriere zu einer Pionierin der Altenfürsorge werden. Auch ich wurde ge-

mit Wucht Hollywood auf die Leinwand. Hier begann für mich auch die herrliche Zeit der Verliebtheiten, natürlich in die herbsüße Ingrid Bergman, der ich über lange Jahre die Treue hielt.

Alles, was mit den Amis zu tun hatte, faszinierte uns Kinder: die armeegrünen Jeeps und die immer häufiger auftauchenden geräuschlosen Märchenschlitten: vom Cadillac bis zum exotischen Studebaker. Aus gemopsten grünen Benzinkanistern der US Army wurden Flöße gebaut, die Segel und ähnliche Textilien entstanden mithilfe der unentbehrlichen Hedel aus alten Decken: Fertig war das Segelboot. Am meisten begehrt war natürlich alles, was mit Essen zu tun hatte: Die Gottesgabe schlechthin war das Carepaket. Die Zauberkiste der Hersheybars, das Wrigley-Chewing-Gum-Päckchen, der in Dosen schlummernde, unglaublich mächtige Plumpudding und viele andere Köstlichkeiten aus der amerikanischen Wundertüte. An der Spitze der neuen Werteskala standen aber die Camel- oder Lucky-Strike-Stangen, die Maxwell-Kaffeedosen. Anstelle der an der Schwindsucht laborierenden Reichsmark waren Zigaretten und Kaffee zum Maß aller Dinge geworden. Meine Mutter entwickelte in diesen, von Lebensmittelkarten, Bezugsscheinen und Sonderzuteilungen geprägten, Notzeiten ein originelles Erwerbstalent. Ordinäre Blechdosen wurden mit buntem Papier verkleidet, dann mit hübschen alten Stichen beklebt und schließlich mit reizenden kleinen Ornamenten bemalt. Der Firnis schenkte schließlich kleinen Kunstwerken den Glanz echter Antiquitäten. Mit diesen Wunderwerken im Gepäck begaben sich Mutter und Sohn dann auf die unendlich beschwerliche Reise zu einer am Münchner Militärflughafen Neubiberg gelegenen Amikaserne. Hier ging es darum, die wertvolle Ware an die GIs zu verhökern. Dank ihres Charmes und beachtlicher Englischkenntnisse, die sie auf diversen Englandreisen mit Onkel Albrecht erworben hatte, gelang es der einfallsreichen Kunstgewerblerin, die »lovely antiques« gegen die begehrten Zigarettenstangen und Kaffeedosen einzutauschen. Ellen erwies sich als ein genuines Verkaufstalent. Hier konnte sie, anders als bei den frustrierenden Hamsterfahrten, einmal ordentlich vom Leder ziehen.

Die Sommer am Tegernsee brachten allerlei Freuden und Abenteuer. Ich gewann auch ein paar Freunde, die nicht als powere Flüchtlinge am Lago di Bonzo gestrandet waren, sondern in respektablen Villen wohnten. Ich wurde in diesen Familien akzeptiert, den sozialen Abstand nahm man bedauernd, aber gleichgültig zur Kenntnis. Bei Lichte besehen ging es nicht um Standes- oder Klassenunterschiede, sondern ganz banal um »Haben« oder »Nicht Haben«. Hatte man aus besseren Zeiten eine Villa mit Seeblick oder hauste man in einer dürftigen Flüchtlingswohnung, hatte man noch oder bereits wieder ein Geschäft oder musste man sich elend durchfretten? Im Tegernseer Tal lebten nach dem Kriege eine ganze Schar völlig verarmter Mitglieder erlauchter Adels- und Fürstenhäuser, die der Krieg von ihren Latifundien im Osten vertrieben hatte. Menschen, wie der alte Fürst Henckel von Donnersmarck, – ein paar Jahre zuvor noch der große, unendlich reiche Magnat in Schlesien, – die sich jetzt in großer Würde und Einsicht mit der Misere abfanden.

Mein wichtigster Freund Peter war nun unzweifelhaft ein Spross der Besitzenden. Seine Eltern waren reizend zu mir, weil ich, wie sie meinten, ein origineller, gar künstlerischer Knabe sei. Peter hatte eine strenge, ungemein adelige Dame mit Schnurrbart, die Baronin G., zur Großmutter, die nun zur Erleichterung der gesamten Sippe das Zeitliche segnete. Diesmal nutzte ich die treffliche Gelegenheit zu einem Besuche der Leichenhalle von Tegernsee. Auf Peter machte seine aufgebahrte Großmutter offensichtlich keinen starken Eindruck, weshalb er alle anderen festlich gekleideten Leichname noch gründlich in Augenschein nahm. Ich aber verließ nach einem flüchtigen Blick auf die tote Oma fluchtartig die kühle Stätte.

Sehr viel mehr Freude machten mir die ersten Ausflüge in die Welt des Kinos, das sich in diesen Notzeiten großer Popularität erfreute. Am Tegernsee gab es damals noch sieben Filmtheater. Neben den noch immer gespielten, harmlos platten Komödien aus der UFA-Zeit mit Rühmann, Hans Moser, Theo Lingen und der herrlichen Berliner Quatschnudel Grethe Weiser, drängte nun

liebliche Alpental Heimat prominenter Nazis gewesen war. Während die am Ostufer des Sees gelegenen Villen von Himmler und dem Zeitungskönig Amann für die höheren Chargen der Besatzer bestimmt waren, diente das berühmt-berüchtigte Hotel Hanselbauer in Bad Wiessee nun den Amerikanern als Offizierscasino. Hier hatte einst die »Nacht der langen Messer« begonnen, in der Ernst Röhm und seine Getreuen gemeuchelt wurden. In Gmund war die Brücke über den Mangfall noch im März 1945 von den Nazis gesprengt worden, damit war auch die Eisenbahnverbindung nach Tegernsee gekappt. Erreichte man nach mühseligster Reise aus dem zerstörten München Gmund, so war die Reise erst einmal zu Ende. Die Reisenden wälzten sich über eine hölzerne Behelfsbrücke, um dann von einem pendelnden Triebwagen weitertransportiert zu werden. Auch dies wurde nicht selten vereitelt, nämlich immer dann, wenn der sagenumwobene Panzergeneral George Patton in der Villa Amann sein Wochenendquartier, das direkt an der kurzen, eingleisigen Bahnverbindung nach Tegernsee lag, bezog. Patton, eine Art amerikanischer Rommel, war ein großer Snob, der es vorzog im Salonwagen von Göring die kurze, etwa 3 Kilometer lange Strecke, zu bewältigen. Dort stand dann das prunkvolle Ungetüm vor der Tür des großen Feldherrn. »Ist der Patton da?«, war deshalb stets die bange Frage der Reisenden, wenn sie in Gmund gestrandet waren.

Als George Patton später Opfer eines mysteriösen Unfalls wurde, munkelte man, der ungeliebte Militärbürokrat Eisenhower habe den auch bei den Deutschen ungemein populären Kriegshelden aus dem Wege geräumt. Ich war jetzt in einem Alter, wo ich die Stimmungslage der besiegten Deutschen durchaus mitbekam. Erst später lernte ich, dass General Patton zum allgemeinen Entsetzen der Alliierten dafür eingetreten war, nach Kriegsende unverzüglich gemeinsam mit den Deutschen gegen die Sowjets in den Krieg zu ziehen. Kein Wunder, dass der deutsche Stammtisch den charismatischen Panzergeneral mochte. Ebenso unüberhörbar war auch das schadenfreudige Geraune, als Herman Göring sich in Nürnberg aus dem Staub machte.

seiner westfälisch robusten Frau Hilde sowie drei halbwüchsigen Buben, die es sich zum Ziel gesetzt hatten, die im benachbarten Bad Wiessee andockenden Lebensmitteltransporte der Amerikaner gezielt zu erleichtern. Walter Furtwängler, der in seinen besseren Tagen ein rechter Hallodri gewesen sein soll und sich der ersten Winterbesteigung des Kilimandscharo rühmte, verband ein kleiner Flirt mit Ellen Schulz-Dornburg. Ich dagegen sah den Besuchen in Tanneck mit zwiespältigen Gefühlen entgegen. Zwar steckte mir Hilde, die der starke Mann der Bohemienfamilie war, gelegentlich Näschereien zu, die ungebärdigen Söhne jedoch neckten und piesackten mich mit großer Inbrunst. Überdies waren diese nur wenig älteren Sprösslinge fulminante Skifahrer, Eissegler, Bergsteiger – Buben, die jedes nur irgendwie reizvolle Risiko mit Wonne eingingen. Eine Disposition, die mir eher fremd, ja sogar zuwider war. Schon immer entzog ich mich gerne jeder Art von direktem Wettbewerb, eine tiefe Unsicherheit, die vielleicht auch genährt wurde aus mütterlicher Überfürsorge.

Das nicht geringe Selbstverständnis der Familie Furtwängler zog seine Kraft aus der Tradition einer großbürgerlichen Gelehrtenfamilie und natürlich aus dem Nimbus von Onkel Willi, dem großen Dirigenten. Die drei vorsätzlich nicht erzogenen Buben wurden als kleine Junggenies behandelt. »Machet die Erde euch untertan – und holt euch, was ihr wollt!« so lautete die elterliche Devise, die, wie sich später zeigte, den Söhnen nicht immer zum Wohle geriet. Auch der Vater liebte das Abenteuer. Als der See im mörderisch kalten Winter 1946 zufror, verkürzte sich die kleine Reise zum gegenüberliegenden Ufer in Wiessee beträchtlich. Walter Furtwängler, ein sehr distinguiert wirkender Gentleman mit elegantem Schnauzer, erschien dann mit einer Leiter, um seine Freundin Ellen abzuholen. Mit diesem sperrigen Gerät wurden die mürben oder offenen Stellen der Eisdecke überbrückt. Ein tollkühner Balanceakt, der ihr Todesangst einjagte, ihrem Verehrer aber großes Vergnügen bereitete.

Der Tegernsee erfreute sich bei der Besatzungsmacht großer Beliebtheit, nicht anders als im untergegangenen Reich, wo das

Rudi, den man völlig zu Unrecht, aus Ignoranz noch nicht wieder in eine leitende Stellung berufen habe, wo Rudi doch mit ihr ganz neue Wege beschreite. Leider habe Rudi in der Vergangenheit den schöpferischen Impuls, das so vitale intellektuelle Ambiente entbehren müssen, jetzt aber endlich würde sie gemeinsam mit Rudi … Ich hasse diese Frau und auch ein bisschen diesen »Rudi«, meinen Vater. 1946 hatte sich »Schudo« mit seiner Geliebten in die sowjetisch besetzte Zone abgesetzt, wo es um eine vermeintlich wichtige Position ging. Tatsächlich war es wohl eine eher unwürdige Stellung als Musikdirektor in Plauen. Schrecklich für einen Musiker seiner Generation und seines Ranges nun in der sächsischen Provinz tingeln zu müssen. Es hat auch nicht lange gedauert, bis das ungleiche Paar wieder in Bayern erschien. Ein Jahr später gab es einen weiteren Versuch, im deutschen Musikleben wieder Fuß zu fassen. Aber auch die Zeit als Operndirektor in Lübeck währte nicht länger als ein Jahr. Warum es ihm nicht, wie den meisten seiner inzwischen entnazifizierten oder rehabilitierten Kollegen, gelang, in den künstlerisch so aufregenden Nachkriegszeiten einen angemessenen Platz zu finden, blieb ein Rätsel. War sein Talent versiegt, sein viel gerühmter charismatischer Zauber erloschen? Hatte er die Fähigkeit verloren, auch aus den vertracktesten Partituren Feuer zu schlagen? Alte Freunde, Sänger, Tänzer und Schauspieler aus den goldenen Essener und Berliner Zeiten berichteten, »Schudos« neue Frau, die man boshaft als die »Edeldilettantin« klassifizierte, habe stets heftigsten Flurschaden angerichtet. Für den fast 60-jährigen Musiker muss diese Odyssee durch das künstlerische Niemandsland qualvoll gewesen sein.

Vielleicht als Reaktion auf dieses traurige Ende einer Beziehung gelang es meiner umtriebigen Mutter, wieder einen Freundeskreis aufzubauen, waren doch allerlei Bekannte, Freunde und Theaterkollegen in Bayern wieder aufgetaucht. Das auf einer idyllischen Halbinsel gelegene Anwesen der Familie Furtwängler etwa war ein beliebtes Ziel. Dort in Tanneck lebte der kauzige und misanthropische Bruder des berühmten Dirigenten Furtwängler mit

# DIE MUTTER

Am 20. Juni 1948 wurde die Ehe zwischen Rudolf, dem Musiker, und Ellen, der Schauspielerin, die immerhin 20 bewegte und konfliktreiche Jahre überdauert hatte, geschieden. Für die nun 50-jährige Frau war es das bittere Ende einer Beziehung, um die sie mit großer Kraft und wohl auch Entsagung gekämpft hatte.

Rudolf Schulz-Dornburg war in den Jahren nach dem Ende des Zweiten Weltkriegs ein arbeitsloser Musiker. Ende 50 sah er wohl keine reale Chance mehr, eine auch nur annähernd seinem Rang als Dirigent adäquate Karriere wieder aufzunehmen. Die Ehe mit meiner Mutter war für ihn ausgelebt und abgeschlossen. Noch immer lebte er mit der feschen Bayerin und gläubigen Katholikin in der Villa, Tür an Tür neben dem grauen Ehemann. Ob »Schudo« seine neue Muse leidenschaftlich geliebt hat, ob sie in ihm noch mal das Johannisfeuer entzünden konnte, ob sie ihm half, Leid und Schuld zu vergessen? Vielleicht glaubte er, mit der überschwänglichen Frau ein Comeback ins Musikleben wagen zu können.

Die Wiederbelebung des »Christgeburtspiels« aus dem Mittelalter hatte schon den jungen Musiker und Theatermann fasziniert, nun schien die resche Bayerin die ideale Muse, um dieses Thema noch einmal aufzunehmen. Auch ich wurde bald Zeuge dieser bescheidenen Versuche, ein sakrales Theater- und Musikspektakel in der hübschen Dorfkirche von Gmund zu inszenieren. Kein Wunder, dass mir diese barock-frömmelnden Weihespiele zuwider waren. Die zunehmende Entfremdung vom Vater, die nunmehr sichtbare Abneigung meiner Mutter gegen die neue Frau zeigte auch hier ihre Wirkung. Diese nervte mich besonders durch ihr ständiges emphatisches Gerede über Rudi und Musik, über Rudi und das »Theatralisch-Katholisch-Barocke« und über

ter von Luisette, hatte bereits dafür gesorgt, dass eine Vertiefung dieses heiklen Themas nicht in meiner Gegenwart stattfand.

Anna von Bernstorff, Diakonisse an der Berliner Charité, hatte bis zuletzt Kontakt mit ihrem eingekerkerten Bruder gehabt. Eine wahrlich absurde Schicksalsverkettung hatte dazu geführt, dass diese fromme Dame, die die Nazis ebenso verabscheute wie ihr Bruder, ausgerechnet Roland Freisler, den Präsidenten des Volksgerichtshofs, der am 3. Februar 1945 bei einem Bombenangriff schwer verletzt worden war, zu Tode gepflegt hat. Fünf Tage später hätte unter dem Vorsitz dieses fürchterlichsten Vertreters der Nazijustiz die Verhandlung gegen Albrecht Bernstorff vor dem Volksgerichtshof stattfinden sollen. Ich konnte keinen Zugang zu dieser protestantisch kargen Schwester gewinnen. Es schien mir, als missbillige sie die so liebevolle und heitere Beziehung zwischen ihrer Schwester und mir. Ich war deshalb erleichtert, als die fromme Dame wieder nach Berlin entschwand.

vernahm ich plötzlich eine etwas heisere ruhige Stimme wie vom Himmel: »Halt dich ruhig Stefan, ich schaffe sie dir vom Halse!«

Da stand er dann wie ein Baum, der Onkel Albrecht, perfekt gekleidet wie ein englischer Landedelmann und nahm das verschreckte Kind bei der Hand. Die aufgeregten Gänse machten Kehrtmarsch und entfleuchten unter großem Lärm. »Wenn sie zischen, sind sie wirklich böse die Biester. Gehe ihnen aus dem Weg, mein Lieber!« Ich folgte meinem Retter in die Küche, wo ich eine Tasse mit herrlichem süßem Kakao bekam. Diese abenteuerliche Episode blieb mir unvergesslich.

Ständig kamen Besucher aus Deutschland nach Vevey, die es geschafft hatten, die hohen Hürden der schweizerischen Obrigkeit zu überwinden. Es waren meist alte Freunde von Luisette und ihrem Bruder: die Witwe des wohl ältesten Freundes, eine blond gefärbte Frau von G., Mitglieder einer Fürstenfamilie von B., oder der getreue Freund Harald. Einige hatten selbst Schauprozesse und KZ durchleiden müssen. Der aus der Emigration als Besatzungsoffizier heimgekehrte Freund Erich Warburg aus Hamburg hatte sich nach Kriegsschluss um die Aufklärung des Todes von Albrecht Bernstorff bemüht. Für mich alles ziemlich alte Leute, mit denen ich mich zunächst einmal schwertat, obwohl man dem Zehnjährigen mit wohlwollendem Interesse gegenübertrat. Warum war dieser Onkel Albrecht im Gefängnis gesessen? Wie war dieser große, starke Mann zu Tode gekommen? Man habe ihn mit zwei Leidensgenossen in der Nacht vom 23. zum 24. April 1945, in einer Zeit als die Russen schon in Berlin kämpften, zwei Wochen vor Kriegsende hingerichtet. An sich ein sprachgewandter, gewitzter Junge hatte es mir die Sprache verschlagen. Keine Frage kam über meine Lippen, die Erwachsenen schienen meine Gegenwart zu vergessen. Man war erleichtert, das Drama ihres Freundes Albrecht nicht einem Kinde erklären zu müssen. Ich aber spitzte die Ohren und nahm mir vor, die Tante später genauer zu befragen. Vor allem wollte ich wissen, was es mit diesem ominösen SS-General, der eine so unglückselige Rolle gespielt hatte, auf sich habe. Anna von Bernstorff, die gestrenge Schwes-

unter ihre Fittiche und blieb stets um meine gute Laune bemüht. In der rappeligen Eli von Rumohr fand ich eine gleichaltrige, ziemliche smarte Gefährtin, mit der ich die verwunschene Seenlandschaft erforschte. Stintenburg, das auf einer Insel im Schaalsee liegt, erschien uns Kindern wie ein Märchenschloss, obwohl es bei Lichte besehen nur ein mittelgroßes Herrenhaus war.

Hier machte ich die ersten Erfahrungen mit dem bäuerlichen Leben in Norddeutschland. Wortkarge Landarbeiter, schwere Pferde und die bedrohlich schnatternden Gänse, die überall angriffslustig auf dem Gehöft herumwatschelten. Was die Erwachsenen, außer der stets präsenten Luisette, so machten, bekamen wir nicht so recht mit. Es interessierte auch nicht. Den wohl eher unverbindlichen Aufforderungen zum Spazierengehen mit den Erwachsenen wussten wir uns zu entziehen. Meine Erinnerung an das alte Familiengut ist nie ganz verblasst, fokussierte sich jedoch, wie bei Kindern üblich, auf ganz konkrete Dinge und deren Details, auf Personen nur, wenn ich mit diesen gute oder auch schlechte Erfahrungen gemacht hatte. So ging es mir auch mit dem märchenhaften Tatra-Automobil, das wie ein edles Rennpferd auf dem Gut geputzt und gepflegt wurde. Ich hatte schon in früher Kindheit enorme Scheu und Respekt vor großen und ernst wirkenden Männern und entwickelte deshalb auch kein besonderes Interesse, auf nähere Ansprache mit dem Grafen, der wiederum kein geborener Kinderentertainer zu sein schien. Vielleicht war Onkel Albrecht kein idealer Spielgefährte, aber ein Auge auf die Kinder hatte er schon.

Nach einer gründlichen Inspektion eines faszinierenden Heubodens krabbelte ich wieder ins Tageslicht und sah mich einem furchterregenden Bataillon von riesigen weißen Gänsen gegenüber. Das plötzliche Auftauchen eines kleinen Jungen auf dem Hof hatte sie in höchste Erregung versetzt. Durchaus kein junger Held, schwante mir, dass es jetzt um mich geschehen war. Es gab kein Entrinnen. Die bösartig zischende Gänsemeute näherte sich, um dem vorwitzigen Fremdling den Garaus zu machen. Doch bevor ich nun einem durchaus unheroischen frühen Tod anheimfiel,

Herausforderung für die bis dato alleinlebende, nicht mehr ganz junge Dame, die sie jedoch gerne annahm, denn sie liebte mich von ganzem Herzen.

»Schau doch mal nach, wann du zuletzt in Stintenburg gewesen bist«, sprach Tante Luisette und reichte mir ein großes, schweres Buch. Bald stieß ich in dem Gästebuch auf die großzügigen, vorwärtsstrebenden Schriftzüge meiner Mutter: »*Ellen und Stefan. 13. bis 20. Mai 1942*«. Gerade einmal fünf Jahre war es her, dass ich als Knirps mit meiner Mutter eine ganze Woche auf dem Landsitz von Onkel Albrecht verbracht hatte.

Wir waren vom Fahrer des Onkels in einem raketenartigen, futuristischen Automobil der Marke »Tatra 87« in Berlin abgeholt worden, was mich weit mehr beeindruckte als die Begrüßung durch den hünenhaft massigen Grafen. Der eindrucksvolle Mann war, wie ich zu empfinden glaubte, mehr an den Erwachsenen und meiner Mutter als an mir eher schüchternen Knaben interessiert. Seine Schwester Luisette, die den Haushalt in Stintenburg führte, immer atemlos mit Kopfstimme sprechend, nahm mich

*Mit Luisette von Bernstorff auf dem Schaalsee, um 1942*

entzündete sich auch meine Leidenschaft für das Zeitungslesen, flatterte doch die »Neue Zürcher Zeitung« sage und schreibe dreimal täglich ins Haus.

In diesem prächtigen Sommer bei der großherzigen Tante entwickelte ich auch meine etwas absonderliche Leidenschaft für Straßen- und andere Schmalspurbahnen. Nichts Schöneres, als ganz alleine »avec le Tram« über Clarens zur Endstation Montreux und zurückzufahren. Eine etwas skurrile Passion, die ich als Halbwüchsiger später in München bis zur Perfektion trieb, indem ich endlose Straßenbahnfahrten mit dem Besuch der damals so zahlreichen Vorstadtkinos kombinierte.

Die Schweiz erwies sich auch in anderer Hinsicht als ein wahres Schlaraffenland, in dem nicht nur Milch und Honig flossen, sondern auch die üppigsten Zigarettenkippen achtlos auf der Straße lagen. Obwohl der guten Tante das Einsammeln von Zigarettenresten missfiel, – die Asthmakranke hatte Zigaretten schon immer gemieden – war ich nicht zu bremsen. Beim Observieren der Straße stürzte ich mich wie ein alter Penner auf die längsten Königskippen, entblätterte sie und schickte den Tabak stolz an die, wie alle Nachkriegsdeutschen, nach Nikotin darbende Mutter an den Tegernsee. Selbstverständlich handelte es sich ausschließlich um Orientzigaretten etwa der Marke »Kyriazi« oder »Khedive«, die in kostbaren Blechschachteln verkauft wurden und nichts mit den ordinären Virginia-Tabaken der Amis gemein hatten. Nicht minder entflammte sich das zehn Jahre alte Bürscherl für die prächtigen amerikanischen Straßenkreuzer: die hochglanzpolierten Cadillacs, Studebakers und Packards, die in piekfeinen Autopalästen in Lausanne oder Montreux zum Verkauf standen. Auf trickreiche Weise gelang es mir, den schnieken Autoverkäufern die opulenten Prospekte abzuschwätzen, indem ich etwas von einem Vater oder Onkel faselte, der endlich seinen obsoleten Benz loswerden wollte. Meine frühe Vorliebe für Amerika und seine glitzernde Reklamewelt fand hier ihre Wurzeln. Die Tage der lieben Tante am Genfer See verliefen keineswegs eintönig. Allein der tägliche Umgang mit mir quirligen Jungen war eine

*Stintenburg*

Märchen- und Sagenwelt, die ich dann in prächtige Alben klebte oder tauschte. Auch das traditionsreiche Warenhaus Jelmoli in Zürich war eine Quelle großer Freuden. Dort entlieh man sich auf postalischem Wege in grünes Wachstuch gebundene Bücher, die den lesehungrigen Knaben in die aufregende Welt von Jules Vernes, Stevenson und Dumas transportierten. In jener Zeit

Tante Luisette war nur eine unter vielen Menschen, die der Untergang Europas an die lieblichen Gestade des Lac Léman gespült hatte. Fast alle Freunde und Bekannte waren emigrierte Adelige oder Flüchtlinge, verfolgt von den Nazis, vertrieben von Kommunisten oder gejagt von anderen Höllenmächten. Nirgendwo konnte man den verblichenen Glanz, den Niedergang der Upperclass des alten Europa, besser studieren: Portugiesische Prinzessinnen, rumänische Magnaten, italienische Contes und ostelbische Großagrarier fanden hier Zuflucht und bevölkerten die Hotels, die sie sich nicht mehr leisten konnten. Auch prominente Flüchtlinge wie Wilhelm Furtwängler, Oskar Kokoschka oder später Charlie Chaplin, suchten Zuflucht auf dieser vermeintlichen Insel der Seligen. Mich langweilten diese ständig von vergangenen Zeiten Englisch, Italienisch oder Französisch parlierenden alten Gespenster, und ich sehnte mich nach Spielgefährten.

Bald besuchte ich eine schweizerische Volksschule, wo ich die Ressentiments der eingeborenen Kinder zu spüren bekam. »Le Boche« wurde ich geschmäht, man verhöhnte mich ob meiner Schwierigkeiten mit der französischen Sprache. Schließlich begann ich mich zu wehren und warf einem meiner Widersacher ein erregtes ›Tu vieux fromage‹ an den Kopf. Trotz mancher Unbill fühlte ich mich glücklich in diesem paradiesischen Exil und begann, meine eigenen Entdeckungen zu machen. Der wirkliche Einstieg ins Französische begann mit dem Satz: »Est-ce que vous avez du Chocolat au Lait?« Tatsächlich gab es eine märchenhafte Auswahl diverser Schokoladensorten und das bescheidene Taschengeld musste von der gütigen Tante ständig nachgebessert werden. In meiner erstaunlich fleißigen Korrespondenz mit der Mutter im fernen ärmlichen Bayern wurde stets über diese unglaublich leckeren Süßigkeiten referiert, deren Gipfel natürlich das Schokoladensortiment der ortsansässigen Firma Nestlé darstellte.

NESTLÉ-PETER-CAILLER-KOHLER waren die vier Säulen, auf denen mein Schokoladenhimmel ruhte. In jeder Tafel aus dem Hause NESTLÉ fand sich ein buntes Klebebild aus der

Vorliebe von »Confiscation« und »Expropriation« oder gar »Liquidation«. Seine Predigten tönten im französischen Singsang der Welschschweizer, das auch Tante Luisette mit ihrer gelegentlich überschnappenden Kopfstimme beherrschte. Dies mag an ihrer chronischen Atemlosigkeit gelegen haben, was die Asthmatikerin immer wieder nach einem ballonartigen Atemgerät greifen ließ, das sie genierte, mich hingegen faszinierte. Aber auch alle anderen Gerätschaften und Kosmetikartikel in ihrem Badezimmer fanden mein reges Interesse. Die Tante roch immer ein bisschen nach Babypuder und Parfum. Vielleicht war es das erste Mal in ihrem Leben, dass die unverheiratete Comtesse ihr Bad mit einem männlichen Wesen teilen musste.

Der strittige Besitz »Bel Air«, um den die Tante kämpfte, war ein kleines Landgut mit einem Herrenhaus im benachbarten La Tour-de-Peilz. Der üppige Garten mit Feigen- und Mandelbäumen stand unter der Obhut von Monsieur Durussel, einem rotbackigen, alten Gärtner, dem letzten Vasallen der mütterlichen Familie. Ich gewann den alten Mann schnell lieb und machte mit ihm meine ersten stümperhaften Versuche, Französisch zu sprechen, was dieser geduldig, aber verständnislos ertrug. Das stattliche Landhaus inmitten dieses Paradieses war von wildem Wein umwachsen, befand sich jedoch in einem deplorablen Zustand. Bedauerlicherweise beherbergte es eine Schar wenig gewinnender Bewohner, die der Comtesse aus Deutschland mit offener Feindseligkeit entgegentraten. Schon bald sollte sich herausstellen, dass der schöne Besitz eine ungewisse Zukunft hatte. Ich nahm regen Anteil an diesem familiären Missgeschick, das die sanfte, zum Kämpfen so schlecht gerüstete Tante abzuwenden hoffte. Erstmals wurde mir klar, dass die Welt sich auch in diesem kleinen Paradies vor allem um Geld und Besitz drehte, dass pfiffige Advokaten mit Bedacht falsche Hoffnungen nährten und dafür gerne hohe Rechnungen zu stellen pflegten. Ich zehnjähriger Bub entwickelte schon früh eine starke Abneigung gegen den pompösen Monsieur Pasch und sollte damit recht behalten: »Bel Air«, die letzte Bastion eines einst beträchtlichen Vermögens, würde fallen.

mir bis dato unbekanntes Wunderwerk: einen Automaten, aus dessen Fenster herrlichste Schokoriegel und Bonbons lockten.

Noch nie hatte ich Knabe ein elegantes Kurhotel betreten: ein Palast, in dem mit goldenen Kordeln geschmückte Chefs de Réception und geräuschlose Lakaien in Uniform herumschwirrten. Allein wie ehrerbietig man meine Tante willkommen hieß, wie freundlich mich ihre Blicke streiften, berührte mich tief. Der Name des pompösen Etablissements: »Les Trois Couronnes« ließ auf große Welt und aristokratisches Klientel schließen. Ich war überzeugt, dass es sich in Wirklichkeit um ein veritables Schloss handelte. Die erste Nacht in einem riesigen, weichen Bett ließ mich, erschöpft von den so widersprüchlichen Eindrücken, traumlos schlafen. Als ich am nächsten Morgen zur Balkontür schlich, blickte ich über einen riesigen, blau glitzernden See auf die dramatische Bergkulisse des französischen Ufers. Auf der Gartenterrasse wurde ein Frühstück serviert, das mich in einen glücklichen Fresstaumel geraten und alles Heimweh vergessen ließ. Vevey, das hübsche Städtchen am Fuße der Weinberge, war der stolze Firmensitz von Nestlé, der größten Schokoladenfabrik der Welt. Vor dem Hotel ratterte eine blitzblanke, blaue Straßenbahn, »Le Tram«, die von Vevey nach Montreux mit seinen gigantischen Hotelpalästen fuhr. Die glücklichen Tage, in dem mit vornehmen alten Damen und kahlköpfigen Prinzen bevölkerten Hotel fanden jedoch bald ein Ende. Wir bezogen eine altertümliche, möblierte Etagenwohnung auf dem Boulevard Arcangier, unweit der alten Schokoladenfabrik von Nestlé.

Ganz gegen meine kindlichen Erwartungen lebte die liebe Tante keineswegs in Saus und Braus, sondern musste mit ihren Mitteln haushalten. Ich hatte schnell kapiert, dass Tante Luisette hier im welschen Canton de Vaud, aus dem ihre Mutter stammte, keineswegs willkommen war. Sie war eine Deutsche, die sich in einen mühseligen Kampf um den mütterlichen Familienbesitz Bel Air gestürzt hatte. Die häufigen Visiten von Monsieur Pasch, einem Advokaten mit Stehkragen und kalten Augen, wiesen auf eine scheinbar verwickelte Rechtslage hin, sprach dieser doch mit

## AUSFLUG INS PARADIES

Eine Reise in das auf einem fernen Planeten liegende Schweizer Paradies war im Nachkriegsdeutschland des Jahres 1947 mit vielerlei Hindernissen gepflastert. Ein quälend langer Weg durch die Institutionen musste genommen werden. Schließlich gab es neben der Besatzungsbürokratie auch noch den wiedererstandenen deutschen Amtsschimmel. Dafür benötigte ich auch noch den Nachweis eines Leidens, damit die Reise genehmigt wurde. Schließlich bescheinigten dem Knaben diverse Amtsärzte eine Hilusdrüsen-Tuberkulose und damit war der Weg ins Schokoladenland frei. Der Abschied fiel mir schwer. Eine so lange Trennung von der Mutter hatte es noch nie gegeben. Verheult stellten wir uns in einem trostlosen Schulgebäude im zerbombten Süden Münchens ein und stießen auf einen Haufen desperater Kinder, die ebenfalls tränenreich von ihren Lieben Abschied nahmen. Wie üblich gab es eine endlose Warterei, bis die Kinder endlich in einen schmuddeligen Eisenbahnzug verfrachtet wurden.

Der Empfang in dem Lande, wo Milch und Honig fließen sollten, war ernüchternd. In der Grenzstation St. Margarethen war die Reise erst einmal zu Ende. Das raubeinige, erkennbar deutschfeindliche Pflegepersonal verfrachtete die Kinder in ein Quarantänelager in Buchs. Ungute Erinnerungen an den Abtransport aus Bad Ischl überfielen mich. Diesmal war ich auch noch allein mit lauter fremden Kindern. Noch am gleichen endlosen Tag wurden wir gründlich desinfiziert und entlaust, sodass wir am nächsten Morgen clean und keimfrei ins »Gelobte Land« der Eidgenossen entlassen werden konnten. Die ganze Mühsal war freilich vergessen, als ich an einem heißen Sommerabend in Vevey aus dem blitzblanken Zug der SBB stieg und der gerührten Tante in die Arme fiel. Noch auf dem Bahnsteig erspähte ich ein

war 1945 im Zuge einer Grenzbegradigung von der sowjetischen Besatzungsmacht in Besitz genommen worden.

1922 hatten meine Mutter und Albrecht von B. sich in dem Badeort »Weißer Hirsch« bei Dresden kennengelernt. Es muss eine ziemlich heftige Affäre gewesen sein: »It is a violent flirt and friendship«, vertraute der junge Diplomat seinem Tagebuch an. Bezeichnend war, dass meine Mutter mir nur mit unverfänglichen, eher beiläufig, Worten von dieser Freundschaft, die so viele Jahre währte, erzählte. Auch später wurde sie recht wortkarg, wenn es um ihre eigene Vergangenheit ging. In den Nachkriegszeiten begegnete ich noch einer Reihe von Freunden der Mutter. Es waren diese freundlichen Onkels, Paten, Jugendfreunde, die sie unterstützten.

Der Besuch in Hamburg blieb nicht ohne Folgen. Sobald Tante Luisette ihr Visum erhalten hätte, um nach Vevey am Genfer See überzusiedeln, sollte ich für ein paar Monate zu ihr kommen.

Schwester von Onkel Albrecht hatte sich in den Katastrophenzeiten intensiviert. Die Reise ins ferne Hamburg geriet zu einer sehr beschwerlichen, mehrtägigen Odyssee durch das von Zonengrenzen zerschnittene Deutschland. Tante Luisette lebte seit der Flucht aus Berlin bei einem befreundeten Hamburger Kohlenhändler. Sie wartete auf ein Visum, um in die Schweiz nach Vevey am Genfer See zum Familiensitz der Mutter reisen zu können.

Sie trug immer grau, meist einen Kaschmirpullover, den eine dezente Perlenkette zierte. Auch Röcke oder das Kostüm waren stets grau. An den kleinen Füßen trug sie natürlich graue, flache Wildlederschuhe. Das ondulierte, eher spärliche Haar erinnerte ein wenig an feinen, grauen Draht, beim Ausgehen gekrönt durch eine graue Baskenmütze. Eine Dame aus besseren Kreisen, unverkennbar norddeutscher Provenienz, stets ein wenig müde und kurzatmig. Ich genoss diese wenigen Tage in der hanseatisch-herrschaftlichen Villa des Kohlenhändlers, ein märchenhafter Kontrast zur armseligen Situation am Tegernsee. Die hochbeinige, asthmatische Comtesse, damals in ihren frühen 50ern, war unverheiratet geblieben. Ich mochte diese sanfte Frau, die ich Settlein nannte. Diese wiederum liebte mich etwas rappeligen Knaben wie einen Sohn.

Das tragische Geschick Onkel Albrechts – er wurde in den letzten Kriegstagen, am 24. April 1945, von der SS ermordet – wurde mir jedoch erst später in seinem ganzen Ausmaß anvertraut. Jetzt in Hamburg erzählte mir die Mutter ein wenig mehr über ihre Freundschaft mit diesem Onkel Albrecht, der natürlich gar kein echter Onkel war, sondern unter dem Blankotitel eines Patenonkels firmierte. Albrecht von Bernstorff, geboren am 6. März 1890, entstammte einer mecklenburgischen Ritterschaftsfamilie, die in drei Jahrhunderten eine Reihe bedeutender Staatsmänner und Diplomaten hervorgebracht hatte. Im 18. Jahrhundert, in dem die Vorfahren die Außenpolitik von Dänemark geprägt hatten, wurde das Familiengut Stintenburg am Schaalsee, das schon Klopstock besungen hatte, erworben. Das idyllische, auf einer Insel gelegene Gut des Bruders Albrecht im Mecklenburgischen

Familie. Fast ein Jahr war vergangen seit Michael in die Gefangenschaft der Russen geraten war und noch immer gab es kein Lebenszeichen von ihm. Noch immer gingen täglich die Suchmeldungen des Roten Kreuzes über den Äther und okkupierten jeden anderen Gedanken. Inzwischen hatte sich eine Art Markt für Vermisste etabliert, auf dem Betrüger und Erpresser ein zynisches Spiel mit den verzweifelten Angehörigen spielten. Es meldeten sich Zeugen aus Berlin und versprachen für 1000 Reichsmark Auskunft über Schicksal und Verbleib von Michael. Diese Aasgeier hatten sich die Suchmeldungen des Roten Kreuzes zunutze gemacht und verhökerten nun trügerische Hoffnung gegen Bares.

Diese ersten Jahre nach Kriegsende in Tegernsee waren die bitterste Zeit im Leben meiner Mutter. Sie hatte nicht nur einen Sohn verloren, sie musste sich auch damit abfinden, dass Rudi nicht mehr in die Familie heimkehren würde. Sie konnte und wollte das nicht offenbaren. Kindern wird immer ein bisschen heile Welt vorgegaukelt, aber die Spatzen pfiffen es von den Dächern. Der verrückte Dirigent hatte eine neue Frau. Ich spürte die Veränderungen. Schließlich war es die Schule, wo mir meine Freunde durch scheinheilige Fragen die Augen öffneten.

Ich kann mich bis heute keiner Gespräche mehr mit meinem Vater entsinnen, wo es um diese, auch für ihn, schmerzhaften Veränderungen ging. Sobald ich einmal kapiert hatte, dass es hier um die endgültige Entscheidung für eine andere Frau, um sein neues Leben ging, wurde ein großer Bogen um dieses Thema gemacht: Es wurde zum Tabu. Die Beziehung zum Vater wurde eingeschnürt, stranguliert und verlor sich in freundlichen Belanglosigkeiten. Erst später wurde mir bewusst, wie verzweifelt dieser Mann gewesen sein muss. Sein älterer Sohn war ein Opfer der Schimäre vom Befreiungskampf der Deutschen geworden.

1946, im bittersten Winter der Nachkriegszeit, unternahm ich mit meiner Mutter eine Reise ins ferne Hamburg, um Tante Luisette von Bernstorff, die dort Unterschlupf gefunden hatte, zu besuchen. Die Freundschaft der Mutter mit der sanften, jüngeren

Krieg in das Tegernseer Tal gespült hatte. Die ersten Kontakte mit den einheimischen Bauernbuben verliefen weniger erfreulich. »Schleich di, du preißischer Oakopf, sonst fangst no a Watschn, Saupreiß damischer!«, hieß es. Die Watschn schmerzte und demütigte mich jungen Berliner. Einmal Saupreiß, immer Saupreiß. Ob Piefke oder Saupreiß – die Bayern standen den Österreichern in nichts nach.

Weit mehr machte mir zu schaffen, dass mein Vater offensichtlich für längere Zeit in der Villa des Dr. F. zu verweilen gedachte. Der praktische Arzt hatte es, wie so manch Einheimischer, verstanden, das am Hang gelegene Haus im alpinen Stil von störenden Einquartierungen freizuhalten. Dort unterhielt er auch seine wenig frequentierte Praxis. Mein Vater, der angesehene, wenn auch, dank Berufsverbot, arbeitslose Dirigent, verlieh dem Haus einen gewissen Glanz. Die wesentlich jüngere Gattin des etwas zauseligen, bebrillten Arztes war eine hübsche und lebhafte Frau von dinarischem Typus im Dirndl. Ihrem eher bäuerlichen Liebreiz standen nur ihre etwas vorlaut wirkenden Nagezähne im Wege. Traudl, so hieß sie, gab sich große Mühe, meine Zuneigung zu gewinnen. Allerdings irritierte mich der forciert liebevolle Ton. Ich hatte schon damals eine Art absolutes Gehör für falsche Töne. Das Refugium des Vaters war ein kleines Paradies: War es dort doch immer warm und anheimelnd. Außerdem gab es dort all das zu essen, was es eigentlich nicht gab. Versuchte ich, meine Mutter einmal zu einem Besuch bei meinem Vater zu bewegen, so wehrte sie ab: »Der Papi kommt doch schon so oft zu uns. Ich will auch nicht immer bei fremden Leuten herumsitzen.« Mir blieb es nicht verborgen, dass die Heimkehr des Vaters ein Thema darstellte, das ihr zu schaffen machte. Ich war so fixiert auf meine Mutter, dass ich es kaum ertragen konnte, wenn sie traurig oder gar verzweifelt war. Ich quälte sie deshalb fortan nicht mehr mit diesem heiklen Thema, versuchte mir aber selbst Klarheit zu schaffen. Die Gattin des Arztes, der meinen Vater beherbergte, war die Erkorene. Drei Jahre später würde sie Rudolf Schulz-Dornburg heiraten.

Das Schicksal des verschollenen Bruders lastete schwer auf der

Hausherr, ein hochgewachsener Mann mit Halbglatze und Advokatengesicht hatte in besseren Zeiten seinen Wohnsitz aus dem hässlichen Duisburg an den »Lago de Bonzo«, wie das idyllische Alpengewässer im Volksmund genannt wurde, verlegt. Seine Gattin, die auf den mondänen Namen Lydia hörte, beeindruckte mich durch knallrot lackierte Fingernägel und einen verblüffend prominenten Unterkiefer. Auch die Kinder des Hausbesitzers erstaunten durch ihr wenig ansprechendes Äußeres und arrogantes Gehabe. Sie waren ja auch keine Flüchtlinge. Kein Wunder, dass die bunte Schar von ungebetenen Gästen den Hausherren überaus verdrießte. Immerhin gelang es ihm, den prächtigen Garten mit Bootshaus von den Störenfrieden freizuhalten. Da wir die einzigen echten Deutschen neben all den Beutedeutschen aus der Tschechei waren, rangierten wir etwas höher in der Achtung des Hausbesitzers. Ich durfte deshalb auf Anfrage auch in den Garten, aber natürlich nicht in das geheimnisvolle Bootshaus, wo, wie es hieß, ein herrliches Motorboot aus purem Mahagoniholz hängen sollte. Obwohl ich alles tat, um mich beim Hausbesitzersohn Liebkind zu machen, stieß ich auf verschlossene Türen. Im Sommer 1946 schlug dann die Stunde der Vergeltung, als ich zwei weißbehelmte, amerikanische Militärpolizisten im Gespräch mit dem Hausherrn im Garten ausmachte. Die beiden GIs befahlen, das Bootshaus zu öffnen, und verschwanden darin mit dem zeternden Bootseigner. Vermutlich hatte ein missgünstiger Informant der Besatzungsmacht gesteckt, dass im Bootshaus unseres Hausherren kriegswichtiges Gerät lagere. Einen Tag später wurde das märchenhafte, goldbraun schimmernde Motorboot abgeschleppt, auf Nimmerwiedersehen. Kein Zweifel, dieses kriegswichtige Beutegut würde fortan den Weekendvergnügungen der Besatzungsmacht dienen.

Mit sehr gemischten Gefühlen sah ich meinem ersten Schultag in der Volksschule von Tegernsee entgegen. Da die Klassenlehrerin eine milde, mütterliche Frau war, gewöhnte ich mich schnell an die neue Schule. Neben den Kindern der bayerischen Urbevölkerung stieß ich auf allerlei Leidensgenossen, die der große

»Tegernsee, Hauptstraße 34« lautete die Adresse der im Landhausstil der 1920er-Jahre errichteten Villa am See. Nunmehr durch einen hochoffiziellen Flüchtlingsausweis legitimiert, wurden wir in dem geräumigen Anwesen einquartiert, in das bereits etliche, aus dem Sudetenland stammende Leidensgenossen hineingepfercht waren. Als ich die zugedachten Räume erstmals betrat, reklamierte ich in kindlichem Egoismus ohne Zögern das auf See und Bootshaus blickende Zimmer für mich. Leider aber gab es für uns nur zwei Zimmer und eine Küchennische auf dem Gang. Sehr schnell wurde mir klar, dass unsere Familie mal wieder geteilt wurde.

Der Papi, nach dem ich mich schon so lange gesehnt hatte, wohnte bereits woanders, bei einem Arzt ganz in der Nähe. Die Hedel werde in einem Giebelstübchen nebenan hausen müssen, hieß es. Ich kämpfte mit den Tränen, dann überkam mich die Wut: »Immer ist der Papi weg, in Ischl war er auch nie da. Jetzt ist der Krieg vorbei und warum sitzt er jetzt bei so'nem blöden Doktor. Diese Scheißflüchtlinge, die sind schuld!« Bei den Eltern herrschte betretene Stimmung. Der Vater murmelte, dass alles bald anders werde. Mami erklärte mit belegter Stimme: »Ach Schatz, versteh doch. Die Omi kommt ja auch schon bald.« Die Großmutter interessierte mich in diesem kritischen Moment wenig. »Immer diese Scheißflüchtlinge«, schrie ich. »Und wo schläft der Michel, wenn er wieder kommt?«

Flüchtlinge, zu denen wir ja auch zählten, gab es nun tatsächlich zu Hauf in der Hauptstraße 34. Viele kamen aus dem Sudetenland und sprachen ein böhmakelndes Deutsch, über das sich die gefühllosen Einheimischen mokierten. Ich freundete mich auf dem Gang schnell mit der Nachbarin an, einer ziemlich dicken alten Frau mit dem schönen Namen Deibel. Natürlich hatte Frau Deibel, wie fast alle von dort Geflüchteten, im Sudetenland eine riesige Villa besessen, in der jetzt räuberische Tschechen hausten und ihre Perserteppiche verschmutzten. Ich war beeindruckt. Das ganze Sudetenland war offenbar dicht bebaut mit Schlössern und prächtigen Villen, wie eben diese von der Frau Deibel. Der

# ENDE EINER FAMILIE

Als die Mitglieder der kleinen Familie im November 1945 als Flüchtlinge in München an Land gespült wurden, hatte ich meinen Vater fast ein Jahr nicht gesehen. Es dauerte ein wenig, bis sich die alte Vertrautheit wieder eingestellt hatte. Er hatte es irgendwie geschafft, einen alten Opel zu organisieren, in dem er uns durch die geisterhafte Ruinenstadt zur nächsten Station auf der Wanderschaft brachte. Man fand Unterschlupf bei einer liebenswürdigen älteren Dame, in Sichtweite lag die Wohnung von Adolf Hitler am Prinzregentenplatz. Erstmals bekam ich einen Eindruck von einer zerbombten Großstadt, die im grauen November eine besondere Trostlosigkeit ausstrahlte. Diese ersten Tage blieben mir in unguter Erinnerung. Ich war viel allein in dieser altertümlich düsteren Wohnung mit den riesigen Sesseln, Nippesschränken und einer muffig riechenden Bibliothek und langweilte mich, während die Eltern immer irgendwie unterwegs waren. Es ging um das Organisieren von Aufenthaltsgenehmigungen, den essenziellen Lebensmittelkarten und den Flüchtlingsausweisen. Dass wir jetzt Flüchtlinge sein sollten, bedrückte und beschämte mich.

Die Wohnung lag über einem kleinen Lebensmittelladen, aus dessen Fenster ein qualmendes Ofenrohr ragte. Dort versuchte die unermüdliche Hedel, etwas Essbares zu organisieren. Ein historischer Ort, dieser Laden, denn hier würde später einmal das Feinkost-Imperium der Familie Käfer seine Anfänge nehmen.

Nach ein paar Tagen erschien ein erbarmungswürdig aussehendes Männlein und verfrachtete uns drei – der Vater war schon vorausgefahren – mit den verbliebenen Habseligkeiten auf ein dreirädriges Lastfahrzeug der Marke »Tempo«. Es ging an den circa 50 Kilometer entfernten Tegernsee, wo die mühselige Odyssee schließlich ihr Ende fand.

ten. Die kahlen Betonwände der Fabrik zierten mit Totenkopf geschmückte Schilder: »Achtung Feuergefahr. Rauchen strengstens untersagt!« Der Mutter, selbst eine muntere Raucherin, verschlug es die Sprache, als sie sah, wie das Wachpersonal munter qualmte und die brennenden Kippen auf den Boden schnippte. Man lagerte auf Dynamit, die Lunte brannte, und die Zeit wollte sich nicht bewegen. Nach drei Tagen in dieser Vorhölle kam das Signal zum Weitertransport. Es ging weiter nach Westen. Die Hauptsache: Es ging weiter. Als wir den trostlosen Güterbahnhof von Freilassing passiert hatten, lag Österreich hinter der so klein gewordenen Familie. Nach endloser Fahrt wurde der Zug langsamer, die Bremsen quietschten, schließlich hielt er mit einem Ruck. Die schweren Türen wurden aufgeschoben: »München Südbahnhof« verhieß ein verbeultes Schild. Nur die Rudimente roter Ziegelmauern erinnerten noch an einen Bahnhof aus besseren Zeiten. Aus den schäbig gekleideten Wartenden löste sich mein Vater, um seine kleine Familie aus dem Güterwagen zu erlösen. Man war wieder in Deutschland.

# HEIM INS REICH

Die österreichische Episode in meiner Jugendvita fand schließlich im November 1945 mit der Heimkehr nach Deutschland ihr Ende. Das Klima in Bad Ischl war rauer geworden, man hatte sich von den Piefkes abgenabelt. Eine generelle Amnesie hatte den Österreichern geholfen, sich wiederzufinden, dort wo sie ja immer schon waren – auf der Opferseite.

Den Stimmungsumschwung bekam nun auch die Familie zu spüren. Die mit der Aussiedlung befassten Behörden und Funktionäre waren über Nacht zu herzlosen Bürokraten geworden, patzig und unverschämt. An einem kalten Novembermorgen wurden die Mutter, Hedel und ich in einem rostroten Güterwagen, zusammen mit den Restbeständen des Hausrats, verstaut. Man ahnte, dass es eine lange Fahrt würde, obwohl das Ziel München keine Tagesreise entfernt war. Mit einer Verspätung von einem Tag zockelte schließlich der endlose Güterzug los, vorüber am KZ Ebensee, den düsteren Traunsee entlang nach Wels, einer hässlichen Garnisonsstadt aus der K.-u.-k.-Zeit. Vor den Toren des Städtchens diente eine riesige Zellstofffabrik als Zwischenlager für die kleine Familie. Hier erlebte ich, welchen Schrecknissen, Ängsten und bösen Überraschungen eine zusammengepferchte Menschenherde ausgesetzt sein konnte. Man fand sich in einer gigantischen Betonhalle wieder, wo man sich ein armseliges Lager bereitete. Gewaltige Ballen von Zellstoff lagen, wie von Riesen verstreut, in den kalten Hallen, in denen rüde Kapos für Ordnung sorgten. Es waren keine Österreicher, auch keine Amerikaner, sondern finstere Gesellen, die ihre Kommandos in einem fremden Kauderwelsch herausbrüllten. Schnell ging das Gerücht um, es seien die gefürchteten DPs aus dem ehemaligen KZ in Ebensee, die jetzt ihr Mütchen an den Deutschen kühlen woll-

Meine Mutter ließ mich mit Leidensmiene fühlen, dass ich ihr diesen Tag mit dem alten Freund aus Essener Tagen gründlich vermiest hatte.

*Ellen Schulz-Dornburg.
Jubiläum Folkwangschule 1963*

fasziniert dem Klatsch und Tratsch der beiden alten Theatermenschen. Es war ein sehr liebevolles Gespräch, kein Wort über die Irrwege meines Vaters. Die Zuneigung, ja Verehrung für »Schudo« war geblieben. Was meine Mutter ihm über die letzten Jahre ihres Mannes berichtete, berührte Heckroth tief.

Als uns der bezaubernde alte Freund meiner Eltern verlassen hatte, nutzte ich die Ungunst der Stunde, um meine Mutter zu fragen, warum denn unsere Familie nicht auch in die Immigration gegangen wäre. »Es war die Angst des Musikers, Papi sprach kein Englisch und fürchtete, im Ausland keinen Boden unter die Füße zu bekommen«, erklärte mir die Mutter. Rudolf Schulz-Dornburg habe auch geglaubt, im »Neuen Deutschland«, wie man es damals so nannte, viele seiner kühnen Pläne verwirklichen zu können, bekannte sie ein wenig zögerlich, wohl hoffend, dass ich nicht weiter bohren wolle. Ich beließ es jedoch nicht dabei und wollte wissen, warum mein Vater so unerschütterlich an Adolf Hitler geglaubt hatte. Dies war eine unangenehme Frage, die sie nicht beantworten wollte. Ich aber ließ nicht locker, piesackte meine Mutter, die gerade noch durch den Besuch animiert und gut gestimmt war.

»Hast Du auch gehofft, dass die Nazis den Krieg gewinnen?« Die Mutter war schlecht gerüstet für derlei Fragen. Wie immer, wenn sie erregt war, sich bedrängt fühlte, sprach sie atemlos mit hoher Kopfstimme: »So einfach war das nicht. Es ging nicht um die Nazis, es ging um Deutschland. Alle kämpften gegen Deutschland, wir aber waren allein, wir mussten uns wehren, damit wir nicht untergehen! ... Denk doch mal an die Millionen von Toten, denk an Michael.«

Damit war die mühsame Zwiesprache schon wieder zum Erliegen gekommen. Ich spürte, das Schicksal des Bruders hatte eine so tiefe Wunde in das Herz der Mutter gerissen, dass es für eine rationale Behandlung des Themas Kriegsschuld keinen Raum gab. So war das bei uns, so war es wohl bei den meisten Deutschen.

Kragenspiegeln, schüchterte uns Buben ein, musste man doch damit rechnen, wenig angenehme Tiraden über weichliche Muttersöhnchen, Drückebergerei und mangelnde Sportlichkeit verabreicht zu bekommen. Für Michael, der in diesen Jahren bereits als Pimpf der Hitlerjugend zum Helden ausgebildet wurde, muss dies unerträglich gewesen sein.

Abhärtung, Heldenmut und Opferbereitschaft waren die Schlagworte, mit denen der Vater den eher weichen, verträumten Michael traktierte, Postulate, die noch fatale Folgen zeitigen sollten. Auch für mich, der sich unter dem Schutz der beiden starken Frauen am wohlsten fühlte, waren die Auftritte des Vaters beunruhigend. Aber ich liebte diesen Mann und konnte das sich ständig repetierende Abschiednehmen vom Vater nur schwer ertragen.

Immer wieder stellte sich mir die Frage, von welchen Gefühlen war Michael beseelt, als er am Karfreitag 1945 in Bad Ischl Abschied von der Mutter nahm. War es der Wunsch, dabei zu sein, als es ums Ganze, um die Existenz Deutschlands zu gehen schien? Auch das war ein düsteres Geheimnis, das niemals ergründet wurde. Gewiss nur, dass meine Mutter und wohl auch Rudolf Schulz-Dornburg mit dieser Schuld nicht mehr fertig wurden.

Meine Erinnerung wandert zurück zu einem heißen Tag im Sommer 1961: Genosse Ulbricht hatte gerade begonnen, Deutschland mit einer gewaltigen Mauer in zwei Teile zu zerhacken. Wir hatten Besuch in unserer kleinen Wohnung gegenüber dem alten Nordfriedhof. Hein Heckroth, der große Bühnenbildner aus der glorreichen Essener Zeit meines Vaters in den späten 1920er-Jahren, saß bei uns in dem etwas vollgestopften Zimmerchen meiner Mutter, das auch als Wohnzimmer diente. Heckroth, der Heimkehrer aus der englischen Emigration, der kongeniale Dritte im Bunde von »Schudo« und dem bedeutenden Choreografen Kurt Jooss. Meine Mutter war zutiefst gerührt und beglückt, dass der alte Freund den Weg wieder zu ihr gefunden hatte. Wir tranken Tee, aßen einen etwas zu süßen Käsekuchen, und ich lauschte

ken Sohn von Zarah Leander zu spielen. Ein, wie sich bald herausstellte, unglaublich erfolgreicher Film, der in Berlin und auf den Kanarischen Inseln gedreht wurde. Zarah Leander, die mit diesem Film endgültig zum UFA-Star wurde, soll nach den Schilderungen meiner Mutter eine ziemlich eitle und zickige Dame gewesen sein. Schon deswegen bedurfte es des Schutzes von Detlef Sierck, des Regisseurs, mit dem meine Mutter und der kleine Michael über die Runden kamen. »La Habanera«, das Melodram, in dem die eher üppige Schwedin mit ihrem dunklen Mezzo »Der Wind hat mir ein Lied erzählt« sang, war der letzte Film, den Sierck in Deutschland drehte.

Michael hatte noch acht Jahre zu leben, Jahre des Heranwachsens und Reifens, die sein Vater wohl sehr beeinflusste, auch wenn er rastlos im ständigen Kommen und Gehen war.

Es gibt ein Bild von Michael und seinem Vater, die auf einer Leiter standen, um einen Blick auf den triumphalen Staatsbesuch von Mussolini im September 1937 in Berlin zu erhaschen. Der Vater liebte es überhaupt, auch seinen ja noch sehr kindlichen Sohn in einer Offiziersuniform zu verkleiden.

Was Michael in diesem Alter gewiss Spaß gemacht hatte, wurde später zur Bürde für den heranwachsenden Buben. Die verquere, militante Ideologie des Vaters von Heldentum und Opfergang, von Vaterland, von Härte und Männlichkeit muss für meinen Bruder eine schwere Last gewesen sein. Der Bub war Opfer hoher Erwartungen. Natürlich musste Michael sehr musikalisch sein, gute Arbeiten schreiben, wertvolle Bücher lesen, sich für des Vaters Lieblinge, die eher mühsamen Stifter und Jean Paul begeistern – selbstverständlich sollte er auch sehr sportlich und hart gegen sich selbst sein. Ein unverträglicher pädagogischer Cocktail für einen pubertierenden Halbwüchsigen.

Das plötzliche Erscheinen des Majors der Luftwaffe in Bad Ischl in der eindrucksvollen Uniform mit den drei Adlern auf den

*Michael mit Vater, Berlin 1937*

*Michael 1944, Bad Ischl*

*Michael mit seiner Mutter, 1939*

# MICHAEL

Mein Bruder Michael wurde am 29. November 1929 in Essen geboren. In den letzten Kampftagen im April 1945 geriet er im Endkampf um Berlin in russische Gefangenschaft und gilt seitdem wie viele deutsche Soldaten als »vermisst«.

Als Michael geboren wurde, hatte Rudolf Schulz-Dornburg den eigentlichen Gipfel seiner Karriere erreicht: Operndirektor in Essen. Seinen vielleicht größten Erfolg, die Gründung der »Folkwangschule für Musik, Tanz und Sprechen«, die heutige »Folkwanguniversität der Künste« hatte er mit seinen Mitstreitern Kurt Jooss und Hein Heckroth geschaffen. Die Basis hatte das Trio mit Rudolf Laban bereits 1925 in Münster mit der Akademie für »Bewegung, Sprache und Musik gelegt«.

Meine Mutter verließ das Düsseldorfer Schauspielhaus und gab damit ihre Karriere als Schauspielerin auf. Dies war wohl auch die beste Zeit in ihrer Verbindung mit Rudolf Schulz-Dornburg. Es gibt zahllose Bilder des Ehepaars mit dem kleinen Michael, die von einer glücklichen Zeit von Rudi und Ellen künden.

Acht Jahre später in Berlin erschien dann ich, der kleine Bruder Stefan, im März 1937.
Es muss ein turbulentes, nervenaufreibendes Jahr für meine Mutter gewesen sein. Ihre Mutter Johanna Hamacher lag mit einem schweren Krebsleiden in Bad Homburg. Ich begann mein Leben mit einer lebensbedrohlichen Lungenentzündung.
»Schudo« war auf einer großen Europatournee und mein tatsächlich bildhübscher Bruder Michael wurde auserkoren in dem melodramatischen Filmepos »La Habanera« den heimwehkran-